2017年度教育部人文社会科学研究规划基金项目“世界文学空间视野下中国当代作家国际声誉的形成机制研究”（项目号：17YJA751026）；2017年度甘肃省高等学校科研项目“中国当代作家世界声誉的形成机制研究”（项目编号：2017A-008）

北岛世界声誉的形成机制及其相关问题研究

王国礼 著

中国当代文学海外传播研究丛书 10

主　编 刘洪涛
副主编 张德意
　　　 杨明刚

江西教育出版社
JIANGXI EDUCATION PUBLISHING HOUSE
·南昌·

图书在版编目(CIP)数据

北岛世界声誉的形成机制及其相关问题研究 / 王国礼著 . -- 南昌 : 江西教育出版社 , 2020.12
(中国当代文学海外传播研究丛书 / 刘洪涛主编)
ISBN 978-7-5705-0917-1

Ⅰ . ①北… Ⅱ . ①王… Ⅲ . ①中国文学 – 当代文学 – 文学研究 Ⅳ . ① I206.7

中国版本图书馆 CIP 数据核字 (2019) 第 009185 号

北岛世界声誉的形成机制及其相关问题研究
BEIDAO SHIJIE SHENGYU DE XINGCHENG JIZHI JIQI XIANGGUAN WENTI YANJIU
王国礼　著

江西教育出版社出版
(南昌市抚河北路 291 号　　邮编：330008)
各地新华书店经销
安徽联众印刷有限公司印刷
720 毫米 × 1000 毫米　　16 开本　　17 印张　　字数 235 千字
2020 年 12 月第 1 版　　2021 年 5 月第 2 次印刷
ISBN 978-7-5705-0917-1
定价：51.00 元

赣教版图书如有印装质量问题，请向我社调换　电话：0791-86710427
投稿邮箱：JXJYCBS@163.com　　电话：0791-86705643
网址：http://www.jxeph.com

赣版权登字 -02-2020-189

总序　中国当代文学海外传播的回顾与前瞻

刘洪涛

一

中国当代文学海外传播，与新中国文学发展同步，已经走过了70年峥嵘历程。这70年历程，可以明显地划分为三个阶段。第一个阶段是1949—1979年。这30年的海外传播是在冷战背景下展开的，意识形态的国际宣传、呼应或对抗，是其主要的动机，由此形成了三种主要力量。第一种力量是由中国政府主导的对外宣传活动，这包括以隶属于国家外文局的《中国文学》（*Chinese Literature*）（1951—2000）杂志和外文出版社为主要平台的翻译活动，以及中国作家代表团频繁的出访交流活动。《中国文学》杂志从1951年创刊，至2000年停刊，连续出版了50年，总共404期，发表了2000多篇（部）当代中国小说、诗歌、戏剧、散文、民间故事等的英译本。外文出版社在1949—1979年30年时间，共对外翻译出版了9220种图书，占这一时期中国全部对外翻译出版图书的91%，[①] 涉及21个语种，其中包括100多部中

① 何明星：《中华人民共和国外文图书出版发行编年史（1949—1979）》（上），学习出版社，2013，（“前言”）第3页。

国当代小说、诗歌、戏剧、散文、文论的英译本。这两个平台翻译出版的作品，为中国当代文学研究在欧美的兴起准备了重要条件，有些译本还产生了较为广泛的社会影响。

中国作家代表团出访交流的对象，主要是苏联及其他社会主义国家，以及 20 世纪 50 年代中期第三世界不结盟运动兴起之后的亚非国家。前者如周扬率中国作家代表团参加 1954 年第二次全苏作家代表大会。在大会发言中，周扬把新中国文学与以苏联文学为中心的“世界进步文学”相连接。后者如中国作家代表团 1956 年 12 月赴新德里参加第一次亚洲作家会议，1958 年 10 月赴塔什干参加第一届亚非作家会议，1962 年 2 月赴开罗参加第二届亚非作家会议。对亚非作家代表大会的积极支持和参与，把中国作家的目光吸引到东方，他们开始自觉地建构亚非区域共同体的概念：地理上比邻而居，历史上发展一致，文化间相互影响，近代的命运相似，当代的使命相同。建立在此基础上的“东方文学”观念也应运而生。无论是“世界进步文学”观念，还是“东方文学”观念，对于新中国文学而言，都意味着超越国别界限，从世界文学的高度，对自我进行塑形和定位。而这种塑形和定位，又对新中国文学向海外译介，在观念上起到了定性和引导作用。

第二种力量是苏联等社会主义国家对新中国文学的译介与研究。苏联作为社会主义国家阵营的领袖，既重视俄苏文学在世界的传播，也大力译介其他社会主义国家的文学。1951 年，丁玲的《太阳照在桑干河上》、周立波的《暴风骤雨》、贺敬之和丁毅执笔的歌剧《白毛女》获得斯大林文艺奖，显示出苏联对新中国文学艺术的热情和重视。《毛泽东诗词十八首》，丁玲的《太阳照在桑干河上》，赵树理的《小二黑结婚》，曲波的《林海雪原》，周立波的《暴风骤雨》《铁水奔流》《山乡巨变》，草明的《原动力》，袁静、孔厥的《新儿女英雄传》，马烽、西戎的《吕梁英雄传》，杜鹏程的《保卫延安》等数十位作家 100 多部（篇）作品，在五六十年代陆续被苏联汉学家翻译成俄语出版。汉学家艾德林（Лев Залманович Эйдлин，1909—1985）在报刊上发表《民主中国文学中的新人形象》《上升中的中国文学》等文章，介绍草明、丁玲、赵树理和周立波等作家。费德林（Николай Трофимович Федоренко，1912—2002）1953 年出版的《中国现代文学概观》，1956 年出版的《中国文学史纲要》，都论及左翼文学、解放区文学和新中国成立之初的文坛动向。此外，费德林 1958 年再版的《中国见闻录》，收录了他与茅盾、老舍、郑振铎、郭沫若等作家的交往和谈话，是了解新中国文坛动态的生动资料。东欧社会主义国家如捷克、波兰、匈牙利、东德等，也都积极翻译新中国文学作品。尤其是捷克汉学家普实克（Jaroslav Průšek）1950 年、1957 年两次率团访问中国。在他的积极倡导和大力推动之下，捷克成为欧洲汉学的重镇，翻译的新中国文学作品在东欧国家中最多，选材范围也最广。普实克在 1955 年出版的《中国解放区文学与它的民俗传统》一书，高度评价了毛泽东《在延安文艺座谈会上的讲话》中提出的重大文学命题，论述了解放区文学对民间文学形式的自觉利用。1963 年，普实克引发的与美国汉学家夏志清关于《中国现代小说史》一书的争论，就如何评价左翼文学历史地位等重大问题，提出了极富建设性的观点。但中苏决裂和东欧剧变之后，苏联和东欧对中国当代文学的译介，陷入长期停滞的状态。

第三种力量是以美国为主的西方阵营对中国当代文学的翻译、批评与研究。众所周知，冷战之前，海外中国研究的中心在欧洲；虽然美国的中国研究已经显露出其对当代中国的极大兴趣，但总体上仍然遵从欧洲汉学的传统，更重视对传统文化典籍的研究。而随着冷战来临，尤其是朝鲜战争爆发，美国把中国视为对手，这种客观形势推动了美国乃至整个西方对现当代中国，包括当代中国文学的研究，也决定了其研究采用充满意识形态色彩的视角与方法。目前已经大量解密的美国档案史料充分证明了这一点。这一时期在英语世界出现的一些选编译本和著作，都可以放在这一背景下理解。代表性的作品包括美国汉学家许芥昱选编的《二十世纪中国诗歌选》（*Twentieth Century Chinese Poetry: An Anthology*, 1963）、《中国文学图景：一个作家的中华人民共和国之行》(*The Chinese Literary Scene: A Writer's Visit to the People's Republic*, 1975)，美国汉学家沃尔特·麦瑟夫(Walter Meserve)选编的《共产主义中国现代戏剧选》(*Modern Drama from Communist China*, 1970)，美国汉学家白志昂(John Berninghausen)与胡志德(Theodore Huters)选编的《中国革命文学作品选》(*Revolutionary Literature in China: An Anthology*, 1976)，等等，都选收了相当数量的中国当代文学英译本。这一时期也出现一些较有分量的学术著作，例如夏志清的《中国现代小说史》、白之(Cyril Birch)主编的《中国共产主义文学》(*Chinese Communist Literature*, 1963)、佛克马(D. Fokkema)的《中国的文学理论与苏联影响：1956—1960》(*Literary Doctrine in China and Soviet Influence,1956-1960*, 1965)等著作。值得一提的是美国汉学家夏志清，荷兰汉学家、文学理论家佛克马，他们与捷克汉学家普实克，形成了三足鼎立的局面，共同奠定了欧美汉学界中国现当代文学研究的基础。

二

中国当代文学海外传播的第二个阶段，是1980—2000年。这一阶段，伴随着改革开放进程，中国当代文学持续繁荣，其海外传播也进入一个蓬勃发展的新时期，无论是传播的广度、深度，还是影响力，都远超第一个阶段，而传播的性质也发生了深刻的变化。如果说第一个阶段的海外传播以意识形态的斗争为主要特色，那么这个阶段则走向接触与融合。

观察这一阶段中国当代文学海外传播状况的指标可以有很多，这里仅从三个大的方面略加描述。第一个是大量中国作家出国交流、访问、散居。此前，中国作家的出国交流访问集中在苏联等社会主义国家和亚非第三世界国家，改革开放之后，转向了欧美国家；此前是集体组团出访，现在则更多是个人选择。其中，参加美国爱荷华城(Iowa City)的“国际写作计划”(International Writing Program)就是突出的一例。该项目由华裔作家聂华苓与丈夫保罗·安格尔（Paul Engle）创办于 1967 年，主要是每年邀请 30 位世界各国作家到爱荷华大学住校三个月，进行讲学、交流活动，并到美国各地参观、访问。从 1979 年作家萧乾和诗人毕朔望首次应邀访问爱荷华，截止到 2019 年，共有 60 余位中国大陆作家参加过该项目，茹志鹃、王安忆、冯骥才、古华、阿城、北岛、残雪、李锐、苏童、西川、余华、莫言、迟子建、格非、阿来、徐则臣、王家新、孟京辉等中国当代杰出的文学家都在受邀之列。尤其是改革开放初期，中国作家在长久的封闭之后，第一次走出国门，西方的生活方式、价值观念、写作范式带给他们的冲击是巨大的，由此带动了中国作家写作的转型。同时，中国作家在与美国学界的交往中，也把中国当代文坛的最新动态、潮流带到了美国，前所未有地拉近了中国文学与世界的距离，促进了美国汉学界对中国当代文学的译介与研究。此外，1990 年 8 月复刊的《今天》杂志，也聚集了北岛、芒克、顾城、杨炼、万之、张枣、宋琳、韩东、阿城、多多、李陀、孟悦、黄子平等一大批散居在海外的中国当代文学家和文学批评家，将中国当代文学的前沿触角，伸展到广大的世界文学空间之中。

第二个观察指标，是新一代汉学家的崛起，人员队伍不断壮大。20 世纪 50—70 年代，欧美汉学界的中国现当代文学研究步履维艰，仅由少数几位汉学家在勉力推进，包括夏志清、普实克、佛克马、陈世骧、许芥昱、夏济安、白之、詹纳（W. J. F. Jenner）、谷梅、马悦然（N. G. D. Malmqvist）、杨富森、梅仪慈等。而且这些学者的研究重心大都在中国现代文学，只有少数人兼顾翻译、研究当代文学。

从 20 世纪 70 年代末开始，情况发生了显著变化。新的一批汉学家登上历史舞台，捷克汉学家高利克（Jozef Marián Gálik），德国汉学家顾彬（Wolfgang Kubin）、鲁道夫 · 瓦格纳（Rudolf G. Wagner），法国汉学家尚德兰（Chen-Andro Chantal），美国汉学家耿德华（Edward Gunn）、杜迈克（Michael S. Duke）、安德鲁 · 琼斯（Andrew F. Jones）、葛浩文（Howard Goldblatt）、金介甫（Jeffrey C. Kinkley）、胡志德、杜博妮（Bonnie S.

McDougall）等，纷纷投身中国当代文学翻译与研究，并取得了突出成就。

到了20世纪90年代，更年轻的一代汉学家逐渐占据学术要津，成为海外中国当代文学研究的骨干力量。这一代汉学家的数量和规模，都远远超过了前一时期，这是欧美大学中国当代文学研究持续扩张、人才需求旺盛的结果；还有人员构成，也发生了深刻变化，呈现出西方族裔学者、中国台港地区来源学者、中国大陆（内地）来源学者三足鼎立的局面。其中，西方族裔的学者有白杰明（Geremie R. Barmé）、白睿文（Michael Berry）、柏佑铭（Yomi Braester）、邓腾克（Kirk A. Denton）、杜爱梅（Amy D. Dooling）、康开丽（Claire A. Conceison）、柯雷（Maghiel van Crevel）、洪安瑞（Andrea Riemenschnitter）、罗鹏（Carlos Rojas）、贺麦晓（Michel Hockx）、蓝诗玲（Julia Lovell）、陆敬思（Christopher Lupke）、梅维恒（Victor H. Mair）等。中国台港地区来源的学者有王德威、奚密、史书美、王晶、杜国清、张诵圣、周蕾等。来自中国大陆（内地）的学者有刘康、张旭东、刘禾、王斑、陈小眉、鲁晓鹏、吕彤邻、张英进、唐小兵等。这批学者的专业素养更为深厚，视野更加开阔，理论建构能力和引领话题的能力更强。

同样值得重视的是，"三足鼎立"的局面在20世纪90年代成型，却不是一成不变。就整体影响力而言，西方族裔的学者实力最强，中国台港地区来源与大陆（内地）地区来源的学者分据第二、第三的位置。但进入21世纪，来自中国大陆（内地）地区的学者数量出现大幅增长，涌现出一批像黄亦兵、孔书玉、崔淑琴、蔡蓉、冯进、刘剑梅、宋明炜、王玲珍、石静远、杨小滨等优秀的学者，而台港地区来源的学者数量大幅萎缩，且鲜有出类拔萃者。力量对比的此消彼长，必将深刻改变欧美汉学界中国当代文学研究的面貌。

第三个观察指标，是翻译与研究的繁荣兴盛。从1979年开始至本世纪初，最为活跃的翻译主体仍然是国家外文局主导的《中国文学》杂志和1981年启动的"熊猫丛书"。译本通常先在杂志发表，然后收入"熊猫丛书"，出版合集或单行本；有时，"熊猫丛书"也独立出版译本。在这20多年时间里，虽然以 1989 年为界，《中国文学》的办刊风格和侧重有所变化，但一如既往地刊登那个时代最优秀作家作品的译作。伤痕文学、反思文学、寻根文学，新现实主义小说家、朦胧诗人，以及其他众多先锋作家诗人的作品，都陆续出现在杂志中。包括卢新华、王蒙、冯骥才、张贤亮、邓友梅、高晓声、蒋子龙、张洁、陆文夫、史铁生、谌容、张抗抗、王安忆、铁凝、莫言、贾平凹、阎连科、刘震云、余华、韩少功、张承志、何立伟、残雪、池莉、杨牧、扎西达娃、迟子建、余华等作家和北岛、食指、舒婷、西川、海子、吉狄马加等诗人的作品。可以说，这 20 年间崛起的中国新锐文学家，几乎都在《中国文学》杂志中露面，杂志也因此生机勃勃，丰富多彩。与前一个时期一样，担任《中国文学》主译的，是杨宪益、戴乃迭（Gladys Yang）、沙博理（Sidney Shapiro）三位翻译家，他们对中国政府主导的当代文学英译作出了最大贡献。

与此同时，海外汉学家的翻译活动日渐活跃，成效日益显著。这其中，美国汉学家葛浩文是贡献最为卓著的一位。葛浩文的翻译历程可以追溯到 20 世纪 70 年代中期。他从翻译萧红等现代作家作品和台湾地区作家作品起步，到 80 年代开始转向大陆新时期小说，一直到 21 世纪 20 年代，40 多年的创作生涯，笔耕不辍，翻译了包括莫言、张洁、杨绛、冯骥才、古华、王朔、贾平凹、李锐、刘恒、苏童、阿来、姜戎等在内的 20 多位大陆名家的 50 多部作品。就翻译的数量和整体质量而言，无人能出其右。尤其是他对莫言小说的翻译，以其译文在源语与译入语文化之间找到完美平衡而受到高度肯定，为莫言在 2012 年获得诺贝尔文学奖提供了极为重要的助力。还有其他一些出色的汉学家，如杜博妮对北岛诗歌的英译，奥赛茵（Gordon T. Osing）对朦胧诗的英译，方梓勋（Gilbert C. F. Fung）对高行健戏剧的英译，詹纳对阿城小说的英译，利大英（Gregory B. Lee）对多多诗歌的英译，安德鲁·琼斯和白亚仁（Allan H. Barr）对余华小说的英译，蓝诗玲对韩少功小说的英译，等等。此外，像法国汉学家诺埃尔·杜特莱（Noël Dutrait）对王蒙、莫言、阿城、苏童、韩少功小说的翻译，法国汉学家安博兰（Geneviève

Imbot-Bichet）对贾平凹和刘震云小说的翻译，德国汉学家顾彬对朦胧诗的翻译，等等。这些汉学家对原文本通常有较深入的理解，译入语为母语并稔熟译语国文化，同时与原作者保持沟通交流，这使得他们的译本更能打动读者，取得较好的口碑。

中国当代文学研究的繁荣，再一个显著的特征是学术媒介和平台增多，学术论文和专著的数量大幅度增加。一些较多刊发中国现当代文学研究成果的杂志在这一时期创刊，如《中国文学》（*Chinese Literature: Essays, Articles, Reviews*）1979 年创刊，《亚洲戏剧研究》（*Asian Theatre Journal*）1984 年创刊，《现代中国文学与文化》（*Modern Chinese Literature and Culture*）1984 年创刊，《中国研究书评》（*China Review International*）1994 年创刊。还有一些老牌的文学杂志，如《今日世界文学》（*World Literature Today*）开始大量刊发中国当代文学作品和评论。一些重要的学术出版社，像夏威夷大学出版社、哥伦比亚大学出版社、哈佛大学出版社、布里尔出版社、劳特利奇出版社等，不断出版中国当代文学研究的著作。此外就是频繁召开的相关学术会议和会议论文集的出版，也为学者提供了发表成果的平台。

三

随着 21 世纪的到来，全球化进程不断加速，中国当代文学海外传播也进入一个快速发展的新时期。中国当代文学在海外传播的范围更加广泛，类型更加多样，译本和研究专著出版、报刊发文、博士论文选题、作家海外交流及获奖、机构设置和人员的数量、图书馆相关图书馆藏量等重要指标，都呈现稳步增长的态势，中国当代文学在世界文学空间的活跃程度极大增强，成为一个日益重要的存在。

在 21 世纪新形势下，中国当代文学海外传播除了在数量上大幅扩张，传播的模式和深度也出现了一些引人注目的变化。其中最重要的变化是中国政府把文化海外传播提升到国家战略层面，给予了前所未有的重视。十六届四中全会、十七大、十八大，对推动“中国文化走出去”、“一带一路”、构建“人类命运共同体”等国家战略作了重要论述。尤其是十八大以来，国家领导人围绕中国文化软实力建设、提升中国文化国际影响力等主题，发表了系列重要讲话，把推动中国文化走出去，提升中国文化国际影响力，作为21世纪国家建设与发展、实现中华民族伟大复兴所急需。在实体建设方面，有国家汉办主导的孔子学院项目，旨在推动海外汉语教学，传播中国语言文化。该项目2004年开始启动，截止到2018年底，共在全球154个国家（地区）设立了548所孔子学院、1193个孔子课堂、5665个教学点。国家汉办还推动了“新汉学计划”“中国文学海外传播工程”等项目，都取得了显著成绩。此外，国家多个部门还推动了多项翻译出版计划，推动中国文化文学海外传播。像2005年，由中华人民共和国国务院新闻办公室与国家新闻出版总署共同实施的“中国图书对外推广计划”（CBI），2009年设立的“经典中国出版工程”“中华文化著作翻译工程”，2010年由全国哲学社会科学规划办公室实主持实施的“中华学术外译项目”，2013年由原文化部、原国家新闻出版广电总局、中国作家协会主持实施的“中国当代文学对外翻译与推广工程”，等等。在国家战略的大力推动下，政府主导型的中国文化海外传播，从传统的长期由单一部门按部就班外推的模式，转变为多渠道、全方位、大力度外推的模式，其巨大的联动和辐射效应，正日益显现出来。

另一个重要变化，是中国当代文学及其译本越来越受到海外市场欢迎，开始面向广大的普通读者。在前两个阶段，中国当代文学在海外的传播，相当程度上依靠那些身兼译者、研究者、教师等多重身份的汉学家，通过他们，中国当代文学进入大学课堂，被大学生阅读和了解。各个大学的图书馆收藏中国当代文学作品及译本，也主要是为了教学与研究所需。进入21世纪以来，这个属于小众、精英的群体仍然在不断发挥作用。他们的能量是巨大的，通过他们不遗余力的译介和传播，中国当代文学才在西方知识界占有了一席之地。莫言在2012年获得诺贝尔文学奖，是这个群体努力成果的有力证明。这一点，从海外市场对莫言获得诺贝尔文学奖的反应可见一斑。根据美国一家全球性信息数据调查公司 Nielsen 提供的资料，莫言作品英译本在美国的销量，在其获得诺贝尔文学奖的 2012 年达到 19534 册的峰值，随后呈现逐渐走低的态势：2013 年 14040 册，2014 年 3379 册，2015 年 3489 册，2016 年 2384 册。相比于其他诺贝尔奖获奖作家，莫言作品英译本的销量的确乏善可陈。这说明莫言获奖，代表的是中国当代纯文学在西方知识界获得的认可，并没有得到普通读者的广泛认可。

但毫无疑问，真正健全的、有持续消费潜力的读者市场，应该是精英与大众良性互动、共同发挥作用的市场。21 世纪以来，中国当代文学在海外的传播局限于小众、精英圈子的情况得到显著改观，越来越多的中国当代文学译本登上了畅销书榜单，受到普通读者的欢迎，产生了重要影响。姜戎小说《狼图腾》2005 年与知名的企鹅出版集团签订英文版权协议，获得 10% 的版税和 10 万美元预付款，创下了当时中国单本图书版权贸易金额及预付版税两项最高纪录。英译本 2007 年在全球同步推出，立即引起轰动。截至 2009 年，共有英语、法语、德语、日语、意大利语、西班牙语、俄语等 30 多个语种的译本出版，覆盖全球 110 多个国家和地区，仅英译本就有四个不同的版本出版。麦家的谍战小说《解密》英译本 2014 年一经企鹅出版集团推出，迅速上升到亚马逊世界文学类图书销量第 17 位，创造了中国作家作品在海外销售的最好成绩，还被权威期刊《经济学人》评为“2014 年全球十大虚构作品”，被老牌的英国报纸《每日电讯报》在 2017 年评为“史上最杰出的 20 部间谍小说”，迄今已经被翻译成 30 多种语言出版。2014—2016 年，刘慈欣的科幻小说《三体》三部曲英译本先后出版。其第一部 2014 年 11 月 11 日在美国发行首日，就跃升到亚马逊“亚洲图书首日销量排行榜”第一的位置；发行仅一个多月，就打入“2014 年度全美百佳图书榜”。2015—2017 年，《三体》先后获得星云奖、普罗米修斯奖、轨迹奖、约翰·坎贝尔纪念奖、雨果奖等世界知名的科幻文学艺术类奖项的提名，并在 2015 年荣获声誉卓著的“雨果奖”。近年来，一些类型小说，如科幻小说、武侠奇幻小说、谍战侦探小说等，借助互联网的平台，辐射到东亚、东南亚国家，甚至欧美和大洋洲地区，发展了数量可观的粉丝。一些出版商看好中国当代文学的海外市场，通过中介机构挖掘优秀作品，签约有潜力的作家，约请优秀翻译家翻译，出版前后大力进行市场营销，形成了一条龙作业，获取了可观的商业利润。这些人们熟知的个案所反映的中国当代文学在国际市场取得的成功，虽然较之西方文学在亚洲市场，尤其是中国市场获得的成功，还微不足道，但这样的趋势十分喜人，因为它标志着中国当代文学的海外读者群日益扩大，向着主流化、大众化方向发展。

第三个重要变化，是国内外学术的交流与合作空前加强。这包括中国大陆（内地）来源的当代文学学者在海外各大学任教的比例不断攀升，中外共建学术机构、合作项目大幅增加，海外学者应邀到大陆（内地）高校讲学、兼职、承担研究项目的情形日益普遍，一些原本在海外高校任职的学者转赴内地和香港地区任职，一些海外学者用汉语写作、在大陆（内地）或台港澳地区发表，大量海外留学博士毕业后选择到国内高校任职，等等。这种空前密切、频繁，多渠道、多向度的学术交流与合作，带来的成效也是多方面的。在20世纪50—70年代，内外隔绝，学术交流基本停滞，导致海外汉学家的学术成果不能及时被国内学界所了解。最典型的例子是夏志清的《中国现代小说史》，其英文原版在1961年出版，但直到18年后的1979年，台湾地区出版的中译本才传入大陆。而且，《中国现代小说史》最初引起的反响是负面的，直到80年代中后期，其中的洞见与新见才逐渐受到重视，成为推动国内现当代文学研究转型的重要学术资源。而改革开放之后，国内学界学习借鉴海外学术成果的步伐明显加快。海外与中国现当代文学有关的“第三世界文学”的讨论、“世界诗歌”的讨论、“研究范式与方法”的讨论、“华语语系文学”的讨论等，以越来越短的时差，甚至是同步的节奏，传入国内，引发回响，产生联动，加快了国内学术与国际接轨的步伐，推动了国内学术发展。同时，空前加强的交流与合作，使得中国大陆学界与海外汉学界之间形成了利益与资源的交叉、互通、共享的局面；也使得海外汉学家的身份界限日益模糊，甚至出现了与国内学者同化的趋势，往往你中有我，我中有你，一个基于中国现当代文学研究的学术共同体正在成型；在此基础上，海外中国当代文学研究，正逐渐从一种异质性力量，转变成为一种协同性力量。

四

经过70年峥嵘历程，中国当代文学海外传播从小到大，从弱到强，蓬勃发展，成就斐然。但我们在激赏这些成就之时，还应该清醒地认识到，进入域外空间的中国当代文学，始终面临着一个根本性的挑战，这就是异质性问题。这种异质性主要体现在三个方面：第一是文化上的异质性。中国文化属于东方文化，诞生在东亚和中亚地区。综合各家论述，中国传统文化的特质，大致可以概括为重视人伦道德、倡导忠君爱国、追求中庸和谐。它以儒家学说为主体，儒道释三教文化合一。而与之相对的西方文化，则以人本意识、理性思维、超验追求等为基本特征。二者在文化上的差异是本质性的。第二是意识形态的异质性。随着1949年中华人民共和国的成立，其文学也因此具有了“社会主义属性”和“共和国属性”。这种“中国特色社会主义”的属性，不仅迥异于西方现当代文学的资本主义属性，也有别于苏联和东欧的社会主义属性。中国传统文化，尚且能作为西方文化的“他者”，在西方文学的异国想象中扮演某种乌托邦的角色，因而获得一定的认可度，在观念、意象等方面甚至能影响西方文学。但中国当代文学在意识形态上的异质性，就如同磐石一样坚硬，很难被西方文学所化约。这也是长久以来，中国当代文学在西方国家认可度受限，且不断受到非议的主要原因。第三是其在世界文学体系中的异质性。近代以来，随着欧洲资本主义的全球扩张，东方诸多国家独立发展的局面被打破，它们作为原料产地和商品销售地，逐渐被纳入由欧洲列强主导的资本主义世界市场体系之中，世界文学体系也逐渐形成。

法国学者卡萨诺瓦在她的《文学世界共和国》一书中，描述了世界文学体系的形成过程和运作机制。在她看来，近代世界文学体系形成于欧洲，然后逐渐向其他地区扩散。在世界文学体系内部，存在中心与边缘的划分。欧洲，尤其是法国，居于世界文学体系的核心地位，而亚洲、拉丁美洲等地区的文学属于后来者，文学资本的积累和自治性都无法与欧洲抗衡，因此处在世界文学体系的边缘位置，由此形成了世界文学的等级制和不同地区、民族文学之间的不平等。尽管卡萨诺瓦的相关论述有许多不完善的地方，但她所描述的这个体系的基本特征是被学者们接受的。在这个体系中，中国当代文学无疑属于边缘的边缘，因此在世界文学声誉、所占份额、话语权、便利性与关联性等利益的竞争中，处在不利的位置。

面对这些异质性的巨大挑战，加强对中国当代文学海外传播的研究无疑是一种有效的应对之策，因为这能使我们不断从实践中总结经验和教训，探索更加有效的海外传播途径与方法。近年来，中国当代文学海外传播研究，逐渐成为学术界的热点之一，主要涉及中国当代文学海外传播概况研究，重要作家海外影响研究，重要译本研究，当代文学外译史研究，海外当代中国文学学者研究，中国当代作家及其作品在异文化空间接受现象研究，中国当代文学海外传播的理论、路径与方法研究，中国当代文学海外传播媒介研究，中国当代文学海外传播与中国形象建构研究，中国文学海外传播评估研究等方面。一些专注于此的学者，在这一领域辛勤耕耘，在理论建构、方法论创新、史料梳理等方面，作出了独特的贡献，取得了较为突出的成果。但这一研究目前仍处在起步阶段，研究水平在整体上仍滞后于蓬勃发展的中国当代文学海外传播的实际。有鉴于此，我们组织撰写了这一套丛书，以继续推进和深化这一领域的研究。

我本人在 2006 年，开始涉足中国当代文学海外传播的实务性工作。当时我在北师大文学院负责外事工作，随学校领导赴美国俄克拉荷马大学为新建的孔子学院揭牌。这所美国公立大学有一个创办于 1927 年的知名杂志

《今日世界文学》(*World Literature Today*),访问期间,我与杂志社的社长戴维斯－昂蒂亚诺教授(Robert Con Davis-Undiano)等编辑部成员,以及当时刚到这所大学英语系任职的石江山(Jonathan stalling)博士见了面,双方都表达了强烈的合作愿望。在随后的数年里,我们依托俄克拉荷马大学孔子学院和《今日世界文学》杂志的平台,向国家汉办申请了“中国文学海外传播工程”项目,在此项目支持下,创办了《今日中国文学》(*Chinese Literature Today*)杂志,选编了“今日中国文学英译丛书”(*Chinese Literature Today Book Series*),并召开了多次国际学术研讨会。我和我的同事经过多年努力,丛书的出版计划基本完成,持续出版的杂志正在产生越来越大的国际影响。在从事这些实务性工作的过程中,我们越来越强烈地意识到,需要同时大力推进这一领域的学术研究,以便为这一伟大的事业注入思想和灵魂,使之获得先进理论的指引和观念的启发,并提供更加丰富的资料和有效数据的支持。我和我的一些同事先后都投入这一学术领域。近年来,我先后主编了《新世纪国外中国文学译介与研究文情报告·北美卷》和“21世纪北美中国文学研究著译丛书”等。“中国当代文学海外传播研究丛书”是我们在这一领域的新尝试。

丛书全套10卷,首卷高屋建瓴,分析了中国当代文学海外传播对建构中国形象的独特作用。第2、3卷分别从翻译和海外汉学家对中国当代文学的研究入手,突出了“传播媒介”的作用。第4卷对中国当代作品英译本在海外的传播实效进行评估,旨在建立一套更有效的评估模式和方法。其后四卷从文类入手,观照小说、诗歌、戏剧、电影,呈现了中国当代文学海外传播的丰富性和多样性。第9、10两卷聚焦莫言和北岛两个个案,研究了其作品在海外传播与影响的方方面面,探讨了其世界声誉的形成机制及其相关问题。

丛书的作者以北京师范大学比较文学与世界文学、中国现当代文学学科培养的博士生为主,同时约请了一些在中国当代文学海外传播研究领域取得突出成绩的学者加盟,形成了一支高水平的研究队伍。近年来,主编所在的北师大文学院比较文学与世界文学学科，加大了中国文学海外传播研究方向建设的力度，在本科、硕士层面，开设了“中国文学海外传播研究”选修课和学位专业课；同时，有计划、系统性地培养了一批以这一方向作为学位论文选题的博士生。他们在读期间和毕业之后，发表了不少相关的学术成果，受到学界的关注。丛书约请的其他学者也都与丛书主编有多年交往，足可信赖。

据我所知，“中国当代文学海外传播研究丛书”是目前国内外第一套对中国当代文学海外传播总体状况进行多层次、多角度、全方位研究的丛书，也是对这一领域学术成果的一次集中检视。我期许的中国当代文学海外传播研究，是一种全员要素的研究，应该包括传播物、传播者、传播媒介，从开端到终端的各个要素、各个环节。所谓“传播物”，指的是作品及其译本、选本、改编本、研究著作、期刊论文、新闻报道等；所谓“传播者”，也就是施予者与受众，包括作者、译者、研究者、编辑、读者等；“传播媒介”则包括图书、期刊、报纸、网络和图书馆、书店等。中国当代文学在海外的传播，不可能是单一要素、单一路径、各守其位、在孤立封闭的圈子里进行的传播，而是各类要素、各个环节，全员参与的传播。相应地，中国当代文学海外传播研究，也是对这种传播状况多元开放的研究。对于单个学者来说，要独立做如此大规模的研究，几乎是不可能完成的任务，但丛书汇集的是众多学者的力量，无疑能达致或接近这样的目标。

我期许的中国当代文学海外传播研究，还应该能够超越现有文学学科的界限。一直以来，中国文学海外传播研究从属于比较文学的影响研究，或者海外汉学研究。这类文学学术研究，聚焦于文学文本，从学科自身的概念、命题、范畴、思路出发，阐述的观点和结论，也大都限于学科内部。这种研究当然很有意义，但我们组织这套丛书的初衷，是期望将中国当代文学海外传播作为一种文化力量加以研究。文学归属于文化，而文化是能够改变观念和现实的巨大力量，是所谓“软实力”的重要体现。中国当代文学是中国文化的重要组成部分，中国当代文学海外传播，是中国文化在异域空间的力量投射。它首先是一种创造性力量。通过译本或原文本进入异域空间的中国当代文学，犹如进入美国比较文学学者达姆罗什在其《什么是世界文学》一书中所说的“椭圆形空间”，会因穿过文化、语言、时间、空间等“介质”而产生“折射”，因而将增添新质，发生异变。这样的文本，绝不是像闻一多所说的，从“灵芝”变成了“黑菌”，而是如本雅明所说的，获得了新的生命。它们必将以多种多样的形态，参与到世界文学的创造中。它又是一种竞争性的力量。歌德的世界文学观念兼具两种价值取向，即世界主义与民族本位。前者为文学确立了超越民族国家的价值，使文学有了发展、提升的标准和尺度，后者则是从民族文学的视角和利益出发，考虑利害得失。自古以来的文学发展，都和部族城邦的发展、民族国家的发展息息相关。在世界文学这个最大的文学平台上，争取民族文学利益、彰显民族文学价值无可厚非，也是世界文学的应有之义。而随着中国当代文学不断壮大，其终将以庞大的体量，重塑世界文学版图，不断增加世界文学的中国性。它还是一种引导性的力量，能够对地区文化、洲文化乃至世界文化发挥凝聚、组织、化合的巨大作用，服务于国家的“一带一路”倡议，参与构建“人类命运共同体”，为世界和平和人类进步作出贡献。把中国当代文学海外传播作为一种文化力量加以研究，需要文学研究者具有更加高远的战略眼光，更强烈的现实关怀，更自觉的国家意识。在这方面，丛书各卷作者，也都作了程度不等的尝试。我们期待这个良好的开端，会吸引更多同道者沿着这条路继续走下去。

“中国当代文学海外传播研究丛书”为“中国文化走出去协同创新中心重点学术项目”，被列入“十三五”国家重点出版物出版规划，还得到2019年度国家出版基金资助，得到中央高校基本科研业务费专项资金资助。在此衷心感谢为丛书出版付出了大量心力的各位作者、编者，衷心感谢推荐丛书申报相关项目、担任丛书编委的张西平教授、张健教授、曹顺庆教授、张清华教授、何明星教授、季进教授、罗福林教授、姚建彬教授、石江山教授，以及江西教育出版社的各位责编。

目录

绪论

第一节 研究背景

党的十七大报告指出："文化越来越成为民族凝聚力和创造力的重要源泉，越来越成为综合国力竞争的重要因素。"[①] 十八大报告再次强调了文化的重要性："文化是民族的血脉，是人民的精神家园。全面建成小康社会，实现中华民族伟大复兴，必须推动社会主义文化大发展大繁荣，兴起社会主义文化建设新高潮，提高国家文化软实力，发挥文化引领风尚、教育人民、服务社会、推动发展的作用。"[②] 国家统计局 2010 年 8 月公布的数据显示，改革开放三十年来，中国经济飞速发展，超越日本成为第二大经济体（美国依然

---

①《高举中国特色社会主义伟大旗帜　为夺取全面建设小康社会新胜利而奋斗——在中国共产党第十七次全国代表大会上的报告》，http://news.sina.com.cn/c/2007-10-24/205814157282.shtml，访问日期：2015 年 4 月 23 日。

②《坚定不移沿着中国特色社会主义道路前进　为全面建成小康社会而奋斗——在中国共产党第十八次全国代表大会上的报告》，http://www.xj.xinhua.org/2012-11/19/c_113722546.htm，访问日期：2015 年 5 月 10 日。

位居第一)。但我们必须清醒地认识到：尽管我们在综合国力、经济、政治、军事等方面影响力日益增强，但文化影响力还有待提高。中国科学院发布的《中国现代化报告 2009——文化现代化研究》指出，中国的文化影响力指数在世界排名第七，文化竞争力指数在世界排名第二十四，中国的文化生活现代化指数排名第五十七。[①] 这些指数与中国的大国地位极不相符。从历史的角度来看，在过去的一百多年里，我们一直竭力追赶西方的“现代性”，以单向度地“输入”西方文化为主，较少主动“输出”中国文化。因此，中国文化在世界文化体系中处于“失语”状态。综上所述，要实现中华民族的伟大复兴之梦，在文化建设方面我们任重而道远。

文化的载体和呈现方式之一就是文学。通过文学，文化得以记载、传播和延续。所以，中国文学在世界各国的传播是中国文化走向世界的主要内容之一。而文学的跨文化传播是一个相当复杂的过程，既受到心理、语言、审美、伦理、宗教、意识形态等这些非物质的隐性层面的差异之影响，也受到媒介、出版发行、奖励机制等介于物质和非物质层面因素的影响，同时还受制于传播方和接受方的文化地位的差异和文化影响力。因此，要把中国文学推向世界就必须厘清文学跨文化传播的复杂机制，掌握其一般规律，根据这一规律逐步将中国文学推向世界，增进世界其他民族对中国文学的了解，从而使中国文学更好地融入世界，为人类文学做出更大的贡献。

中华人民共和国成立以来，中国政府也曾努力向外推介中国作家和文化典籍，组织人员翻译了大量的文学作品，以“熊猫丛书”、《中国文学》和“大中华文库”等为主要载体，试图积极主动传播中国文化，并取得了一定的成绩。与此同时，世界各国对中国文学也产生了浓厚的兴趣。以中国当代诗

---

① 中国现代化战略研究课题组：《中国现代化报告 2009——文化现代化研究》，北京大学出版社，2009。

歌的翻译为例，自中华人民共和国成立以来，英语世界出版了数目众多的中国当代诗歌翻译作品。据笔者粗略统计，从 1949 年至今，英语世界出版的重要的中国当代诗歌译文集约有两百种。金介甫的《中国文学（一九四九—一九九九）的英译本出版情况述评》、李德凤和鄢佳的《中国现当代诗歌英译述评（1935—2011）》、刘江凯的《巴别塔上补天——中国当代诗歌的翻译与研究》《认同与“延异”——中国当代文学的海外接受》、北塔的《中国现当代诗歌的英文翻译概况》、姜智芹的《中国新时期文学在国外的传播与研究》等论文或专著曾先后对中国现当代诗歌的翻译情况做过系统的研究。从统计数据来看，中国当代诗歌的英语翻译成果蔚为壮观，然而其影响力却并不尽如人意。在英语世界，外国文学作品的英语翻译，尤其是中国文学作品翻译的市场很小。美国文学翻译家协会前主席、蒙特雷国际研究学院高级翻译学院陶忘机（John Balcom）教授认为，文学翻译在美国出版市场仅占 3% 的市场份额，而中国文学英译作品的出版数量大约是每年一本。① 笔者以为，这其中的重要原因之一是世界文学体系的不平等性。自晚清以来，我们一直在追赶西方的“现代性”，奉西方文学为圭臬，并对其进行了大量的翻译和深入研究。经过一百多年的积累，国内学术界对西方文学从理论、批评、文学史到文学界的动态都比较了解。与此相反，西方世界对中国文学，尤其是中国当代文学的现状知之甚少，除少数院校外，大多数高校都没有专门研究中国文学的院系，统之以东亚文学系乃至亚非拉文学系。另外，据相关统计，中国人口约占世界总人口的 20%，但只承载了全球信息资源的 4%。2010 年，中国共引进出版物版权 16602 种，但输出的出版物版权仅有 5691 种，引进数量是输出数量的 2.92 倍，2008 年和 2009 年分别是 6.9 倍和 3.28 倍；2010 年全国出版物累计进口 37392.28 万美元，累计出口 3758.16 万美元，

① 马慧娟：《英语世界现当代中国文学翻译现状与分析》，《中国翻译》2013 年第 1 期。

进口金额是出口金额的 9.95 倍，2008 年和 2009 年分别是 7.97 倍和 8.87 倍。由此可以看出，中国的文化影响力仍有待提高，与中国的大国地位不相符。[①]也正是在此背景下，我国政府提出了文化“走出去”的战略。在成功走向世界的作家中，北岛无疑是最具代表性的人物之一。

北岛，原名赵振开，1949 年出生于北京。1965—1966 年曾就读于北京四中，“文革”开始后在河北做了一名建筑工人。1978 年完成诗集《陌生的海滩》，同年年底，他和芒克、黄锐等人创办了民间文学刊物《今天》。“文革”结束后，北岛在外文局任编辑。1987—1988 年在英国杜伦大学做访问学者，1988 年初次访美，并成为爱荷华大学国际写作中心访问作家，此后长期旅居欧洲各国。他曾在挪威奥斯陆大学做访问学者，是荷兰莱顿大学驻校作家、东密歇根大学杰出客座教授和该校国际中心访问艺术家、加州大学戴维斯分校客座教授、美国威斯康星柏洛伊特学院驻校诗人、纽约州立大学石溪分校客座教授、加州大学伯克利分校东亚系客座教授，2007 年起在香港中文大学执教。北岛的作品几乎都被翻译成了英文。他被视作“中国当代最杰出诗人”，曾荣获瑞典笔会图卓尔斯基文学奖、摩洛哥诗歌之家阿格那奖，1996 年北岛当选为美国文学艺术院终身院士。

对中国作家而言，北岛世界声誉的生成机制既有特殊性也有典型性。北岛因长期生活在海外，其作品被英语世界的读者视为了解中国社会的窗口。不论是出于对文学的追求还是现实生活的需要，北岛的一系列个人活动也成了其积累文学资本的途径。他的作品——无论是诗歌还是小说——几乎都被翻译成英文，他与译者之间的密切合作是其译文获得读者认可的重要原因。英语世界对他的诗歌的评价也褒贬不一：杜博妮等人认为，对当时的

---

① 刘德定：《当代中国文化软实力研究》，博士学位论文，河南大学马克思主义学院，2012，第 151 页。

中国文学而言，北岛的诗歌具有革新意义；而宇文所安（Stephen Owen）等人则认为，北岛的诗歌是为了“国际读者”而创作，具有自行翻译的本领，很容易被翻译成英语，不过是英语诗歌的翻版而已。但不论是肯定性的评价，还是否定性的评价，他们都认为北岛是“中国当代最优秀的诗人”——尽管在宇文所安看来“中国当代最优秀的诗人”并不意味着文学上的独创性。北岛还是众多文学大奖的获得者，据说曾数次被提名为诺贝尔文学奖候选人。因此，以他为个案研究能为中国作家走向世界提供有益的参考。

第二节　比较文学誉舆学研究的历史概述

在比较文学研究史上，法国学派很早就注意到作家的世界声誉问题。梵·第根（Paul Van Tiegham）认为，比较文学应该研究文学领域中从一种文化迁移到另一种文化而发生作用的现象，即考察穿过文学疆界的经过路线的起点。首先是“放送者”，包括作家、著作和思想。其次是“接收者”，即某一作家、某一作品、某一思想或某一情感。最后，在两者之间还有“传递者”——媒介，个人或集团、原文的翻译或模仿。[①] 他认识到作家的声誉和其影响之间的密切关系。一方面，后者并不是通过前者得到证明，但有助于提高作者的声誉并对其发生作用。另一方面，一位作家在外国的影响研究与对他的评价或“际遇”研究紧密相联。他将这一类的研究称为誉舆学（Doxologie），这类研究关注作家的声誉以及别人对他们的评价。[②] 基亚（Marius-Francois Cuyard）也非常重视该问题，但他主要探索作为放送者的

---

① 梵・第根：《比较文学论》，戴望舒译，吉林出版集团有限责任公司，2010，第 39 页。
② 梵・第根：《比较文学论》，戴望舒译，吉林出版集团有限责任公司，2010，第 89 页。

某个作家、群体乃至一国文学在国外的声誉、成就、命运及其影响历史。基亚首先注意到了一个民族的作家在国外的声誉，认为作家的声誉和其作品的声誉是不可分割的整体。“传播”“模仿”“成功”和“影响”是不同的，应该仔细加以区分。一本畅销书的文学影响可能几乎为零。[①]他还以莎士比亚和歌德为例说明作家在不同国度不同时期的际遇。但在教堂山会议中，法国学派遭到了美国学派的批判。韦勒克（René Wellek）认为，法、德、意等国尊崇的比较文学爱国主义动机使比较文学成为文化功劳簿，竭力证明本国施于他国的影响，有文化民族主义的危险。而官方理论家们（指传统的比较文学研究者，主要是法国学派——笔者按）却只重视“事实联系”、渊源、影响、媒介和声望，并将其作为唯一的课题，致使比较文学在方法和方法论的见解方面失去了活力，成为一潭死水。[②]在他看来，若比较文学被狭隘地看成双边关系的研究（两国文学之间的“贸易交往”），它就不可能成为一门有意义的学问。[③]韦勒克对法国学派的批评着眼于后者过于注重“事实联系”和忽视文学审美研究的狭隘性。但不可否认的是，法国学派基于事实联系的研究中包含比较文学的若干重要领域。梵·第根刻画的文学作品的传播路线既包含了作家及其作品传播的际遇研究，也包含翻译研究这类当时并未引起足够重视的研究领域。而且，韦勒克等人提出的文学的跨学科研究又很容易忽略“文学性”的立足点和跨文化的特性，使比较文学的研究领域无限扩大，从而容易陷入新的危机。在这种批判声中，誉舆学因其属于法国学派注重的“事实研究”逐渐被学者们冷落。

但在20世纪80年代这一问题又被重新提出。韦斯坦因（Ulrich

---

① 基亚：《比较文学》，颜保译，北京大学出版社，1983，第13页。
② 干永昌等编《比较文学研究译文集》，上海译文出版社，1985，第129—136页。
③ 干永昌等编《比较文学研究译文集》，上海译文出版社，1985，第143页。

Weisstein）认为，在接受研究中，作品的“声誉”问题非常重要，它可以作为衡量作品受欢迎程度的标准，通过畅销书的销售量或演出场次的统计可以估量一部作品的声誉。但和基亚一样，他也看到了作品声誉研究容易引发的问题。他指出，和其他方面的成功一样，文学上的成功有时候是表面的、短暂的。某些作家或作品获得了极高的声誉，并不是因为其文学价值，而是由一时的风尚或外部事件造成的。如商业原因，有些作品受到大众的欢迎，会吸引效仿者和竞争者。在这种情况下，某一作品的成功有时会产生不胫而走的影响。但他同时又指出，作品的受欢迎程度并不一定是文学影响的先决条件，他借用毕修瓦（Cl. Pichois）和卢梭（Rousseau）的“无声誉”以及巴拉金（Anna Balakin）的“非影响”等概念说明有些作品虽然产生了巨大的影响但作品本身并不受欢迎。[①]

布律内尔（P. Brunel）也非常重视对作品以及作家声誉问题的研究。在其与卢梭合著的《何为比较文学》中，他们单列了“命运、成功、影响、来源”一节对此问题加以详细说明。他们认为，作品在国内外的命运就是作品效力的全部证明。作品的成功可以通过出版、改编及其翻译的数量加以说明。他们还注意到一部作品国内声誉与国际声誉的联系，认为国内声誉是国际声誉的基础，但也会出现一个作家在国外的声誉要比在国内更高的情形。这或许是翻译的缘故，也可能是国外读者口味的问题。他们还进一步指出，命运可能成为不幸，影响也往往会变成阻力，但它们能揭示异域读者的接受能力和饱和程度。[②] 与此同时，他们也注意到比较文学研究的不均衡状态，文学“大”国往往只将注意力集中在本民族的文学研究上，而一些文学“小”

---

① 乌尔利希·韦斯坦因：《比较文学与文学理论》，刘向愚译，辽宁人民出版社，1987，第47—49页。

② 乌尔利希·韦斯坦因：《比较文学与文学理论》，刘向愚译，辽宁人民出版社，1987，第42—51页。

国则使用一些国际化的语言充实本国语。[①] 同此前的学者相比，布律内尔和卢梭在作家及其作品声誉问题上的看法更深入。第一，他们看到了作家追求国际声誉中存在的偶然性——翻译和异域读者的口味问题，这部分解释了某些作家在国外的声誉超过国内声誉的原因。译者在翻译过程中，站在自己的审美、道德、伦理、政治、宗教、文学观等角度，不自觉地从本民族文学传统处理源语文本，这即勒菲弗尔（Andre Lefevere）提出的翻译改写理论的基础，改写能使源语文本更好地适应目的语文化。此外，尽管存在韦斯坦因提到的"零声誉"或"非影响"，读者的接受度也是作者和作品声誉不可忽视的问题，专业读者的反响尤其值得关注。第二，他们看到了作家在追求世界声誉过程中的语言问题，这一问题背后折射的是各民族在世界文学中的地位和不平等问题，能启发我们对此问题进行更深入的探讨。

日本学者大冢幸男对作家声誉的研究则基本沿袭了梵·第根的观点，但他将作者作品进入国外的现象——作家的命运——分为七类：1. 不同国家对某一外国作家及作品被接受的方法不尽相同。通过这种方法，可以了解不同国家国民的知识、文化水平以及嗜好。2. 即使同一个外国作家，接受国对他的评价也不是一成不变的，会随着时代的迁移而变化，但每个时代的侧重点不同。3. 一个作家及其作品在国外受到的评价往往与本国受到的评价不同，即作家在国内和国外的声誉会出现反差。4. 有些在本国名不见经传的作家在异国的声誉却不亚于一流的作家。5. 同一文学现象或同一作品在不同的接受国会产生不同的理解甚至误读。6. 有些畅销书几乎没产生影响，而有些不知名的作品却产生了深远的影响。7. 翻译。在他看来，翻译对作家声誉的影响最大。这也是他与之前其他学者观点的不同之处。他认为只

---

① 乌尔利希·韦斯坦因：《比较文学与文学理论》，刘向愚译，辽宁人民出版社，1987，第47—52页。

有当原作是真正的优秀作品时，译文才会有生命力。而翻译通常是“创造性叛逆”，既不是随意改写，也不是照抄照搬。①

从上述相关论述中我们可以看出，传统的誉舆学注意到了作家世界声誉的相关问题研究，其成果也值得肯定。一方面，他们都注意到了翻译在作家追求世界声誉过程中的重要性。正如大冢幸男指出的那样，翻译对作家声誉会产生极大的影响。这是因为，翻译是作家进入世界文学的桥梁，也是作家进入世界文学的前提和基础。对于非主流文学空间来说，即使是十分重要的作家，若得不到翻译的机会，就无法进入世界文学市场，其影响也就只限于本民族。而与翻译紧密相关的便是语言，语言成了作家赢得世界声誉的工具之一。另一方面，他们都注意到了作家在异域接受度和本土接受度的差异问题。基亚分析了歌德和莎士比亚在不同国家不同时期的接受状况，韦斯坦因提到的“零声誉”或“非影响”实际上指出了作家国际声誉中的偶然性以及文学作品的商业价值和文学价值之间的张力。

但传统誉舆学研究也存在明显的不足。一方面，传统誉舆学研究并未充分意识到世界文学体系的不平等性对作家声誉的影响。来自非主流文学空间的作家在追逐世界声誉的过程中面临的挑战更大，来自主流文学空间的作家更容易赢得世界声誉，这是不争的事实。与作家世界声誉紧密相关的因素是语言。用法语、英语、德语等主流语言进行创作的作家要比使用其他语言创作的作家更容易赢得世界声誉。这些民族所确立的文学标准也被视为世界性法则。另一方面，奖励机制也并未纳入传统誉舆学的研究范畴。奖励机制是作家世界声誉的体现之一，它代表着某种文学团体或组织机构对作家的认可，不管这种认可是否客观公正，它都具有一定的权威性。此外，奖励机制对作家的认可又会进一步提升作家的世界声誉。有些作家在获得

① 大冢幸男：《比较文学原理》，陈秋峰、杨国华译，陕西人民出版社，1985，第85—87页。

某种文学奖（尤其是诺贝尔文学奖这类重要的奖项）之后会吸引更多的读者，也会吸引更多的研究者对其作品进行阅读、批评和研究，还会促进其作品的出版、发行和翻译。

第三节 本书研究的理论基础、意义与创新之处

一、国内北岛世界声誉问题的研究概述

北岛已成为国内学术界的研究热点，笔者通过CNKI论文数据库粗略统计，与北岛相关的研究论文（含学位论文）2011年约为37篇，2012年约为30篇，2013年约为17篇，2014年约为20篇，2015年约为20篇。这些数字足以说明国内学者对北岛研究的重视程度。归结起来，国内有关北岛世界声誉的研究主要集中在以下几个方面：

首先是北岛作品的英译研究。就翻译而言，北岛的作品曾被翻译成英、法、德、瑞士等二十多种语言。被翻译成英文的诗歌集有《八月的梦游者》（*The August Sleeping Walker*, 1991）、《旧雪》（*Old Snow*, 1991）、《距离的形式》（*Form of Distance*, 1994）、《零度以上的风景》（*Landscape Over Zero*, 1996）、《开锁》（*Unlock*, 2000）、《忍耐》（*Endure*, 2010）、《在天涯》（*At the Sky's Edge*, 2001）和《时间的玫瑰》（*The Rose of Time: New and Selected Poems*, 2010），小说有《波动》（*Waves*, 1990），散文集有《蓝房子》（*Blue House*, 2000）和《午夜之门》（*Midnight's Gate*, 2005）等。翻译研究集中在两个方面：北岛诗歌的可译性研究和翻译策略研究。北岛诗歌的可译性问题是由宇文所安的“The Anxiety of Global Influence: What Is World Poetry?”一文引发的。李燕和陈伊在其硕士论文中都对这一问题进行了探讨。从翻译实践而言，李燕认为北岛诗歌中怪诞的意象、独特的组合方式以及模糊的意

义表现都给其英语翻译带来了较大的困难。《八月的梦游者》以直译为主，但如果用抵抗策略去细读文本就会发现一些明显的误译和误读。[①] 陈伊的硕士论文则考察了北岛诗歌的翻译和世界文学的可能性之间的关系。在陈伊看来，北岛诗歌被不同译者翻译的原因之一是这些译者大多在20世纪经历了五六十年代的诗歌运动，他们本身是诗歌的狂热追求者或希冀从北岛的诗歌英译过程中获得创作的灵感和动力。和庞德一样，他们希望从东方文学汲取营养，来满足自身的"想象共同体"。[②]

其次是北岛作品的接受研究。这方面的重要成果是杨四平的论文《北岛海外诗歌的传播与接受》。他将海外读者对北岛作品的解读方法分为六种：文化性读法、思想性读法、政治性读法、系谱性读法、修辞性读法和综合性读法。文化性读法要求读者尽量去除北岛海外诗歌的地方性和历史性，将其还原成"透明的载体"以获得蕴含在诗歌中"被解放的想象力和纯粹的人类感情"。故此，北岛不仅仅是中国诗人，还是世界诗人，他的诗歌超越了政治和国别限定，是所谓的世界诗歌。思想性读法认为在后现代境况中北岛诗歌已经完全被全球化了，失去了本土性。系谱性读法着重从北岛诗歌的创作资源、写作格局、风格变化等方面系统勾勒出诗人创作的图谱。修辞性读法重在诗歌的形式研究，其代表人物是金丝燕。在《细读的悖论——诗书写的不可能与自由》一文中，她指出北岛的诗歌存在四个层次的"断裂"：空间与听觉的音乐性断裂、词语的音乐性断裂、词义的差延和词义的断裂。她认为："北岛以诗的写作与公共空间保持距离。他宁愿消失在特殊性之中而不愿沉溺在社会与人民的主体性里。"[③]

---

① 李燕：《从抵抗策略看北岛诗歌的意象翻译》，硕士学位论文，上海外国语大学，2013，第42页。

② 陈伊：《归来的陌生人》，硕士学位论文，复旦大学，2011，第22页。

③ 杨四平：《北岛海外诗歌的传播与接受》，《井冈山大学学报》（社会科学版）2012年第1期。

最后是北岛与诺贝尔文学奖研究。周长才的《北岛与诺贝尔文学奖》一文首先介绍了北岛被诺贝尔文学奖提名的历史。他认为，在中国作家中，北岛获得诺贝尔文学奖提名的次数最多。1985 年北岛首次被提名诺贝尔文学奖，1993 年进入了候选人的前四名。但依据诺贝尔文学奖的评选规则，候选人的名单都是保密的，更不要说在候选人中进入前五名的作家。周长才如何知道北岛在 1993 年进入了候选人的前四名？这些信息连投票决定最后获奖者的院士都无法得知，该文提供的信息的准确性值得怀疑。周长才还分析了北岛获得诺贝尔文学奖的可能性。第一，北岛长期旅居海外，他的这种特殊经历和身份标签是他受到诺贝尔文学奖关注的原因。第二，北岛与瑞典文学院有接触。第三，北岛作品本身具有很高的文学价值。该文作者认为北岛的诗歌语言比 T. S. 艾略特的诗歌更加简洁、冷峻，他的诗歌创作达到了王国维所说的三种境界。① 在上述三个可能性中，该文作者对前两个因素的分析过于简单模糊，一笔带过。就北岛的身份标签到底对他冲击诺贝尔文学奖产生了什么影响，以及北岛与瑞典文学院的接触和他成为诺贝尔文学奖的候选人之间到底有何联系（如果因为北岛与瑞典文学院有接触就使他成为诺贝尔文学奖的候选人，是否说明这一奖励机制存在着明显的不公正性？）等这些值得关注的问题并未做深入的分析。

徐江的长文《诺贝尔的噩梦——北岛批判》则指出，北岛曾三次被提名为诺贝尔文学奖候选人，其中有一次差点击败谢默斯·希尼（Seamus Heaney，1939—2013），成为当年的诺贝尔文学奖获得者。在他看来，北岛并不是唯一优秀的诗人，是历史选择了北岛。因为“文革”依然是西方文学界研究中国文学、中国诗歌的兴奋点，而北岛是属于“文革”这一代的诗人，因此他有可能问鼎诺贝尔文学奖。作者认为北岛是 20 世纪中国最优秀

---

① 周长才：《北岛与诺贝尔文学奖》，《外国文学》1999 年第 3 期。

的诗人，其贡献不亚于郭沫若和艾青，其成就在徐志摩、戴望舒、李金发和穆旦之上，他代表了自“五四”始近一个世纪中国现代诗的最高水平。但他认为，“五四”以来至20世纪80年代的中国诗歌并未超越民族与地域的界限，并未达到世界诗歌的最高水准。作者分析认为，北岛可能获得诺贝尔文学奖的原因有二：首先，中国有几千年的文学传统并且得到了世界的认可。从现实因素来看，中国作为世界第一人口大国，若诺贝尔文学奖不颁发给中国作家就不能体现它严格意义上的世界性。基于此考虑，诺贝尔奖委员会可以暂时不考虑中国作家作品的文学价值，随意挑选一位作家予以表彰。北岛无疑成为最佳人选，因为其国际影响也使他获得提名这一事件合乎情理。其次，西方人向来对中国文学作品进行政治性的解读，若将北岛作为索尔仁尼琴一类的作家予以表彰可以在世界范围内引起轰动，为诺贝尔奖扬名。只不过前一种授奖理由是对中国文学的施舍，后一种授奖理由则是对诗人北岛的侮辱。① 总体来看，在作者对北岛获诺贝尔文学奖的可能性分析中，北岛诗歌的主题、诗人自身的特殊身份标签以及西方读者对中国诗人政治性解读等因素的确有一定的道理，而且对北岛的世界声誉产生了巨大影响，但这一因素不能被过度夸大。作为主流文学空间的一种奖励机制，诺贝尔文学奖委员会较少受到文学性以外因素的干扰。尽管“文革”仍是西方文学界研究中国诗歌的兴奋点并将诗人的作品作为了解中国的窗口，但这并不意味着这一奖励机制只注重北岛作品的这一创作背景。从历年获得诺贝尔文学奖的作家名单来看，因其他因素而获此殊荣的作家毕竟寥寥无几，文学性依然是这一奖励机制的重要衡量标准。另外，诺贝尔文学奖本身具有一定的局限性，它仅仅是主流文学空间认可度较高的奖励机制之一，其

① 徐江：《诺贝尔的噩梦——北岛批判》，http://www.chinapoesy.com/ShiCiZhiShi1fe6b57d-7f40-435c-8ecf-2c8cd961c77d.html，访问日期：2015年1月28日。

确立的文学标准并不适用于一切民族文学。诺贝尔文学奖授予一位中国作家就是对中国文学的施舍，这一看法过于夸大诺贝尔文学奖的价值，用这一标准衡量中国现当代文学本身的价值就会抹杀它所取得的成就。毋庸置疑，中国现当代文学受到了西方文学的影响，但从比较文学的角度来看，文学的影响与接受是一个非常复杂的过程，并不是单纯的模仿和抄袭。作家个人的审美趣味、文学观念等方面的差异使得每位作家对外来文学的消化与理解程度不尽相同。中国现当代文学内部变革的要求才是可持续发展的动力，西方文学的影响是非常重要的外部刺激条件，两者缺一不可。

上述各种研究从不同的切入点对北岛诗歌进行了剖析，这些研究视角多样、观点各异，但若从比较文学誉舆学的角度来看，仍存在如下不足：1. 迄今为止，学者们对北岛的研究只侧重于某一方面，如翻译、对北岛的作品评价与解读，以及北岛与诺贝尔文学奖等问题，并未将它们有机地统一起来。2. 就北岛的世界声誉而言，诺贝尔文学奖无疑是最重要的奖励机制之一，但迄今为止，这方面的研究材料事实不清，某些说法有待商榷。

二、本书研究的理论基础

（一）世界文学空间体系理论

进入 21 世纪后，随着世界经济一体化进程的加剧，世界各国经济间的依赖性不断加强，各民族间的文化交流也越来越密切。在此背景下，各民族的文学交融就成了比较文学关注的焦点，有关世界文学的研究也更为深入。在众多有关世界文学的理论中，法国学者帕斯卡尔·卡萨诺瓦（Pascale Casanova）的世界文学理论体系最具特色。受福柯权力理论、布迪厄“文学场”和沃勒斯坦世界体系的理论的影响和启发，她提出了“世界文学空间体系”这一概念，其理论集中体现在《文学世界共和国》（*The World Republic of Letters*）这部著作中。她认为，同世界经济一样，世界文学空间体系最突出的特点是不平等性。从这一空间的历史形成过程来看，文学最初对民族的依赖是造成这一空间不平等的根源之一。因为民族之间的竞争源于各自在政治、经济、军事、外交以及地理历史等方面的差异和不平等，故而与民族紧密相关的文学资源在各民族的分配也是不均衡的。这种结构的影响对所有民族文学和作家都有非常重要的意义，这使得某一民族文学空间内的文学实践与传统、形式与审美只有与其民族文学在世界体系中的地位联系起来看时才能被理解。文学世界的等级性赋予了文学自身的形式。这种不平等性集中体现在以下方面：第一，这一空间体系有“中心”和“边缘”（或半边缘）之分，处于中心区域的民族文学空间拥有更多的话语权。自然而然，这些空间所确立的标准就被视为具有世界性。第二，每位作家在进入国际竞争时，都背负（或抛弃）其民族文学的历史包袱，这一点仅仅凭借其所属特定语言区域和民族群体的身份就可以看出。因此，在世界文学空间的竞争中，作家本身既是整个民族文学的继承者，也是塑造其现状的国际历史的承受者。这种遗产的极度重要性会积累为某种“归宿”或“命运”。这就意味着此空间体系中的作家在追逐世界声誉时所面临的挑战不同，而翻译就成了处于边缘区域的作家进入中心区域的前提。那些有机会被翻译成主流文学空间体系所使用语言的作家才可能赢得世界声誉，并被主流文学空间体系认可。第三，作家所在的民族文学空间在世界文学体系中所处的位置使得他和世界文学空间处于一种特殊的关系。其在民族文学空间体系中的地位也取决于他继承文学遗产的方式，所选择的审美立场、语言和形式，从而也决定了他在世界文学空间中的地位。即是说，在描述作家的跨文化境遇时，我们必须将其置于他所处民族文学空间在世界文学中的地位和自身在这一空间的地位的双重视角中去审视。其所处民族文学空间在世界文学空间体系中的地位越高，他就越可能在世界文学空间中占据重要位置。这也就意味着，来自中心区域文学空间的作家要比来自边缘区域文学空间的作家更容易赢得世界声誉。此外，卡萨诺瓦还注意到翻译、文学评论、语言、出版等因素对世界文学空间体系权力结构的重要影响。[①] 从此理论我们可以看出，作家的世界声誉构成机制非常复杂。从"放送者"的角度来说，它包含作家本身在其所处民族文学空间中的地位、作家作品本身的文学价值（得到主流文学空间认可的价值）、文学的自治程度等因素；从"接收者"的角度来看，包含读者对其作品的评价与判断和奖励机制等因素；从"传递者"的角度来看，包括翻译、出版以及作品传播途径等因素。从三者的整体关系来讲，还包括世界文学空间体系本身的权力结构和运行法则。此外，需要指出的是，誉舆学中"放送者""传递者"和"接收者"三个要素之间的关系并不是单向的，而是一直处于相互影响、相互渗透的关系之中。例如，北岛进入英语世界文学空间的前提是翻译和出版，而这两者又促进了英语世界的北岛研究。北岛在英语世界赢得声誉后（如诺贝尔文学奖提名和各种文学大奖）便具有了"名人效应"和"权威效应"，而这些效应又赋予北岛更多的符号价值和文学资本，促进其作品的翻译和出版。他所赢得的国际声誉强化了他在中国文学史中的地位，也进一步激起国内学者研究其作品的兴趣。

总而言之，在卡萨诺瓦看来，文学世界共和国有自己的权力结构，其经济模式产生了阶层和暴力，故而参与其中的每一个竞争者的地位并不是平等的。各个民族的文学空间都建立在对其中心区域的（文学性的）依附之上，它与中心的审美距离影响着其地位和权力结构。这种美学距离也赋予中心区域制定文学认可的相关法则，具有唯一的合法性。这是一种特殊的认可机制，不受偏见和政治利益的影响。世界文学空间体系的不平等性就意味着来自边缘或半边缘区域的作家在进入中心区域追逐世界声誉时会面临诸

---

① Pascale Casanova, *The World Republic of Letters*, trans. M. B. DeBervois (Cambridge: Harvard University Press, 2007).

多困难。从这个意义上来说,世界文学历史的形成过程中充满着暴力和抗争,而否认、宣言、强力、特定革命、侵吞、文学运动等方式就是这种暴力和反抗的具体表现。[①]

（二）文学资本理论

文学世界共和国也有自己的“市场”,即是说文学作品从产生到流通过程中也存在这样一个空间,这个空间里也存在着一种被所有参与者都认可并且可以交换的价值。这种价值也就是文学资本。

“资本”一词原为经济学和金融学术语。经济学上的资本指获得基本生产要素的资源,如资金、厂房、设备等。金融学意义上的资本指金融财富,如资金。广义的资本则是对各种社会资源的总称,既可以指物质性的,也可以指精神性的。例如,作为人类精神财富资源之一的文学也是一种资本。正如卡萨诺瓦所言,作家在步入世界文学市场时,实际上就卷入了一种竞争。[②] 这种竞争的实质是文学资本的竞争。作家拥有的文学资本越多,在世界文学市场竞争中就越处于有利地位。故而,如何在竞争中获得更多的被大家认可的文学资本支配权就成了追求世界声誉的终极目标。它是参与世界文学竞争的必要和充分条件,也使所有参与的竞争者能够依据大家一致认可的标准去衡量文学实践。

文学资本的占有量首先与民族性有关。在民族文学空间形成之初,文学往往依附于民族—政治。一方面,民族—政治的独立往往会成为作家的使命或义务。此时文学作品从主题、技巧等方面大多服从于民族—政治需要,这既是文学民族特性的要求,也是作家们获得文学资本的前提。另一方面,

① Pascale Casanova, *The World Republic of Letters*, trans. M. B. DeBervois (Cambridge: Harvard University Press, 2007).

② Pascale Casanova, *The World Republic of Letters*, trans. M. B. DeBervois (Cambridge: Harvard University Press, 2007).

民族—政治也是民族文学空间构建的基础，只有在政治上获得独立以后，文学才能逐步摆脱自身对民族—政治的依附，从而实现文学的自治，确立自己的法则。从这个角度来说，文学自治程度越高的民族文学，在世界文学空间体系中越有可能积累更多的文学资本，作家就有更多的创作自由。

卡萨诺瓦认为，文学资本具有民族性，它与民族—国家相互依赖。我们无法从现代意义上描述一个独立单一的，可以在它自身找到其存在和一致性根源的实体。相反，每个国家都是在相互联系的基础上逐步建立起来的，也就是说，是在对抗和与其他国家间的竞争中建立起来的。国家是一个关联性现实，民族是在民族间性中得以存在的。

文学对民族的最初依赖是造成文学世界不平等的根源。各民族的历史也是不平等的（因此也是竞争性的），一直带着民族烙印的文学资源本身就是不平等的，它们被不均衡地分布在各民族的文学空间。这一结构的影响涉及所有民族文学以及所有作家，包括文学实践、传统以及特定民族文学空间里生成的形式和美学。只有当人们在世界结构中为民族文学空间明确定位之后，才能找到它们的真正价值。

此外，只有在民族—国家构建完成以后，才可能实现通俗语言的合法化，也才可能构建特殊的文学。民族文学是世界文学的组成基础和细胞，而民族—国家的建立往往对民族文学的合法性起着决定性作用。作家所处的民族文学传统和所使用的语言遗产是作家先天就获得的文学遗产，作家在追逐世界声誉时继承民族文学遗产的方式（如语言使用的方式、作品的形式等）是其文学资本积累的基础。一方面，民族（及语言）出身与全球文学世界等级结构的整体联系在一起，每位作家在参与世界文学市场的竞争时都背负着民族文学的遗产，这种遗产或促进或阻碍其文学资本的积累，使作家处于有利或不利地位。另一方面，每位作家继承和对待民族文学遗产的方式不尽相同：或传播，或改变，或拒绝，或增加，或抛弃，或忘记，或背叛。而这种方式往往最能体现文学史的发展轨迹并成为整个文学史（特别是民族的，也就是说语言的）更新的动力，同时它还不自觉地改变着“文学时间”，即“现代性”。因为它属于一个语言领域和一个民族群体，影响着与中心空间确立的审美标准的距离，从而也影响着作家文学资源的积累。

然而，需要说明的是，民族性是文学无法摆脱的内在特质之一，但世界文学空间还有其独立的运行法则，文学资源的获得过程也是一系列文学技巧、形式、审美、叙事方式的积累过程。可以说，文学史并不基于民族编年史，也不基于某一时期的一系列文学作品，而是基于连续的反抗和解放。正是通过这些反抗和解放，作家们才能建立独立的、纯粹的文学创作条件。从这个意义上说，文学史是文学资本的产生、积累、集中、（不平等）分配、传播和分流的历史。整个世界文学空间自由的获得也是通过每个民族文学空间的自治来实现的：他们极力摆脱民族—政治控制就是为了只服从文学的独特法则。因此，文学空间的自治程度（是衡量文学对民族—政治依附性程度的标志之一）影响着民族文学空间文学资本的积累。

简而言之，在参与世界文学市场竞争时，作家文学资本的积累既和他在民族文学空间中的地位相关，又和该民族文学空间在世界文学空间中的地位紧密相联。与此同时，也和他在整个世界文学空间中的地位密不可分。①

语言是文学资本的另一徽标，也是文学资本积累的另一重要武器。使用某些语言创作的文本在文学世界中会有更高的威望（如法语和英语），所以在文学世界里存在一些公认的更具文学性的语言，这些语言被视为文学的化身。当然，仅使用某种语言还不足以构成文学资本，该语言所蕴含的文学性才是文学资本的核心竞争因素。每一代作家都在提炼、修改、扩展此语言

---

① Pascale Casanova, *The World Republic of Letters*, trans. M. B. DeBervois (Cambridge: Harvard University Press, 2007), pp.36–43.

的标准与审美原则，并力图使之成为能够衡量其他语言文本的准绳。在此情况下，那些具有文学性的语言（如法语和英语）本身就成了一本文学“证书”。故而，在文学世界共和国处于中心地位的语言所承载的文学性就会被处于边缘或半边缘地区的作家模仿或利用。资本引进者无须还本付息，而输出者追求的唯一利润就是其中心地位的巩固。这就是说，一个西方（文学世界）的作者会自动具备世界性，而边缘区域作家则需要经过努力去获得它。① 这使得用这些语言创作的文本更具文学性，从而使其作者在追求世界声誉时更具优势。

与语言紧密相关的便是翻译。语言本身潜携的文学资本使文学翻译成了一把双刃剑。一方面，翻译是处于边缘或半边缘区域的作家进入世界文学空间中心区域的“通行证”，是这些作家追逐世界声誉的前提。那些作品没有机会被翻译的作家也就永远无法进入世界文学市场，人们会忽略它的存在。另一方面，翻译也成了边缘或半边缘区域文学归并到核心美学范畴中去的一种系统性机制，因而也是篡改、误读、曲解甚至是断章取义的根源。翻译机制与中心区域推行的世界性价值紧密相联，是中心区域价值霸权的另一种体现。“在以拒绝对抗和等级的世界结构名义下，在所有文学一律平等的外衣下，这些持有世界性垄断权力的人让所有人类都屈服于他们的法则，世界性就是他们既得的，与他们的世界性相似，因而被他们认为是可以被所有人接受的东西。”②

丹麦学者乔治·勃兰兑斯（Georg Brandes）深刻地意识到这一点，他在1899年发表的《世界文学》中指出，本土文学的特性和国际市场文学流行

---

① Pascale Casanova, *The World Republic of Letters*, trans. M. B. DeBervois (Cambridge: Harvard University Press, 2007), p.14.

② Pascale Casanova, *The World Republic of Letters*, trans. M. B. DeBervois (Cambridge: Harvard University Press, 2007), p.178.

趋势之间存在着张力。世界文学具有不平等性，使用不同语言的作家在世界文学中享有不同的地位，而这一地位与其世界声誉息息相关。具体来说，使用法语、英语、德语等语言进行创作的作家更容易获得世界声誉，而使用诸如芬兰语、丹麦语、希腊语等少数人使用的语言进行创作的作家则在世界声誉的竞争中处于劣势，因为他们缺少语言这一重要武器，而对作家来说，语言决定一切，翻译无法弥补这一差别。因为翻译舍弃了作家赖以肯定自身的语言艺术特性，在母语中越优秀、越伟大的作家，在翻译中丧失的东西也就越多。①

此外，文学研究与评论也是文学资本积累的重要手段。文学评论者往往能为文学文本创造某种价值或者文学资本。保罗·瓦莱里（Paul Valéry）将文学评论家称为“裁判”。他指出，这些拥有裁量权的行家虽然本身并不是作品的创造者，但他们是充满激情且廉洁公正的裁判，他们通过多次阅读和反复思索，以自己的评判赋予作品真正的价值，并通过这一过程使作品逐渐拥有某种文学资本或使之增值或贬值。与翻译人员一样，评论家也为民族文学遗产的增加做出了贡献，他们对文本的“裁判”也成了文学资本斗争的武器。当然，判断什么是文学，什么不是文学，决定文学艺术界限的权力只专属于制定文学法则的那些人。瓦莱里认为，评论者也要对各种误读或者曲解负责，这些误读和曲解就是所谓祝圣中心的特色，而且这些曲解正是文学中心的种族中心论偏见的体现。

瓦莱里还注意到，文学资本的积累也跟文学职业圈的相关人员或机构紧密关联，这些人员或机构对作家的文学资本积累也至关重要，如一小部分受过教育的人群、贵族或者开明资产阶级，沙龙、专业新闻界及有威望的文学

① 大卫·达姆罗什、刘洪涛、尹星主编《世界文学理论读本》，刘洪涛、程艳译，北京大学出版社，2013，第49页。

收藏家、著名出版商、有名望的星探——他们的声誉与权威可能是全国性的或国际性的。在瓦莱里看来，文化若要转化为一种资本，就需要两个条件：第一，必须有一批需要这一资本并能使用这一资本的人群；第二，这些人知道如何获得和运用学科知识、惯例及实践，能充分利用几个世纪积累起来的文件及工具的宝库。这一资本还体现在所有传输、占有、改变和更新这一资本的人身上。这一资本在以文学团体、学术协会、评委会、文学流派等为载体的形式存在，其合法性是由其所显示的数量、资历和认可的效率来决定的。那些有着深厚文学传统的国家随时都通过任何一个参与文学创作或者自认为对文学遗产负责的人使其文学资本复活。①

总而言之，作家对世界声誉的追逐实质也是各自文学资本的竞争。对作家而言，这种竞争并不是平等的，但也只能以所有参与者都认可的游戏规则参与其中。作家的民族性、使用的语言、翻译、评论、奖励机制、出版发行等因素都成了作家世界声誉机制中的要素，作家也通过它们不断为自己积累资本。

三、本书的意义以及创新之处

前面已经提到，中国的大国地位和中国文化影响力并不相称。中国文化“走出去”战略实施的最终目的就是要提高中国文化的影响力。但一种文化在异域的传播与接受机制非常复杂，政府自身的重视和主动推介固然非常重要，接受方对中国文化的接受程度和方式也非常重要，如何处理好两者的关系是中国文化“走出去”的关键。本书以北岛为个案，从英语世界对北岛作品的翻译、研究及奖励机制三个角度探讨了北岛世界声誉的形成机制及

① 帕斯卡尔·卡萨诺瓦《文学世界共和国》，罗国祥、陈新丽、赵妮等译，北京大学出版社，2015，第19—20页。

其相关问题。笔者认为，这三个要素共同作用但又彼此影响，它们都成了北岛在世界文学市场竞争中积累文学资本的必要手段。

通过这一研究，笔者希冀它对中国作家更好地走向世界提供借鉴和参考。因此，本书的意义在于：

第一，传统的誉舆学曾受美国学派的批判，在比较文学研究中日渐衰微，但这一研究方法依然具有重要的理论价值，尤其在世界文学理论转向对文学的本土性和世界性二者之间的关系研究时更突显其价值。这是因为，在不平等的世界文学空间体系中，各个民族的文学竞争的起点并不平等。在世界经济一体化的大格局中，如何使中国文学更好地融入世界文学市场，并为更多的人所接受和认可是非常迫切且无法回避的问题。本书从比较文学誉舆学的角度梳理了北岛世界声誉的形成机制，一方面有助于我们重新审视这一领域的研究，另一方面也希望对此领域的理论和方法能有新的拓展。

第二，中国文学如何"走出去"是近几年文学界的热点话题之一。但某一作家如何能更好地被世界接受和认同是一个非常复杂的过程，这一过程既与作者本人作品的文学价值密切相关，也与其作品的翻译、研究、出版发行、奖励机制等诸多因素有关，还与其所在的民族文学在世界文学空间体系中的地位和主流文学空间及其所在的民族文学的政治想象及态度相关。北岛依然是世界公认的优秀作家，对他世界声誉的形成机制及其相关问题的研究能为中国作家"走出去"提供有益的借鉴和参考，有助于对如何扩大中国现当代文学影响力展开进一步的研究，使中国文学更好地融入世界，走向世界。

本书的创新之处在于：

第一，首次从比较文学誉舆学的角度将北岛作品的英语翻译、北岛作品在英语世界的研究、北岛的世界声誉与奖励机制等方面的研究有机地融合在一起。笔者认为，上述因素都是作家世界声誉的有机组成部分，它们相互影响，相互制约，无法割舍。

第二，以世界文学的新近理论、文化资本理论为基础，试图揭示作家世界声誉生成机制的复杂性，进一步拓展该研究领域的空间。传统的誉舆学研究并未充分探讨世界文学空间体系中存在的不平等性和权力结构，从而也就无法揭示出非主流文学空间作家在追逐世界声誉时面临的困难（与主流文学空间的作家相比）。

第三，以详尽的资料分析了北岛有关诺贝尔文学奖的种种传言，并分析了中国文学界具有诺贝尔文学奖情结的深刻原因，从世界文学的相关理论进一步阐释了中国文学“走出去”时本土性和世界性之间的张力。

第一章
北岛诗歌的英译研究

作家在进入世界文学空间时所展现的最直接的产品就是文本，而文本需要以某种语言的形式呈现出来，因此语言就成了作家文学资本积累的最直观的武器。在文学资本积累的过程中，最不确定、最艰难的斗争也是语言的斗争。若按使用人数来计算，汉语无疑独占鳌头。据相关数据统计，截至2010年，汉语使用者人数占全球人口总数的14.4%，而英语仅占5.4%。以汉语为母语的人数约为8.5亿，以英语为母语的人数为4亿，但以汉语为第二语言的人数为5亿，以英语为第二语言的人数则为8亿。[①] 从汉语的使用地域来说，除了中国，只有新加坡将汉语作为官方语言。而以英语为官方语言的国家除了英国、美国、澳大利亚、新西兰、爱尔兰之外还有很多被英美统治过的国家或深受英美文化影响的国家，如印度、南非、肯尼亚、新加坡、坦桑尼亚、津巴布韦、乌干达、菲律宾、多米尼加、毛里求斯、尼日利亚、赞

---

① 吴玉慈 :《汉语的国际影响从哪来》，http://www.chyxx.com/industry/201406/255255.html，访问日期：2016年2月15日。

比亚等国。此外，英、美、德、法等国也是世界出版业的中心，在全球出版市场影响力极大。它们也是世界图书版权的主要输出国，其中美国、德国和日本的图书市场占全球图书市场规模的50%以上。在这些市场中，英语占绝对优势。不难看出，汉语的影响力尽管随着综合国力的提升有所扩大，但影响力依然有限，在世界文学市场上依然是“小”语种。

语言既是作家的创作材料，也是作家的工具和旗帜，只有当作家拥有足够的自主权时，他所使用的语言才有可能具有文学性。对处于边缘或半边缘区域的作家而言，文学资本的积累除了语言本身的文学性之外还与翻译紧密相关。作家使用的语言在世界文学市场的地位差异使翻译成为文学资本积累的重要途径之一。翻译不仅仅是语言之间的转换，也是获得文学认可的一种方式。翻译活动成为所有参与者之间相互竞争的关键赌注和武器，是世界文学空间内部斗争的特殊形式之一，其斗争与目的语及源语的地位密切相关。

翻译也是认可机制的重要组成部分，它表面上具有中立性，但实质上也体现着文学资本的竞争：对于所有“远离中心”的作家而言，翻译是通往世界文学市场的主要通道，也是衡量使用“小”语种进行创作的作者“存在”与否的标准之一。那些未经翻译的、用少数人使用的语言进行创作的作家，往往会因为其作品得不到翻译使他们在世界文学体系中被忽略，或者说处于“零存在”的状态——尽管真实存在却完全被忽略。卡萨诺瓦曾指出，当一部文学作品被翻译为某种鲜为人知，甚至无人知晓的、缺乏文学传统的文学语言时，它很难在世界文学空间中得到认可。边缘区域作家的作品只有被翻译为一种重要的文学语言时才可能进入世界文学市场。翻译不是一种简单的“入籍”（国籍意义上的改变），或者简单的语言转化，而是更加专业的活动——一个“文学化”的过程。因此，我们可以将此类作品的翻译视作一种文学蜕变。通过翻译，一个来自文学贫瘠地区的文本最终可以被合法机构视为真正的文学文本。无论这些文本用哪一种语言写成，都必须被翻译出来，也就是说必须获得一个文学的合格证。[①]也正是在这个意义上，拉什迪（Salman Rushdie）认为我们会从翻译中获利，而不只是丧失某些东西。[②]

对作家而言，尤其是对使用“小”语种进行创作的作家而言，翻译就成了文学资本积累的重要途径。拉波尔（V. Larbaud）对翻译的作用评价极高。他认为，从微观层面看，译者的知识财富可以通过翻译积累，翻译可以为译者和原作者带来声誉；从宏观角度来看，通过翻译，译者也丰富了民族文学资源。翻译是一项伟大的事业，它将一种文学的重要作品植入了另一种语言和文学。[③]歌德对翻译做出了极高的评价，认为翻译工作是全球文学市场中最重要、最值得尊重的工作。[④]

从上述论述不难看出，翻译在北岛世界声誉的获得过程中起到了至关重要的作用，它既是北岛通往世界文学市场的通行证，也是北岛文学资本积累的基础和途径。北岛的作品曾被翻译成英、法、德、瑞士等二十多种语言（甚至被翻译成阿拉伯语），这在中国当代诗人中是很少见的。而其作品的英译与英语世界对朦胧诗的关注有着密切的关系。奚密认为，朦胧诗之所以被英语世界关注，其原因有三：首先，朦胧诗中象征的应用与官方认可的诗歌有明显的区别。其次，朦胧诗饱含了对新近发生过的历史的批判性反思以及对人性的呼唤。最后，朦胧诗与外国文学发生了接触并有互动关系。奚

---

① Pascale Casanova, *The World Republic of Letters*, trans. M. B. DeBervois (Cambridge: Harvard University Press, 2007), pp.153-157.

② Salman Rushdie, *Imaginary Homelands-Essays and Criticism* (London: Penguin, 1992), p.14.

③ 帕斯卡尔·卡萨诺瓦：《文学世界共和国》，罗国祥、陈新丽、赵妮译，北京大学出版社，2015，第20页。

④ 歌德：《歌德文集》（第十卷），范大灿等译，人民文学出版社，1999，第396页。

密指出，最后两点的意义非常重大。1982 年以后，中国当代诗歌的英语翻译呈上升趋势，中国当代诗歌最终走出了古典诗歌的阴影，在世界文学中获得了一席之地。[①] 而在朦胧诗人中，北岛一直是被关注的热点。这一方面与北岛自身诗歌创作的成就、他在中国当代诗歌中的地位以及在国外的影响力等因素相关；另一方面，也与西方世界对北岛特殊身份的关注紧密相关。

当然，和任何使用“小”语种的作家一样，北岛作品的英文翻译从表面看只是两种语言的转化问题：韵律、语法、句法以及文化背景等形式与内容的变化，这些都涉及语言之间转化的可能性问题——诗歌的可译性。而从深层次看，翻译也是一种文化过滤：译者以英语文学传统所确立的文学审美为标准对源语文本进行阐释，其中难免会有误读、篡改、曲解和断章取义。这一过程也体现了世界文学空间体系的权力结构和文学资本的斗争，它们也与汉语的文学性和民族性（即本土性）密切相关。宇文所安深刻地指出了北岛诗歌英译背后折射出的文化霸权，敏锐地捕捉到了处在世界文学空间体系边缘区域的北岛对中心区域文学资源的挪用和模仿。他认为北岛通过其诗歌展现出的与中心区域文学作品的一致性和相似性为自身积累了文学资本。宇文所安将这种具有相似性的作品称为“世界诗歌”，认为它们是西方现代主义的翻版，因而更容易被翻译成英文。但他很显然忽略了以下两点：第一，如前所述，对北岛而言，他的诗歌在当时的历史语境下，不仅仅是文学语言，也是一种工具，所以北岛的诗歌作品并不是宇文所安所说的“世界诗歌”——一种去历史化、去民族化的写作方式。第二，翻译是北岛文学资本积累的重要途径，但不是唯一途径。北岛在大胆反叛当时的革命文学传统的同时又部分继承了中国古代文学传统，这是他在民族文学范围内的一种文学资本积累方式。换言之，宇文所安只看到了北岛诗歌所体现出的

---

① Michelle Yeh,“Modern Chinese Poetry: Translation and Translatability,” *Front*, 4 (2011) : 603.

世界性而忽略了其与英语诗歌的差异。

此外，需要指出的是，除了杜博妮，大卫·亨顿（David Hinton）、艾略特·温伯格（Eliot Weinberger）、唐飞鹤（Donald Finkel）、克莱顿·埃什尔曼（Clayton Eshleman）和卢卡斯·克莱恩（Lucas Klein）也将北岛诗歌翻译成英文，这些翻译或重译又进一步增强了北岛文学资本的积累，意味着北岛作品获得了更多的被翻译的机会，被更多的中心区域的专业人士所认可（有些译者本身就是英国或美国诗人）。

在上面提到的几位译者中，最早翻译北岛作品的译者是杜博妮。她也是最早研究北岛的外国学者之一，她的翻译实践也影响着其他几位译者。杜博妮曾就读于悉尼大学东方学系，获得中国文学博士学位，其博士论文为《何其芳及其诗论》。“杜博妮”是她为自己起的中国名字。20世纪70年代末，在获得博士学位之后，杜博妮来到中国，担任外文出版社英语专家。当时的中国刚刚结束了“文革”的动荡，处在变革期，文坛非常活跃，呈现出气象万千的景象。此时，她立刻注意到了中国出现的新诗派，即后来的“朦胧诗派”，她关注的焦点便是北岛。当时的北岛还只是一名普通工人，其作品还未得到官方认可，只能通过其主办的地下刊物《今天》和其他途径秘密传播。但她已经意识到了北岛对于中国当代诗歌的重要性并开始接触北岛，之后翻译了北岛的部分诗作。1983年，由她翻译并编辑的《太阳城札记》由美国康奈尔大学出版社出版，译者自己撰写了序言，此序言也是她对北岛诗歌深入研究的结晶。她富有远见地指出，北岛的诗代表着他对中国革命文学传统的批判，发出了那一代人不相信传统的声音，她认为北岛是中国最杰出的诗人之一，其诗作是中华人民共和国成立以来最优秀的。[①] 她的预言很快

---

① Bei Dao, *Notes from the City of the Sun: Poems by Bei Dao*, trans. Bonnie McDougall (Ithaca: The Cornell East Asia Papers,1983).

就得到了证明，1979 年《诗刊》发表了北岛的《回答》，这代表着朦胧诗获得了官方刊物的公开承认，北岛的创作也由“地下”转为公开，他本人成了文化偶像，其诗歌的影响力进一步扩大，奠定了他在中国诗坛的地位。杜博妮还致力于北岛和中国当代文学的研究，发表了大量的论文，翻译了北岛的《波动》《太阳城札记》《八月的梦游者》等作品，并在英美等国积极筹措和组织了北岛作品的专题研讨会，北岛就此走向了世界。所以，不可否认的事实是，杜博妮在北岛赢得世界声誉的过程中发挥了不可或缺的作用。

在《太阳城札记・序言》《八月的梦游者・序言》以及长篇论文《中国当代文学翻译中的问题与可能性》中，杜博妮详细论述了她在翻译北岛诗歌时所采用的策略，涉及韵律、句法、意象、典故等问题的翻译。

第一节　北岛诗歌英译的策略研究：以杜博妮为例

一、无韵化的韵律翻译

从押韵的角度来看，杜博妮将北岛的诗歌分为两大类：有韵诗和无韵诗。北岛创作于 1973—1978 年之间的诗歌有十多首是有韵诗。这些韵律诗通常四行一节，但偶尔也会更长，有时有相同或相似的押韵贯穿全诗。如《回答》：

卑鄙是卑鄙者的通行证（eng），
高尚是高尚者的墓志铭（ing），
看吧，在那镀金的天空中（ong），
飘满了死者弯曲的倒影（ing）。

冰川纪过去了（e），
为什么到处都是冰凌（ing）？

好望角发现了（e），
为什么死海里千帆相竞（ing）？

我来到这个世界上（ang），
只带着纸、绳索和身影（ing），
为了在审判前（an），
宣读那些被判决的声音（in）。

告诉你吧，世界（ie），
我——不——相——信（in）！
纵使你脚下有一千名挑战者（e），
那就把我算作第一千零一名（ing）。

我不相信天是蓝的（e），
我不相信雷的回声（eng），
我不相信梦是假的（e），
我不相信死无报应（ing）。

如果海洋注定要决堤（i），
就让所有的苦水都注入我心中（ong），
如果陆地注定要上升（eng），
就让人类重新选择生存的峰顶（ing）。

新的转机和闪闪星斗（ou），
正在缀满没有遮拦的天空（ong）。

那是五千年的象形文字（i），

那是未来人们凝视的眼睛（ing）。①

第一个诗节中的“证”“铭”“中”“影”韵母分别为 eng、ing、ong 和 ing，符合十三辙中的中东辙，即韵母中有 eng、ing、ueng（weng）、ong、iong 即为同韵，可视作押韵。

第二个诗节中出现了两个“了”，而“凌”和“竞”韵母完全形同，是严格意义上的同韵词，故押韵，该诗节的押韵格式为 ABAB。

第三个诗节中的诗句虽不押尾韵，但“影”和“音”声母相同，韵母相近且押头韵。

第四个诗节中，“信”和“名”不是严格的押韵，押半韵。

第五个诗节中，一、三两行的“的”同韵，二、四行末的“声”“应”押中东韵。

第六个诗节中，“中”“升”“峰”押中东韵。

最后一个诗节中，“空”和“睛”也押中东韵。

另一首诗歌《真的》的押韵方式则要比《回答》更宽松：

浓雾涂白了每一棵树干（an），
马棚披散的长发中（ong），
野蜂飞舞。绿色的洪水（ui）
只是那被堤岸阻隔的黎明（ing）。

在这个早晨（en），
我忘记了我们的年龄（ing）。
冰在龟裂，石子（i）

① Bei Dao, *Notes from the City of the Sun: Poems by Bei Dao*, trans. Bonnie McDougall (Ithaca: The Cornell East Asia Papers,1983), pp.88-89.

在水面留下了我们的指纹（en）。
真的，这就是春天呵（a），
狂跳的心搅乱水中的浮云（un）。
春天是没有国籍的（e），
白云是世界的公民（in）。
和人类言归于好吧（a），
我的歌声（eng）。①

第一个诗节中的“中”和“明”押中东韵。第二节的四行中，第一行中的“晨”和“纹”押韵。最后一个诗节中的“呵”和第五句中的“吧”为同韵词押韵，第二句中的“云”和第四行中的“民”押人辰韵。杜博妮将这类诗歌称为半押韵。

杜博妮认为，北岛的绝大多数诗歌是不押韵的，她将此类诗歌进一步划分为两类：不分诗节的短诗和组诗。《一切》是不分诗节的短诗的典型例子：

一切都是命运（un）
一切都是烟云（un）
一切都是没有结局的开始（i）
一切都是稍纵即逝的追寻（un）
一切欢乐都没有微笑（ao）
一切苦难都没有泪痕（en）
一切语言都是重复（u）
一切交往都是初逢（eng）
一切爱情都在心里（i）
一切往事都在梦中（ong）

① 北岛：《北岛诗集》，人民文学出版社，1999，第 7 页。

一切希望都带着注释（i）

一切信仰都带着呻吟（in）

一切爆发都有片刻的宁静（ing）

一切死亡都有冗长的回声（eng）[①]

全诗有十四行，不分诗节，每两行的字数相等，结构和意义也相似，但押韵就没那么严格。第一句中的“运”和第二句中的“云”属同韵词，也和第四行中的“寻”押韵，属同韵词，并和第六行的“痕”、第十二行的“吟”符合人辰辙韵，即韵母为en、in、uen（un）、ün的词相互押韵。第七行中“重复”和“初逢”押头韵。第九行中的“里”和第十一行的“释”具有同样的韵母，是不严格的押韵。第八行的“逢”、第十行的“中”和最后两行的“静”“声”押中东韵。

杜博妮认为那些或多或少带有押韵的诗歌也往往或多或少地有传统诗歌的诗节结构或诗行安排的影子。北岛创作的押韵的四行诗极有可能受到西方19世纪作诗法的影响，与上下文无关，而中国现代诗歌的创作实践完全吸收了这种形式。在她看来，组诗是北岛早期诗歌的特点之一。就诗行结构而言，《太阳城札记》中的组诗与中国1949年以来的诗歌主流截然不同。这些诗歌并未使用传统的格律，整体上凸显了实验性和非传统的结构（如《太阳城札记》组诗中的很多诗篇只有短短一行或两三行。《生活》一诗只有一个字——网）。她进一步指出，有些诗歌在结构上符合那个时期的诗歌，但在语气和基调上却并不符合这一传统。如《回答》的基调相对直接、具体，语气甚至有点刺耳，而《太阳城札记》的基调则含蓄、抽象或低沉。她认为对这些诗歌押韵的解读与整首诗的结构和语气是相联系的。相应地，这种

① 北岛：《结局或开始》，长江文艺出版社，2011，第12页。

特点在翻译时也得到了呈现。[①]

在杜博妮的翻译实践中，她基本上将北岛的诗歌进行了无韵化的处理。其理由是，同英语诗歌相比，汉语诗歌更容易做到押韵，即使20世纪的现代中国诗人也能轻松自如地使用押韵形式。对押韵诗的翻译而言，她认为若按照诗人自己的创作实践，将这些诗歌翻译成相应的英语押韵诗并非明智之举。而对于非押韵诗而言，用不押韵的译文能产生一种明显的当代效果，但这并不是对西方现代非格律诗的回应。她进一步指出，如果使用英语诗歌的韵律则不足以表达其思想感情，这样做也并不恰当。[②]为了解决这一问题，杜博妮最终找到了一种与韵律毫无关系的解决之道——每行诗首字母大写或小写。这种写作策略在20世纪的英语诗歌中经常被用到，如罗伯特·佛罗斯特（Robert Frost）的《我的十一月客人》（*My November Guest*）中的第一节：

My Sorrow, when she' s here with me,
Thinks these dark days of autumn rain.
Are beautiful as days can be.
She loves the bare, the withered tree.
She walks the sodden pasture lane.

英语大写字母的作用主要有四：第一，使每个句子明确划分。在日常的英文书写中，这些大写字母有助于辨识句子之间的“边界”，这是因为标点符号在实际书写中，尤其是手写时，有时不够醒目。第二，有类似引号的作用，突出强调，引人注意。上述例子中“thinks”和“are”从语义来说是包含在

① Bonnie McDougall, “Problems and Possibilities in Translating Contemporary Chinese Literature,” *The Australian Journal of Chinese Affairs*, 25 (1991): 40-41.

② Bonnie McDougall, “Problems and Possibilities in Translating Contemporary Chinese Literature,” *The Australian Journal of Chinese Affairs*, 25 (1991): 40-41.

整个句子中的，“think”为主句的动词，“are”为宾语从句的动词，若按日常的书写习惯，这个句子应写为“My Sorrow, when she’ s here with me,Thinks these dark days of autumn rain. Are beautiful as days can be”（从句和主句的动词均无须大写）。但它们之所以在此处大写，是因为诗歌这类文体比较特殊。第三，诗歌需要分行，分行有助于朗读。朱自清通过研究发现，当一个句子有二三十个字时，若以十余字为单位，中间没有停顿便不容易朗读。[①] 老舍也曾指出，把长句引入诗歌，“必然会使气势衰沉，而且只能看而不能读”，给诗歌“一个致命伤”。[②] 因此，“think”和“are”首字母大写与分行有关，表示上一行与下一行之间的停顿。第四，也与其要表达的意义有关，“think”和“are”为动词，在此大写强调行为主体的动作。

在杜博妮看来，句首字母的大写能起到类似押韵的作用。[③] 故此，她在翻译诸如《回答》这类有押韵的诗歌时，每行诗首字母均为大写：

> Debasement is the password of the base.
>
> Nobility the epitaph of the noble.
>
> See how the gilded sky covered.
>
> With the drifting twisted shadows of the dead.
>
> The Ice Age is over now.
>
> Why is there ice everywhere?
>
> The Cape of Good Hope has been discovered.

---

① 朱自清：《朱自清全集》，江苏教育出版社，1988。

② 老舍：《老舍文集》（第十五卷），人民文学出版社，1990。

③ Bonnie McDougall, “Problems and Possibilities in Translating Contemporary Chinese Literature,” *The Australian Journal of Chinese Affairs*, 25 (1991): 40-41.

Why do a thousand sails contest the dead sea? [1]

每行诗的首字母大写，一方面是出于分行或语气停顿的需要，另一方面跟诗句要表达的意义相关。“debasement”和“nobility”首字母的大写突出了诗行强调的中心——“卑鄙”和“高贵”，这两个词在诗行中再次出现，句式上的重复也印证了这两个词语气的强化。第三句的“see”首字母大写，可以引起读者的注意，恰当地表达祈使语气。第四句中，原诗句中使用了动词“飘满”，动词一般表示主体发出的动作。而译文将“with”这一介词的首字母大写，替换了原诗句中的代词，这一介词则强调了前一句中出现的“天空”的状态，和动词取得了类似的效果。第二个诗节中出现了两个专有名词“冰川纪”和“好望角”，按照英语书写习惯，专有名词一般首字母大写，其主要目的是表明对象的身份、职位、地理位置等，以区别于普通名词。两个“why”首字母的大写，一方面是因为它们从语义上是独立的，是一个完整句，需要语气的停顿和分行；另一方面也加强了质疑的语气。

若原诗中没有韵律，其结构也不符合传统（如《太阳城札记》中的某些诗篇），杜博妮则采取了译文每行诗的句首字母小写的形式，如《日子》采用首行诗的句首字母大写的方式，其余诗句的句首字母则小写。再如《命运》一诗：

原文：

孩子随意敲打着栏杆
栏杆随意敲打着夜晚 [2]

---

① Bei Dao, *The August Sleepwalker*, trans. Bonnie McDougall (New York: New Directions Publishing Corporation, 1990), p.33.

② Bei Dao, *Notes from the City of the Sun*: Poems by Bei Dao, trans. Bonnie McDougall (Ithaca: The Cornell East Asia Papers,1983), p.88.

译文：

The child strikes the railing at random

at random the railing strikes the night ①

这首诗表达了命运的不可捉摸性，如同孩子敲打栏杆一样，是一种随意而为的结果，而敲打栏杆发出的声音又打破了夜的宁静，这同样是一种突发性的，不确定的后果。译文第一行句末和第二行句首均出现了“at random”这一词组。“at”中的字母“a”没有大写，是对上句语义的回应。“a”小写后就显得不醒目，似乎无刻意强调之意，也应和了“随意”这一主题。但杜博妮指出，诗句首字母大小写的应用只是一个指导原则，并不是一成不变的。②

在翻译北岛的押韵诗歌时，唐飞鹤和杜博妮一样采用了首字母大小写的方式，但他在此基础上也结合了诗句意义的完整性，即有完整意义的诗句的首字母大写，其余的字母则小写，仍以《回答》为例：

The scoundrel carries his baseness around like an ID card

The honest man bears his honor like an epitaph

Look—the gilded sky is swimming

with undulant reflections of the dead

...

Listen. I don’ t believe!

Ok. You’ ve trampled

a thousand enemies underfoot.

---

① Bei Dao, *Notes from the City of the Sun*: Poems by Bei Dao, trans. Bonnie McDougall (Ithaca: The Cornell East Asia Papers,1983), p.37.

② Bonnie McDougall, “Problems and Possibilities in Translating Contemporary Chinese Literature,” *The Australian Journal of Chinese Affairs*, 25 (1991): 40-41.

Call me a thousand and one.①

在第一个诗节中，第四行诗的首字母没有大写。“with undulant reflections of the dead”这个介词短语从语法和语义上来说是无法独立存在的，因为它在该句中做状语。第三个诗节中“a thousand enemies underfoot”是“trample”的宾语，也无法独立存在，故而译者并未像杜博妮那样每行诗句的首字母大写，而是根据诗句的逻辑和句法意义决定首字母是否大写。

北岛后期的诗歌基本放弃了对押韵的刻意追求，更注重语气的自然流畅，基本以无韵诗为主，故此译者翻译时也就保留了这一特色。

二、词语和句法的灵活转换

杜博妮认为，在大多数情况下，中国当代汉语诗歌很容易翻译成英语，主要原因如下：

第一，中国当代诗歌受到西方文化的影响。她认为当代汉语诗歌中很多抽象的术语、典故和具体的指代词直接或间接来源于西方。在创作实践中，中国当代年轻诗人，一方面追求对传统的反叛，有意识地疏离传统诗歌；一方面受到西方的影响，在诗歌中吸收了很多西方诗歌的知识，这意味着文化间的陌生感在逐渐下降。

第二，中西文化具有可通约性。当代中国城市生活与当代西方城市生活比较接近。诗人与译者作为同一个世界的居民，具有类似的生活经历，分享共同的时间构成。这些因素既是文化相融和交流的外在表现，也是相融和交流的原因。从这一点来说，翻译中国当代诗歌和翻译中国古典诗歌有很大的不同（在最低限度上，和 20 世纪初期的现代诗歌翻译也有不同）。

---

① Bei Dao, *The August Sleepwalker*, trans. Bonnie McDougall (New York: New Directions Publishing Corporation, 1990), p.33.

第三，在杜博妮看来，中国古典诗歌、中国现代诗歌和中国当代诗歌又有一个共同点（相比小说翻译而言，诗歌翻译更容易）：它们都向读者传达了一种正式而又严肃的用词方式。尽管用词的正式程度、类型不同，每首诗歌也差异甚大，那些以富有地方特色的语言创作的诗人甚至都倾向于严肃的用词方式，常常使用文学词汇而不是口语词汇，使用抽象或具有普遍意义的意象而非具体的、有特定文化意义的意象。[①]

在杜博妮看来，中国当代诗歌翻译中也有难点，那就是汉语和英语句子在语法结构上的差异。如，汉语中介词（或介词短语）大多在主要动词前面，而英语中介词（或介词短语）大多在动词后面。同样地，汉语中从句大多在主句之前，而英语中从句大多在主句之后。在翻译时，她倾向于英语中自然的表达顺序，即使有时候这样会使句子丧失所要表达的情感高潮。如北岛的《结局或开始》中的一个诗节：

原文：

一生中
我曾多次撒谎
却始终诚实地遵守着
一个儿时的诺言
因此，那与孩子的心
不能相容的世界
再也没有饶恕过我[②]

---

① Bonnie McDougall, "Problems and Possibilities in Translating Contemporary Chinese Literature," *The Australian Journal of Chinese Affairs*, 25 (1991): 40-41.

② 北岛：《结局或开始》，长江文艺出版社，2011，第 31 页。

译文：

I have lied many times
In my life
But I have always honestly kept to
The promise I made as a child
So that the world which cannot tolerate
A child' s heart
Has still not forgiven me ①

按照英语的习惯，“in my life”是时间状语，既可以放在动词前，也可以放在动词后，但置后者居多。在汉语中，“一个儿时的诺言”一句中，“一个儿时的”是“诺言”的定语，按汉语习惯定语置于修饰词之前，在翻译成定语从句后，按英语的习惯则置于“promise”之后。“那与孩子的心/不能相容的世界”一句，翻译成英语之后依然按照英语的语法习惯置于修饰词后。“一个儿时的诺言”中，被修饰语置于修饰语之后，句子在此处停顿，全句的意义和阅读中心也就落在“诺言”上。而翻译成英语后，虽然限定词是语义的核心，但从阅读习惯来说它已不再是全句重心。

此外，在她看来，定冠词与不定冠词也是翻译的难点。她认为有些译者在翻译时省略冠词的做法不可取，此举会使译文表达既不符合汉语习惯，也不符合英语习惯。英语中复数名词前面没有冠词就相当于省略了一个不定冠词，但汉语并非如此，有时候非常模棱两可。如《陌生的海滩·五》：

原文：

头巾，

① Bei Dao, *The August Sleepwalker*, trans. Bonnie McDougall (New York: New Directions Publishing Corporation, 1990), p.65.

那只红色的鸟，
在日本海上飞翔。
把火焰的反光，
投向灰色的天际
投在你凝神的脸上
没有风暴就够了，
然而也没有固定的风向，
也许是为了回答召唤。
翅膀发出弓的鸣响。①

译文：

A scarf
The red bird
Flies over the Sea of Japan
The flaming reflection throws
The shadow that has left you
Towards the firmament that belongs to none.
It' s enough that there isn' t a storm
But the wind is constantly shifting
Perhaps in answer to a summons
Wings twang a cry ②

英语中的冠词是用来表示名词特性的一种词，它表示名词的可数或不可

---

① 北岛：《北岛诗集》，人民文学出版社，1999，第 29 页。

② Bei Dao, *The August Sleepwalker*, trans. Bonnie McDougall (New York: New Directions Publishing Corporation, 1990), p.39.

数、单数或复数、任指还是特指等。也就是说，冠词与名词是紧密连在一起的，一般置于名词前面。汉语中没有“冠词”这一概念，在表达类似的概念时，往往将数量词或指示代词置于名词前，如“一本书”或“这人”等。在将名词翻译成英语时，译者就需要根据语境来判断使用什么样的冠词。上面这首诗中，“头巾”“火焰”“天际”“风暴”“召唤”以及“鸣响”等名词没有任何的修饰语，但在翻译成英语时译者要么在前面加了不定冠词“a”，要么加了定冠词“the”，其目的就是使译文更符合英语语法习惯。这种情形在翻译中很常见。也就是说，某些语言中常见的语法现象在另一语言中可能不存在，在这种情形下，译者只能按照目的语的语法习惯进行处理，有时候不得不牺牲原文的节奏和语言凝练度。在上面所举的例子中，增加定冠词或不定冠词实际上也就增加了诗句的音节，使译文比原文长。另一个典型的例子就是《太阳城札记》中的《生活》那首诗，原文只有一个汉字“网”，但译作英文后成了“a net”，译文的音节比原文多了一个，自然也没有原文简练。

就杜博妮对北岛的诗歌翻译而言，她无疑是幸运的，因为她与北岛在翻译方面的合作经历也是其译文比较准确的原因之一。20 世纪 80 年代初的中国诗人还随意接触不到外国人，但杜博妮恰巧和北岛在同一栋楼上班。在翻译北岛诗歌时，她能直接向北岛请教，请他解释自己的诗作。除了解释诗句的意义之外，还与北岛探讨其诗歌的语法和句法特点。她认为北岛受到西方诗歌汉译作品（更不要说西方化了的中国现当代诗歌）的影响，因此总体而言其诗作比较容易翻译成英语。她认为北岛的某些诗篇翻译成英文后读起来要比原文更顺畅，如“自由不过是 / 猎人与猎物之间的距离”（《同谋》）依据翻译成英文为“freedom is nothing but the distance between the hunter and the hunted”。

北岛在当时就开始学英语，因此也能对译文发表自己的看法。作者与译者合作翻译的这种模式或许是翻译中最理想的模式，因为译者对自己作品的解释毫无疑问具有权威性，因此若会使用目的语，他对译文的评价也应该具有权威性。

杜博妮将北岛的诗歌创作分为三个时期：1973—1978年、1979—1982年、1983—1986年。她认为，北岛在早期的诗歌中使用了大量经常出现的词汇："生活""死亡""爱""梦""星星""云""太阳"等。

在第二、第三时期的诗歌中，用词较为冷峻，甚至是冷静客观的。例如，第二时期的诗歌中出现了"救护车"和"针管"(《艺术家的生活》)、"更年期的山"(《你在雨中等待着我》)、"盐碱地"(《履历》)、"假牙"、"秃顶"、"激素"、"公共厕所"(《青年诗人的肖像》)等词汇。第三时期创作的诗歌语言不再那么冷峻，但依然能见到"寿斑"(《空白》)、"疯人院"(《可疑之处》)、"标本"(《自昨天起》)、"假牙"(《别问我们的年龄》)、"下水道"(《空间》)、"烙印"(《触电》)、"汗水"(《挽歌》)，以及"尚未拆除的脚手架"(《诗艺》)等词汇，而这些词汇形成的联想意义在汉语和英文中基本是相似的——一种憎恶的、否定性的或病态的联想意义。她认为这类名词直接或间接来源于西方，因此翻译时基本的含义和特定的联想意义不会改变。

从主题来说，北岛诗歌主要关注现代都市生活，而北京的现代都市生活和西方的都市生活在很多方面有相似之处。诗中描述的客体以及由其营造的氛围是西方读者所熟悉的东西，因此翻译时能找到一一对应的词语。这些词汇没有特殊的文化背景信息，其意象也就能够被读者理解，在翻译它们时也不会给译者造成太大的困难。如下文《触电》(节选)：

原文：

我曾和一个无形的人
握手，一声惨叫
我的手被烫伤
留下了烙印

当我和那些有形的人
握手，一声惨叫
他们的手被烫伤
留下了烙印
我不敢再和别人握手
总是把手藏在背后
可当我祈祷
上苍，双手合十
一声惨叫
在我的内心深处
留下了烙印[①]

译文：

I once shook hand with
an invisible man, a cry of pain
a brand was left
on my burning hand
when I shake hands with
visible men, a cry of pain
and a brand is left
on their burning hands
now I dare not shake hands
but hide my hands behind my back
yet when I pray

① 北岛：《结局或开始》，长江文艺出版社，2011，第 85 页。

to heaven, palms pressed together
a cry of pain
and a brand is left
deep in my heart ①

原文中的三个关键词“握手”“惨叫”“烙印”分别译作“shake hands”“a cry of pain”“brand”。这三个词是理解全诗的关键，它们构成了叙述者受伤害的过程以及因果关系：由“握手”而致使“我”发出“惨叫”并留下“烙印”。此外，这种伤害是层层递进的，由“无形的人”到“有形的人”最后到“自己”。“烙印”开始留在了手掌，而最后烙在了心里。即使离开具体语境，“Electric shock”、“a cry of pain”以及“brand”等词汇给读者引起的联想意义依然是“伤害”。这就是杜博妮之前论及的观点：都市生活的相似性使得北岛诗歌中出现的词汇容易翻译成英语，读者也很容易理解。

就用词的风格而言，杜博妮认为北岛惯于使用较为正式的词汇，很少使用方言词汇，这也使北岛的诗歌易于翻译。

三、文化背景信息的省略

从理论上来说，诗歌是所有文体中翻译难度最大的。因为诗歌语言高度凝练，思维跳跃性大，富有节奏感和音乐性，而且诗歌之美只能在特定的语言中才能得以展现。如古典诗歌中七绝规范的矩形排列结构和特殊的押韵规则是古代汉语中独有的，其他语言无法再现这种形式与音乐之美。如王昌龄的《出塞》：“秦时明月汉时关，万里长征人未还。但使龙城飞将在，不教胡马度阴山。”每行诗有七个汉字，全诗共二十八个汉字。而每个汉字

① Bei Dao, *The August Sleepwalker*, trans. Bonnie McDougall (New York: New Directions Publishing Corporation, 1990), p.120.

对应一个音节，每行诗就是七个音节。韵律格式为仄仄平平平仄仄 / 平平仄仄平平 / 平平仄仄平平仄 / 仄仄平平仄仄平，二、四句押尾韵。它翻译成英语后，原诗的音乐性会完全丧失。不仅格律、节奏和押韵等与音乐性相关的因素以及排列的视觉效果是古代汉语语言本身内在特性形成的，是不可译的，与语言紧密关联的文化信息也是翻译的难点之一。上述诗中的“龙城飞将”的典故对中国读者来说无须太多的解释，但英语读者可能会一头雾水、不知所云，需要通过学习相应的背景知识才能理解。在典故应用方面，古典诗歌中有大量的典故，而现代诗歌中的典故则相对较少。

总体而言，北岛诗歌中的典故不多。翻译的难点在于如何将这些具有本土特色的典故解释给读者，与此同时又不把这些日常熟知的典故转变为一种学术阐释。如《出口》中有这样的诗句：“几乎所有的人 / 向我的梦中投掷石块 / 我和井水一起上升 / 那饥渴令人感动。”其中“落井下石”的典故出自韩愈《柳子厚墓志铭》：“一旦临小利害，仅如毛发比，反眼若不相识，落陷阱，不一引手救，反挤之，又下石焉者，皆是也。”[①]《问天》中有“今夜雨凌乱 / 清风翻书 / 字典旁敲侧击 / 逼我就范”，其中“清风翻书”的典故有几种不同的说法，其中流传最广的说法是这两句出自徐述夔《一柱楼编年诗》。传闻徐幼负才名，自认为是状元的料，后来却科举不利，满腹牢骚。他所建的一柱楼中挂紫牡丹图，题诗曰：“夺朱非正色，异种也称王。”夏天晒书，风吹书页，见此情形他愤然说道：“清风不识字，何必乱翻书！”在《白日梦》第九首诗歌中，“生病的树”这一典故源自刘禹锡《酬乐天扬州初逢席上见赠》：“沉舟侧畔千帆过，病树前头万木春。”在通常情况下，译者会通过注释对此类典故加以解释。在杜博妮看来，夹注一方面会使文本显得冗长，且容易使

① Bonnie McDougall, “Problems and Possibilities in Translating Contemporary Chinese Literature,” *The Australian Journal of Chinese Affairs*, 25 (1991): 40-41.

读者产生作者在有意为国外读者创作之感，诗歌翻译中尤其不该使用夹注。明智之举是采用脚注或尾注，但其弊端在于：第一，它们会分散读者的注意力；第二，也使读者有低人一等之感。[①] 因此，在翻译北岛的诗歌时，杜博妮并未对典故通过夹注、尾注或脚注加以解释，而是原封不动地保留在原诗歌之中。如上面提到的《白日梦》之九："finally one day/people as fearless as lies/walked out from the outside radio/praising disaster/the doctor raised a white sheet/standing on a sick tree he shouted/it' s freedom, unvaccinated freedom/that has poisoned you." [②] 作者对 "sick tree" 未做任何说明。

对其他含有特殊文化背景信息的词语，杜博妮也同样未做过多的解释，其理由是当代西方诗歌创作的实践也是如此。她指出，当代西方诗歌同样也包含了很多读者不熟悉的意象，但这些作品出版时也并未附加脚注。[③] 如北岛的诗歌中有很多 "太阳" 的意象，其中一个著名的有关 "太阳" 的指代出现在《太阳城札记》组诗中的第一首诗《生命》中："太阳也上升了。"（the sun also rises.）这首诗中的太阳是当时人们生活中能见到的唯一现象但并非生命唯一的创造者。中国读者比较熟悉这些意象，作者无须做太多解释，但是英语读者未必就能明白其意义。《白日梦》第十首第一个诗节的内容如下："手在喘息 / 流苏在呻吟 / 雕花的窗棂互相交错 / 纸灯笼穿过游廊 / 在尽头熄灭 / 一支箭敲响了大门。" 其中，"一支箭敲响了大门" 指李自成率农民起义军攻打紫禁城这一历史事件，杜博妮也未做任何解释。

---

① Bonnie McDougall, "Problems and Possibilities in Translating Contemporary Chinese Literature," *The Australian Journal of Chinese Affairs*, 25 (1991): 40-41.

② Bei Dao, *The August Sleepwalker*, trans. Bonnie McDougall (New York: New Directions Publishing Corporation, 1990), p.127.

③ Bonnie McDougall, "Problems and Possibilities in Translating Contemporary Chinese Literature," *The Australian Journal of Chinese Affairs*, 25 (1991): 40-41.

总体来看，杜博妮对北岛诗歌的翻译是非常成功的。一方面得益于她在中国的生活经历。作为外文出版社聘请的英语专家，她对中国社会生活的方方面面有比较充分的了解，比较熟悉中国当代诗歌的现状，因而能在翻译中还原北岛诗歌的历史语境。另一方面，她与北岛的合作也是其译文准确的原因之一。不同的读者可以对同一部文学作品做出不同的解读，因为读者的“前结构”、审美、生活经验等因素千差万别，读者理解文学作品的过程就是在作品结构的指引下将上述因素融入作品从而填补作品空白点和盲点的过程。在众多的解读中，作者自身的解释毫无疑问最具代表性，更靠近布鲁姆所说的“理想读者”。译者与作者的合作确实是保证译文质量的因素之一，具有很大的优势。

但我们必须清楚一点：翻译并不只是语言文字的转换，目的语对源语文本从内容和形式的选择与过滤背后隐藏着种种不平等的现实，译者翻译策略的选择从某种程度上可以揭示出翻译背后的权力结构。撇开理论从翻译实践的角度来说，译者在翻译时所面临的实际的问题就是采取何种翻译策略的问题。施赖尔马赫（Friedrich Daniel Ernst Schleiermacher）在 1813 年做的有关翻译的演讲中指出，翻译方法“只有两种：译者要么把读者引向作者，要么把作者引向读者”。[①] 因此，译者究竟采取“异化”还是“归化”的翻译策略就直接影响到译文的接受效果。前者以源语文本为中心，强调译文对原文的“忠实”程度，而后者以读者为中心，强调译文的顺畅与可读性。

韦努蒂（Lawrence Venuti）指出：“译文的生存是建立在译文本身与特定文化环境及社会环境关系之上的，在这种特定的文化环境和社会环境之

① A. Lefevere (ed.), *Translating Literature: The German Tradition from Luther to Rosenzweig* (Assen: Van Gorcum, 1977), p.74.

下，译文才能得以产生并为人们所阅读。”[①] 他认为这种关系中潜藏着一种权力结构（甚至是暴力），这种权力结构具体体现在如下方面：第一，在翻译活动中，目的语以预先存在的价值观、信仰和表达重构原文。但这种重构并不是在平等状态下进行的，它总是在中心与边缘的等级系统中进行。第二，这种权力结构掩盖了文化的差异性。他对翻译的定义是：“翻译是强行将原文的语言文化差异替换为一种能够为目的语读者所理解的文本。”尽管差异性不可能永远被消除，但翻译会减少或排除源语文本具有的多种可能性，从而体现出目的语的其他可能性。第三，从翻译的目的来看，“翻译的目的是要带回一个同样的、可认知的，甚至是熟悉的文化他者”。在此情况下，源语文本就有被全盘同化的危险，利用外国文化为本国文化、政治和经济服务。第四，通过对文本的选择、出版、评论和讲授等方式，“使异域文化身份的构建或批判打上意识形态的烙印，肯定或逾越目的语文化的价值标准和制度性限制”[②]。

就北岛诗歌的英语翻译而言，韦努蒂所称的这种权力结构也依然存在，主要体现在文化背景信息的省略中。北岛的诗歌中包含少量的典故和文化背景，但杜博妮对这些文化背景信息未做任何注解，直接翻译出其字面的意义。除大卫·亨顿对“落井下石”这一成语做了一个简单的注释外，温伯格、唐飞鹤和克莱顿·埃什尔曼与卢卡斯·克莱恩合译的版本中对文化背景信息的处理方法同杜博妮一样，直接翻译出字面意思。

在《阳台》一诗中有这样的诗句——“说书人和故事一起/迁移，没再回来/数数鸟窝/我们常用数字/记住那赤脚的歌声/年代就这样/爬上我

① 劳伦斯·韦努蒂：《译者的隐形——翻译史论》，张景华等译，外语教学与研究出版社，2009，第18—19页。

② 劳伦斯·韦努蒂：《译者的隐形——翻译史论》，张景华等译，外语教学与研究出版社，2009，第18—19页。

们的黄昏”。亨顿将其中的“说书人”译作“the narrator”。[①]“说书”，又称评书，广东粤语地区俗称讲古，湖北也称讲古，闽南地区之河洛语亦称讲古，在四川称为讲书，古称说话，是中国东北、华北、两广、两湖、四川一带一种口头讲说的表演形式，在宋代开始流行。各地的说书人以自己的言语方式向听众讲述着不同的故事，因此这也是方言文化的一部分。清末民初时，评书表演为一人坐于桌后表演，道具有折扇和醒木，服装为长衫；至20世纪中叶，多不再用桌椅及折扇、醒木等道具，而以站立说演，服装和内容也不固定，往往以长篇章回小说为主。但随着广播、电视以及网络等其他现代媒介的发展，这一职业日渐消失。这几句诗中，“说书人”讲述的故事、“数鸟窝”、用数字记住的“赤脚的歌声”或许都是诗人曾经有过的童年经历，它们消失了，一去不返，这代表着诗人对过去岁月的回忆。最后两句“年代就这样/爬上我们的黄昏”点出了诗的主题：对时光流逝的感慨。但“narrator”指讲解人或者作品的叙述者，英语读者或许根本不会知道“说书人”在中国历史中曾是一种文化职业，是口语时代文学的传播媒介之一。故而，“narrator”就缺乏中国特定的文化背景信息，达不到“说书人”所蕴含的对逝去岁月的感慨和留恋的厚重感。

再举一例，《狩猎》一诗的第二个诗节是“后门通向夏天/橡皮永远擦不掉/转变成阳光的虚线/兔子灵魂低飞/寻找投胎人”。中国民间有“投胎转世”之说，它包含了两个阶段：首先，一切生灵皆有灵魂，他们死后灵魂要寻找一个新的载体，这称之为“投胎”，也叫夺舍。在找到新的载体后与其结合产生新的生命的过程便是“转世”。在民间说法中，若灵魂找不到新的载体就无法再转化为新的生命（无法“投胎”）。而佛教认为，灵性是不

---

① Bei Dao, *Unlock*, trans. Eliot Weinberger and Iona Man-Cheong (New York: New Direction Publishing Corporation, 2000), p.17.

灭的，故有前世、今生和来世。一切众生因无明故，在六道四生中轮回。我们的躯体不过就像我们居住的房屋一样，生死不过是一个舍此取彼的过程。《楞严经》则解释说："一切众生，从无始来。生死相续，皆由不知常住真心，性净明体，用诸妄想。此想不真，故有轮转。"因此，这一词语具有浓厚的民间文化和宗教色彩。如果说《阳台》是在感慨岁月的无情，那么本诗则是对流逝的学生岁月中某个片段的描写："女教师早已褪色 / 却在残缺的日记中 / 穿针引线 / 沿不断开方的走廊 / 全班追赶着兔子 / 谁剥下它的皮？"作者由中学的某位女老师联想到学生时代的荒唐与恶作剧：抓住兔子并剥皮，但又隐隐约约感到不安，以投胎之说安慰自己，为自己的荒唐行为开脱。而温伯格将投胎译作"looking for its next incarnation"[①]，虽然意思相近，但丧失了佛教与中国民间文化中轮回转世的意蕴。

此外，文化背景的省略还表现在对某些具有引申义的词语的翻译中。在翻译时文化背景的省略，往往使具有引申义的某些词语的意义固定为字面意义。《肥皂》一诗的最后一个诗节如下："鱼相忘于江湖 / 夜创造临时的神 / 吸毒者眼中的蝙蝠 / 正毁于激情。"诗人在厨房洗手，肥皂水流进下水道让他联想起了一段心事，触发了离别之苦与孤寂之感，其中"江湖"一词是双关语。鱼离不开水，所以此处的江湖一方面指实际的江河湖泊，它们是鱼赖以生存的具体环境。该词语出自《庄子 · 大宗师》："泉涸，鱼相与处于陆，相呴以湿，相濡以沫，不如相忘于江湖。"此处的"江湖"具有实指意义，但该词后来在演进中具有了多重引申含义，逐渐与河流湖泊没有关系。在抽象的意义上，它既可以指生活在社会底层的人的生活状态（如卖艺、流浪等，故而有"跑江湖"之说），也可以指武打小说中侠士的活动范围，与

① Bei Dao, *Unlock*, trans. Eliot Weinberger and Iona Man-Cheong (New York: New Direction Publishing Corporation, 2000), p.81.

国家或朝廷相对（如“江湖人士”）。在后一语境中，“江湖”也泛指古时不愿受当时政府控制和法律约束故可以率性而为的社会历史环境。在当代，“江湖”一词逐渐具有负面意义，如“混江湖”意指“混黑道”“江湖险恶”，也意指是非纷扰之地。但亨顿将其翻译为“in the rivers and lakes fish forget one another”①。“相忘于江湖”意味着回归本性，自由自在，了无牵挂，而这远胜于长相厮守。因此，在这首诗中，“鱼相忘于江湖”是情绪的转折，作者由失落开始安慰自己。而翻译成实指的江河湖泊后，庙堂与江湖的对立以及江湖特有的自由、险恶等意蕴消失了，英语读者则读不到其背后的深意。另一个例子出现在《主题》一诗中，最后一个诗节为：“岁月起伏的地方 / 我摸索着回家 / 楼上有人打开窗户 / 泼出了一盆脏水。”“泼脏水”是民间的一种通俗说法，就是对别人进行人身攻击，将本来不是别人的责任或者行为加诸其身，甚至是栽赃陷害。亨顿将“泼脏水”译作“empties a pan of dirty water”②，依然只翻译出了其实指意义，而将引申义过滤了。

当然，翻译的不可译性是绝对的，而可译性是相对的。只要两种文化之间存在差异，就必然有不可通约性。在论及翻译时，本雅明提出了“来世”（after-life）之说，认为译文是原作的“来世”，从某种意义上说，翻译的过程就是改写原文并创造新作品的过程。源语文本中的典故、谚语、俗语蕴含了大量的文化信息，对于目的语读者来说，这些词汇都是陌生的。前面提到的“说书人”“投胎”“江湖”“泼脏水”以及其他的表达，如：“泄漏天机”“狼烟”“星宿”“报应”“失魂落魄”“清风翻书”等词汇只有在中国文化中才能理解，而对英语读者来说，这些富含文化背景信息的词汇往往会成

① Bei Dao, *Notes from the City of the Sun: Poems by Bei Dao*, trans. Bonnie McDougall (Ithaca: The Cornell East Asia Papers,1983), p.105.

② Bei Dao, *At the sky's Edge*, trans. David Hinton (New York: New Direction Publishing Corporation, 2001), p.135.

为理解译作的障碍。因此，译者才采取了归化的策略，在翻译过程中分别译作 “narrator” “looking for its next incarnation” “rivers and lakes” “empties a pan of dirty water” “reveal the secret” “wolf signal / the wolf-smoke of warning fires” “star stays” “revenge” “lost souls and spirits” “fresh breezes leaf through the book” 等等。对英语读者来说，这些译词非常通顺，让人觉得译文好像 “浑然天成” 而非翻译之作。

韦努蒂认为，西方翻译理论中强调所谓的 “透明” 翻译，即力求译文通顺，剔除了源语文本的语言及问题特征，让人觉得译文如实地反映了原作者的个性与意图或源语文本的基本意义。换言之，“透明” 翻译追求的目标就是让人觉得译文实际上不是译文，而是原作。为达到 “透明” 的效果，译者往往遵循译文的通顺。因此，在翻译过程中“译者设法使自己的工作‘隐形’，制造一种译文透明的错觉，同时还要努力掩盖这种错觉”[①]。而“译者的隐形”产生了如下后果：

第一，它在某种程度上强化了英语的霸权地位，使以英语为母语的读者形成了这样一种心理：“唯英语独尊，不接受异国情调，耽于通顺的译文，不自觉地给外语文本刻上英语价值观的印记，为读者提供自我陶醉的文化体验，即通过文化‘他者’来认识自己。”[②]

如《巴赫音乐会》中有这样几句，“一颗罂粟籽挣脱了 / 鸟儿拨动风向的舌头 / 千匹红布从天垂落 / 人们迷失在 / 鲜艳的死亡中 / 巢穴空空 / 这是

① 劳伦斯·韦努蒂：《译者的隐形——翻译史论》，张景华等译，外语教学与研究出版社，2009，第 5 页。

② 劳伦斯·韦努蒂：《译者的隐形——翻译史论》，张景华等译，外语教学与研究出版社，2009，第 5 页。

泄漏天机的时刻”。其中，“泄露天机”一词被翻译为“to reveal the secret”[①]（泄露秘密）。“天机”即天之机密。在中国文化中，“天”既具有天空这一与大地相对的实指意义，也具有宗教和哲学意义。宗教意义的“天”指统治宇宙的神灵，类似基督教中的造物主，如皇天、昊天、天皇大帝、皇天上帝、昊天上帝、苍天、上天、上苍等。在道教中“天”也是众神的所在之处，哲学意义上的“天”有道、自然、宇宙等含义。陆游《醉中草书因戏作此诗》有这样的句子：“稚子问翁新悟处，欲言直恐泄天机。”后亦泛指秘密，故不能透露秘密谓之“天机不可泄漏”。如《儒林外史》第七回：“那时老先生尚不曾高发，天机不可泄露。”所以，“泄露天机”在汉语中的文化内涵十分丰富，暗示出中国人对未知命运的敬畏。而“secret”是很普通的词，没有“天机”所蕴含的文化信息。

《回答》一诗中有这样的句子，“我不相信天是蓝的 / 我不相信雷的回声 / 我不相信梦是假的 / 我不相信死无报应”。这四个“不相信”表达了诗人强烈的抗争与不满。其中，“死无报应”包含了佛家因果报应以及轮回的观念。在佛教传入以前，中国古代文化中已经注意到了因果关系，如《尚书·皋陶谟》中说：“天讨有罪，五刑五用哉！”《周易·坤·文言》有这样的说法：“积善之家必有余庆，积不善之家必有余殃。”《春秋繁露·必仁且知》则进一步讨论了因果关系：“灾者，天之谴也；异者，天之威也。谴之而不知，乃畏之以威。”孔子也曾指出：“获罪于天，无所祷也。”道家之《太上感应篇》亦有类似的表述：“祸福无门，唯人自召；善恶之报，如影随形。”但中国古代文化中讨论的因果关系之说大多以“天人感应”为基础。佛教传入后，其教义中的因果报应思想便和远古“天人感应”之说相结合，实现了佛教因果

① Bei Dao, *Old Snow*, trans. Bonnie McDougall and Chen Maiping (New York: New Direction Publishing Corporation, 1991), p.54.

报应的本土化。《杂阿含经》卷十二有云："此有故彼有，此生故彼生，此无故彼无，此灭故彼灭。"此处"彼"与"此"泛指因果，这是佛教缘起论的基本定义，也是因果报应学说的基础。在佛教中，因果报应是使用最多的一个理论，它将因果并称，是佛教思想体系的基础。《瑜伽师地论》卷三十八说："已作不失，未作不得。"佛教认为，任何思想和行为都会导致相应的后果，"因"未得"果"之前不会自行消失，没有业因也不会得到相应的果报，因果相应、毫厘不差，这就是"因果报应"。因果报应说对中国人的人生观和伦理观产生了重要的影响。克莱顿·埃什尔曼和卢卡斯·克莱因将"死无报应"译作"death without retribution"（死无惩罚），杜博妮译作"death has no revenge"（死无报复），唐飞鹤则译作"beyond death there is no reprisal"（死无报复，reprisal 往往指带有暴力或掠夺性质的报复或惩罚），虽然也都略带报应的意思，但和"因果报应"之说相去甚远，读者可能会不知所云。

在上述两个例子中，富含中国文化背景信息的词汇"天机"和"报应"被翻译为"secret"和"revenge、retribution 甚至 reprisal"。被翻译成这些去除了文化和宗教意蕴的普通词汇后，一般读者也就无法读出这些诗歌的异质性。或许从普通读者的角度来说，会产生宇文所安强调的那种误区：北岛的诗歌不过是英语诗歌的翻版抑或对英语诗歌的拙劣模仿。独特性的消弭也会意味着其艺术价值的削弱，如此，非西方语言文学作品的英语翻译就又在无形中强化了英语的霸权地位。

第二，它也遮蔽了那些使翻译更加复杂的权力结构。卡萨诺瓦认为，世界文学是一个有其特殊运行规则的独立空间，但也存在着不平等。一方面，处于空间中心区域的英法等民族文学占有更多的文化资本，而处在边缘或半边缘地位的民族文学则明显处于劣势，很多作品甚至没有被翻译的机会，从而也就无法进入中心区域。[①]那些有机会被翻译成主流语言的文学作品往往是符合中心区域文学法则的作品，有时候它们被翻译的原因与文学无关。北岛的身份标签以及早期其作品中对“文革”的控诉和批判是他进入西方读者视野的原因之一。彼时的北岛恰恰是他们宣扬的民主、公平和正义等政治实践的拯救对象，同时也满足了他们对中国这一“他者”的选择性想象，巩固了他们自身的民族身份认同（自己的民族是优越的，中国则是需要以他们的价值观进行改造的对象）。另一方面，自鸦片战争以来，中国一直努力向西方学习，译介了大量的西方文学作品。从目前各级教育机构的课程设置来看，从小学到大学的学习过程中英语都是核心或骨干课程，也是各类重大考试的必考科目。中小学的语文教材中也收录了不少英语名著作为范文，如《老人与海》《大卫·科波菲尔》《哈姆雷特》《等待戈多》《罗密欧与朱丽叶》等，在此不再枚举。课程的设置和考试体制两大因素使国人对英语文化有一定的了解。而相比之下，英语世界对中国文学尤其是现当代文学和中国文化的了解很不够。例如，英国经典的语文教材 *Royal Readers* 从未收录过一篇与中国文化或文学相关的内容，在美国影响很大的小学语文教材 *The Eclectic Readers* 也未收录一篇跟中国文学或文化相关的文章。此外，中国文学在英美图书市场的影响力依然很小，这在某种程度说明了英语世界对中国文学或文化了解的贫乏程度。邱华栋曾用一组数据说明中国文学在英美图书市场的份额：近 32 年来，共有 4500 种英国文学图书和 5800 种美国文学图书在中国翻译，而最近 3 年，每年翻译到英美国家的中国文学作品不到 10 种。[②]谢天振先生在谈及中国文学外译时指出，中国翻译西方文学

① Pascale Casanova, *The World Republic of Letters*, trans. M. B. DeBervois (Cambridge: Harvard University Press, 2007).

② 周舒：《中国文学的英伦想象》，《第一财经日报》2011 年 2 月 28 日。

作品和西方翻译中国文学作品存在时间差和语言差。从时间上来说，中国全面深入、积极主动译介西方文学作品的历史已有一百多年，而西方对中国全面的研究历史不过二三十年，而且是在中国经济崛起之后。从语言上来说，中国有很多精通英、法、德、俄等西方语言的专家，能轻易阅读并理解西方文学作品。“而当代西方就不具备我们这样的优势，他们更缺乏相当数量的能够轻易阅读和理解译自中文的文学作品和学术著作的读者。从某种程度上说，当今西方各国中阅读中国作品的普通读者大致相当于我们国家严复、林纾那个年代的阅读西方作品的中国读者。”①

综合所述，对于“报应”“投胎”等富含中国文化背景信息的词汇的归化翻译从某种程度上掩盖了隐藏在世界文学空间体系中的权力结构，将上述词汇翻译成英语中的普通词汇在无形中抹杀了中国这一“他者”的独特价值。

第三，用英语中流行的透明话语“改写”原文，并特意选择那些容易译成流畅英语的文本。宇文所安在《什么是世界诗歌》一文中从“国际读者”的角度来对北岛诗歌以及中国当代诗歌进行了价值判断，其结论自然有失公允，但他认为北岛诗歌具有“自行翻译”的特点的看法值得我们重视。一方面，中国现代文学的发展跟西方文学有千丝万缕的联系，是以向西方学习为契机进行的文学变革。西方文学对中国现代文学产生了巨大的影响，这是不争的事实，北岛的诗歌也不例外。温伯格和迈克·帕尔默（Michael Palmer）都认为北岛的诗歌受到保罗·策兰（Paul Celan）和塞萨尔·巴列霍（Cesar Vllejo）的影响。杜博妮认为北岛的诗歌要比中国古典诗歌和中国当代小说更容易翻译，其诗歌的意象也是西方读者所熟悉的。在技巧上，她认

① 谢天振：《语言差和时间差——中国文化“走出去”需重视的两个问题》，《文汇读书周报》2011年9月2日。

为北岛惯用象征手法，北岛诗歌的这些特点便于翻译，从而也就很容易被英语读者接受。

另一方面，随着世界经济一体化的加速，各民族文化间的交流与融合也不断加深，在这种情况下，世界文学体系中不同民族文学出现某种相似性也是必然的。俄国比较文学的代表人物日尔蒙斯基认为，不同的民族在社会发展的同一阶段上，文学艺术作为一种意识形态会表现出大量的相似，这种相似正是不同文学之间相互影响的基础。在没有直接接触和相互影响的情况下，则表现为历史类型的类似。[①] 从这个角度来看，即使北岛的诗歌具有宇文所安所说的自行翻译的功能，那并不是因为北岛意欲讨好“国际读者”，而是两种文化出现某种类似性的结果，只不过在北岛的诗歌中这种类似性表现得比较明显。英语世界的译者对北岛诗歌的翻译采用的归化策略也部分印证了宇文所安对北岛诗歌价值的判断。对普通读者而言，北岛诗歌英文译作和英语诗歌越具有相似性，译文就更容易被接受。

简而言之，韦努蒂认为，归化翻译策略使译者处于隐形的状态之中，这彰显出英美文化对“文化他者”表现出的一种自满情绪。这种自满情绪可以毫不夸张地说，在外表现为帝国主义，在内表现为排外主义。[②]

此外，归化翻译的策略还容易导致误读。由于归化策略是以读者为中心的，为了追求译文的顺畅与可读性，有时候会出现译文的词意和句法与源语文本的词意和句法相背离的情况，这便是误读。“误读”理论是由哈罗德·布鲁姆（Harold Bloom）提出的，他在其著作《影响的焦虑》（*The Anxiety of Influence*）和《误读的图式》（*A Map of Misreading*）中探讨了文学作品，尤

① 干永昌等编《比较文学研究译文集》，上海译文出版社，1985，第 102—103 页。

② 劳伦斯・韦努蒂：《译者的隐形——翻译史论》，张景华等译，外语教学与研究出版社，2009，第 5 页。

其是诗歌中的误读现象。他认为诗歌的影响其实就是一种误读，这种误读是必要的。西方诗歌的影响史就“是一部充满焦虑、自救漫画式的历史，是歪曲的历史，反常的和随心所欲刻意去修正的历史，没有它，现代诗歌就根本不可能存在。……诗歌是影响的焦虑，是误读，是训练有素的反常。诗歌是误解、误释，是不适当的联合”[①]。翻译中的误读是指由于源语文化和目的语文化之间的差异，致使译者在翻译时以自己的文化立场和思维方式理解源语文本时出现的偏差。

保罗·德·曼（Paul de Man）认为，文本语言是修辞性的。修辞语言就是用一个文本替代另一个文本，用一种修辞替代另一个修辞。因此，它不可能表示明确的意义，因为文本的本意就不存在。故而，一切阅读都是误读。[②]从这个角度说，文学翻译就是译者在跨文化的条件下，用目的语文本描述源语文本，用目的语修辞替代源语修辞的过程，所以译文中就更容易出现误读的现象。

另一位学者翁贝尔托·埃科（Umberto Eco）则提出了“错位认同”的概念。他从文化学的角度出发，认为“我们周游、探索世界的同时，总是‘携带’着不少背景书籍，他们并非是体力意义上的‘携带’，而是说，在我们周游世界之前，就有了对这个世界先入为主的概念，它们来自我们自身的文化传统。……这些背景书籍的影响力如此之大，以至于他可以无视旅行者实际所见所闻，而将每件事物用他自己的语言加以介绍和解释”。[③]简言之，误读就是译者在翻译时将自己的文化模子套在源语文本时产生的偏差和背离。

---

① Harold Bloom, *The Anxiety of Influence: A Theory of Poetry* (New York: Oxford University Press, 1973), pp.30-96.

② Paul de Man, *Allegories of Reading* (New Heaven: The Yale University Press, 1979), pp.3-119.

③ 乐黛云、勒比松编《独角兽与龙——在寻找中西文化普遍性的误读》，北京大学出版社，1995，第 110 页。

依照译者的主观意图，我们可以把误读分为有意的误读和无意的误读。有意的误读是指译者出于某种特定意图的考虑对源语文本进行的删除或改写。如安徒生童话中有一则故事叫作《大克劳狄斯和小克劳狄斯》，故事中小克劳狄斯在祖母死后将其尸体背到饭馆，像活着的时候一样将老太太包裹得严严实实后放在椅子上，并假装大声跟她（尸体）说话，然后借口去买东西，吩咐饭馆老板代为照看。饭馆老板跟她大声说话没有反应，就上前推了一把，结果发现她已死。小克劳狄斯回来后开始勒索饭馆老板，获得了一笔赔偿金。陈大麟在翻译此故事时将这一情节删除。一方面，因为在中国文化中，人死后讲究入土为安，尸身不能随意搬动，否则是对死者和其家人的大不敬。另一方面，小克劳狄斯利用祖母的尸体勒索饭馆老板的行为在道德上应该受到谴责。小克劳狄斯的行为无疑和译者所在文化中的道德伦理观发生了冲突，故此这一故事便被有意删除了。

无意的误读指由于语言文化的差异，译者对源语文本的某些信息不够了解导致的一些错误理解，如词意、语法等错误。

《阅读》中第一个诗节如下："品尝多余的泪水 / 你的星宿啊 / 照耀着迷人的一天。""星宿"是中国古代天文学家为观测日、月、五星运行而划分的二十八个星区，用来说明日、月、五星运行所到的位置。每宿包含若干颗恒星，作为中国传统文化中的重要组成部分之一，曾广泛应用于古代的天文、宗教、文学，以及星占、星命、风水、择吉等术数中。人们习惯将天上星辰分为三垣二十八宿。温伯格在翻译时将其译作"your star stays"，很显然，他将"星宿"一词误作两个词，将"宿"译作"stay"[①]，这是译者不了解中国文化中的星宿概念导致的误读。而这一误读同样将该词特有的文化意蕴抹杀了，英

---

① Bei Dao, *Unlock*, trans. Eliot Weinberger and Iona Man-Cheong (New York: New Direction Publishing Corporation, 2000), p.5.

语读者所看到的不过是一个普通的“星星”而已。在中国民间文化中，老百姓将某些杰出人物看成是某位“星宿”下凡。本句诗中，“星宿”喻指作者读到的某位杰出人物的思想结晶，只有思想才能像星宿一样闪耀，也为在黑暗中迷途的后来者指明方向。

从以上分析可以看出，若我们承认中国文化和英语文化的差异性和不平等性，误读就不可避免。在世界文学体系中处于中心区域的英美文学会有意无意地以自己的价值观去看待中国文学。韦努蒂指出：长期以来，在英美文化中占据主导地位的一直是提倡通顺翻译的归化理论。通过制造透明这种错觉，通顺的译文伪装成真正的语义对等，而实际上是对原文的部分阐释和偏向英语价值观的阐释，导致翻译本应该传达的差异被抹去了，这种差异即使没有被完全抹杀，也被大打折扣。①

因此，表面透明的文本翻译实际上遮蔽了翻译对异域价值观的排斥，从而“阻断了任何不利于英语社会精英的其他文化和社会思想”。②

第二节 北岛诗歌不同英文译本的对比研究

传统的翻译研究建立在二元论的基础上，将源语文本作为衡量译文的唯一参照。在这种关系中，译本犹如镜子，源语文本犹如物体，因此二者的关系就被认为是“反映”与“被反映”的关系，准确性自然就成了这种研究范式之下衡量译文的唯一标准。这种研究强调作者和源语文本的权威性，将

---

① 劳伦斯·韦努蒂：《译者的隐形——翻译史论》，张景华等译，外语教学与研究出版社，2009，第21页。

② 劳伦斯·韦努蒂：《译者的隐形——翻译史论》，张景华等译，外语教学与研究出版社，2009，第46页。

译文对原作的“忠实”度作为衡量译文质量的标准之一，追求理想化的翻译效果，如严复的“信、达、雅”，傅雷的“神似”以及钱锺书的“化境”之说。这种基于二元论的翻译研究存在一个致命的缺陷：忽略了译者的重要性。译者被喻为“媒婆”“摆渡者”“叛逆者”“传声筒”“戴着镣铐的舞者”“一仆二主之仆人”等。正如韦努蒂指出的那样，“透明”在英语译文中占据了主导地位。在西方翻译史中，译者一直处于“隐形”的状态，其地位和作用被忽略了。若我们将翻译视作一种信息传递的过程，那么这一活动至少应该包含三个要素：源语文本（信息源）→译者（解码者）→目的语文本（解码后的信息）。很显然，翻译信息的传递过程离不开译者，而且译者往往决定着信息传递的有效性。例如，杨宪益和戴乃迭翻译的《红楼梦》与大卫·霍克斯（David Hawkes）的译本在英语世界的接受效果并不相同。霍本译文流畅，表达自然，虽然不及杨译本忠实，但在英语世界的影响却更大。①

自 20 世纪 70 年代开始，西方翻译研究逐渐转向文化研究，译者的主体性得到重视。作为创造主体、翻译主体和接受主体的原文作者、译者和译文读者之间的关系也进入研究者的视野之中。从阐释学的角度来看，译者首先是读者，阅读文本并不是消极被动地接受文本的意义，而是在文本“召唤”结构的引导下填补文本的“空白”和“盲点”等不确定性的过程。读者的阅读活动也是一种创造性的活动，这一理论是译者主体性研究的基础，使译者的作用得以彰显。作为读者的译者在对源语文本进行诠释时会受到其价值观、宗教信仰、意识形态、审美和文化等因素的制约和影响，这些制约因

① 中国文学出版社英文部原主任熊振儒先生曾这样分析其中的原因：“他们（杨宪益和戴乃迭）翻译《红楼梦》，翻译得很好，但一些西方年轻的读者看不懂，因为他们的文字比较陈旧了，用的一些成语等在西方现代读者看来过时了，读起来比较别扭。英国的霍克斯是英国牛津大学的讲师……他的版本读起来更接近西方一些，语言上更易懂。”参见耿强：《文学译介与中国文学“走向世界”——“熊猫丛书”英译中国文学研究》，博士学位论文，上海外国语大学，2010。

素和影响在一定程度上会体现在译文中，译文也就能折射出作者的个性和思想。

一、对原作内容的理解与译文风格差异

传统的阐释学认为文本具有“唯一正确”的理解，伽达默尔（Hans-Georg Gadamer）对此不以为然。他认为，人类的理解具有历史性。这种历史性使得作为阅读对象的文本和主体都有各自的“视界”，并且这种“视界”一直处于历史演变中。理解文本的过程就是文本拥有的诸多的过去视界与主体的拥有现在视界的叠合过程。伽达默尔将此称为“视界融合”，“视界”（horizon）指的是理解的起点、角度和可能的前景。在伽达默尔看来，文本总是包含着原文作者的视界，读者具有在现今具体时代氛围中形成的视界，理解便是这两类视界的融合与冲突过程，即所谓的“视界融合”，其结果是理解者和理解对象超越原来的视界，达到一个全新的视界。两种视界在主观上存在差距，而时间距离和历史情景的变化则是这种差距存在的原因。任何理解者都不可能消除这种差距。[①]

若以此角度来看翻译，就不难发现：在翻译过程中，译者首先是读者，翻译时他首先需要将自己在当下历史情境中形成的视界与原文作者的视界进行融合，之后再将这种经过视界融合的文本以目的语形式表达出来。因此，可以说翻译的过程是作者和译者的视界融合的过程。然而，视界融合并非易事，翻译中往往包含着译者视界和作者视界的相互碰撞与排斥。这一过程不是用一种视界代替另一种视界，而必定同时包含两者的差异和交互作用，翻译中的视界融合是建立在译者与原文作者视界差异基础之上的。在此过程中，译者难免会用目的语文化归并过滤源语文本。这种归化和过滤

① 丸山高司：《伽达默尔：视野融合》，刘文柱等译，河北教育出版社，2002，第98—109页。

现象从意象、内容、形式等各方面都能很容易得到证明。

以北岛的《一切》这首诗的两个译本为例：

译文一：

All

All is fate
all is cloud
all is a beginning without an end
all is a search that dies at birth
all joy lacks smiles
all sorrow lacks tears
all language is repetition
all contact a first encounter
all love is in the heart
all past is in a dream
all hope comes with footnotes
all faith comes with groans
all explosions have a momentary lull
all deaths have a lingering echo [①]

译文二：

All

All is fated
all cloudy

---

① Bei Dao, *The August Sleepwalker*, trans. Bonnie McDougall (New York: New Directions Publishing Corporation, 1990), p.35.

all an endless beginning
all a search for what vanished
all joys grave
all griefs tealess
every speech a repetition
every meeting a first encounter
all love burried in the heart
all history prosoned in a dream
all hope hedged with doubt
all faith drowned in lamentation
Every explosion heralds an instant of stillness
every death reverberates forever ①

译文一的译者为杜博妮。在翻译时，她严格按照原文的诗句进行直译，将“一切都是命运”翻译成“All is fate”，基本保留了原文本的意义，即是说，杜博妮对原作的理解比较透彻，因而在翻译时她的视界与北岛视界的融合过程中碰撞与差异较小，除了“烟云”一词在中国文化中有特殊的含义（比喻变化消失的事物）之外，其余意象和词汇并无特殊之处。故而，译文一更忠实于原文。

译文二的译者为唐飞鹤。很显然，他与原作者视界的冲突与碰撞比杜博妮更为激烈，对原文的词汇与意义的过滤更多，因此他的译文有时候会出现背离原文的意义，甚至误译的情况。如，他将“一切都是烟云”译作“all cloudy”，“cloudy”指阴暗的、模糊的、不确定的，与原诗强调的“消逝”这

---

① Donald Finkel trans/eds., *A Splintered Mirror—Chinese Poetry from the Democracy Movement* (San Francisco: North Point Press, 1991), p.11.

层意义相去甚远。“一切都是稍纵即逝的追寻”一句唐飞鹤译作“all a search for what vanished”，“vanish”虽有消逝之意，但与“稍纵即逝”并不完全相同。类似的翻译还出现在最后一句“一切死亡都有冗长的回声”，唐飞鹤译为“every death reverberates forever”，“forever”是频度副词，而原文的“冗长”并不强调频度。这种富有主观化的理解尽管富有创造性的叛逆，但有些地方在某种程度上成了对译文的改写，而不是严格的翻译。

二、对原作风格的判断与译文差异

风格就是作家创作个性的体现，指作者在创作时体现出的相对稳定的整体话语特色，它是主体与对象、内容与形式的特定融合，是一个作家创作趋于成熟、作品达到较高艺术造诣的标志。而优秀的译者首先是有素养的读者，在翻译之前他往往会对文本进行细读，对源语文本的风格，如审美习惯、用词方式、题材偏好、民族因子等特征有一定的了解，并在译文中体现这种风格。

杜博妮认为北岛的诗歌在风格方面具有以下特点：第一，从外在形式来看，具有明显的现代性，其诗歌大多采用自由体，对当时的革命文学传统发出了挑战。第二，从其诗歌接受的影响而言，她认为北岛的诗歌既没有受到西方诗歌的影响，也没有受到民族文学的影响，如传统的诗歌形式（不论是古典诗歌还是民间诗歌）、文言结构以及口语或方言。第三，在意象的使用上，杜博妮注意到北岛诗歌的背景大多为城市，与城市生活相关的意象在诗歌中大量出现，与之相对的则是自然意象，如船只、岛屿、波浪、泡沫、海岸、海滩、礁石等。总体而言，北岛诗歌中的自然与城市属于普遍的世界：其中鲜有独特的中国特色，也没有任何社会主义或无产阶级的色彩。[①] 正因为如此，杜博妮认为北岛的诗歌很容易被翻译成英语，甚至在某种程度上要比小说更容易被翻译。

而埃什曼和克莱恩认为北岛的诗歌受到秘鲁现代诗人塞萨尔·巴列霍（Cesar Vallejo，1892—1938）的影响。巴列霍的诗歌既狂野原始又温柔美丽，既真挚可触又具有浓烈的超现实主义色彩。作为巴列霍诗歌的英文译者，埃什曼认为，北岛的《八月的梦游者》和巴列霍的《特里尔塞》有相似之处：两位诗人都特别注重诗歌氛围、情绪和瞬间情绪的描写。他们的诗歌往往通过富有关联的细微变化推进，这些细微的变化有时候与整首诗歌的其他方面相互重合、相互融合，有时候则毫不相干。[②] 所以，他认为北岛的诗歌要比之前研究者认为的更加复杂。

北岛诗歌的另外一位译者大卫·亨顿认为北岛的诗歌有中国古典诗歌的遗风：将能产生共鸣的意象并置，但它们又有当代的明晰性并漂泊在当今世界历史力量的可怕神秘之中。他的诗歌建构于现代文明的碎片之上，而这些文明的碎片又受困于精神的废墟之中；同时，其诗歌也基于这些碎片构建的隐私空间之中，向这些废墟敞开了距离的形式。[③]

以《问天》为例：

原文：

问天

今夜雨零乱

---

① Bei Dao, *Notes from the City of the Sun: Poems by Bei Dao*, trans. Bonnie McDougall (Ithaca: The Cornell East Asia Papers,1983), pp.10-16.

② Clayton Eshleman, "A Double Introduction," in *Endure: Poems by Bei Dao*, by Bei Dao, trans. Clayton Eshleman and Lucas Klein (Boston: Black Widow Press, 2011), p.14.

③ David Hinyon trans/ed., "Introduction," in *Forms of Distance: Poems by Bei Dao* (New York: New Directions Publishing Corporation, 1993), pp.vii-viii.

清风翻书
字典旁敲侧击
逼我就范
从小背古诗
不得要领
阐释的深渊旁
我被罚站
月朗星稀
老师的手从中
指点迷津
影子戏仿人生
有人在教育
的斜坡上滑雪
他们的故事
滑出国界
词滑出了书
白纸是遗忘症
我洗净双手
撕碎它，雨停[①]

译文一：

Question the Heaven

Tonight a messy rain

① Bei Dao, *Endure: Poems by Bei Dao*, trans. Clayton Eshleman and Lucas Klein (Boston: Black Widow Press, 2011), p.68.

a cool breeze flips through a book
the dictionary is oblique with slander
and forces me to submit
as a child memorizing ancient poems
I never fully understood
and was sent to stand
by the abyss of explication
under a bright moon and scattered stars
the teacher’ s hand points
a way out of the labyrinth
while shadows mimic human life
on the slopes of education
there are people skiing
their stories
zoom beyond our borders
words zoom out of books
a white page is amnesia
I purge my hands
and tear it out, end of rain ①

译文二：

Asking the Sky

Tonight a confusion of rain

---

① Bei Dao, *Endure: Poems by Bei Dao*, trans. Clayton Eshleman and Lucas Klein (Boston: Black Widow Press, 2011), p.69.

fresh breezes leaf through the book
dictionaries swell with implication
forcing me into submission
memorizing ancient poems as a child
I couldn' t see what they meant
and stood at the abyss of explication
for punishment
bright moon sparse stars
out of those depths a teacher' s hands
give directions to the lost
a play of shadow mocking our lives
people slide down the slope of
education on skis
their story
slides beyond national boundaries
after words slide beyond the book
the white page is pure amnesia
I wash my hand clean
and tear it apart, the rain stops ①

译文一的译者为埃什曼，译文二的译者为亨顿。在译文一中，译者将题目《问天》中的“天”译作“heaven”，具有基督教的色彩，且充满神秘感。而译文二将“天”译作“sky”，具有地理学或天文学的色彩，强调与地球空

① Bei Dao, *Forms of Distance*, trans. David Hinton (New York: New Directions Publishing Corporation, 1994), p.61.

间的对比。不论是具有宗教色彩的“heaven”还是具有天文学色彩的“sky”都无法表达其复杂的意义。文人问天的情怀自古有之，屈原作《天问》，陈子昂《登幽州台歌》中有“念天地之悠悠，独怆然而涕下！”的诗句，毛泽东《沁园春·雪》中有“欲与天公试比高”的诗句。从这个角度来说，抬头看天首先看到的是与地相对的“天”，之后才会产生联想意。因此，亨顿的翻译或许更接近诗人“问天”的情怀及语境。第一节“今夜雨零乱/清风翻书/字典旁敲侧击/逼我就范”两位译者基本的译文尽管都以直译为主，但效果不尽相同。埃什曼将“雨零乱”译成定语修饰名词的结构“messy rain”，而亨顿译作所属各结构“a confusion of rain”，后者既有视觉上的效果，也有“心神不宁”之意，更符合这首诗的意境。“清风翻书”中的“翻”译作“leaf”要比“flip”更形象，前者有快速翻书，后者往往有翻过来/翻面的意思。两人对“旁敲侧击”均译不准确，埃什曼译作“oblique with slander”有点言过其实，“旁敲侧击”未必就一定有“诽谤、诋毁”之意，但译作“swell with implication”亦不知所云。亨顿对“月朗星稀”一句的处理基本按照中国古典诗歌的处理方法将意象并置，译作“bright moon sparse stars”，更具有原诗的味道，而埃什曼在前面加了介词，更符合英语习惯。“滑出”一词，埃什曼译作“zoom”不太准确，该词有突然攒升、放大的意思，不及“slide”准确。“洗净”一词埃什曼译作“purge”，该词还有“洗涤灵魂，使变得纯净”之意，属于过度阐释。

总之，不同译者对原作风格的判断，致使其在选词、造句以及意象处理上呈现出不同的特点，从而使译文打上译者的个性和烙印。

此外，译者的职业习惯也会影响译文的风格。诗歌最好由诗人来译，这已经成为诗歌翻译的共识，因为诗人对诗歌的把握和感受要比普通译者更敏感更细致，其表达也更符合目的语诗歌的传统。在《通天塔：翻译与语言面面观》的第五章“阐释的运动”（“The Hermeneutic Motion”）里，斯坦纳将翻译过程分为四个步骤：1. 信赖（trust）；2. 侵入（aggression）；3. 吸收（incorporation）；4. 补偿（restitution）。[①] 信赖，是指译者在选择文本时对源语文本做出的基本的价值判断，相信原文有翻译的价值。而所谓的侵入，是指对原文的侵占与发掘，是译者阅读原文，理解原文，发掘其意义的过程。在这一过程中，由于译者始终处在源语文化与目的语文化的张力之中，他对原文的认识、理解和解释是一种不可避免的入侵活动，具有暴力性质。如为了便于读者的理解，译者采用归化的手段，将某些具有特定含义的外来词译作读者熟悉的本土词汇，而该词蕴含的文化特性就在无形中被抹杀了，上面这首诗中“清风翻书”这一典故的翻译便是如此。一般来说，诗人译者要比普通译者“侵入”的程度更加明显，因为他在诗歌的创作中形成了自己独特的审美体验，在翻译时这种“前结构”所形成的视界可能会与作者的视界发生更多的冲突。而非诗人的译者往往追求忠实，其前结构中缺乏诗人译者那种独特的创作审美经验。所谓吸收，是译者对原文意思进行吸收并给译文注入自己的理解的过程。通过翻译，目的语可以变得更加丰富，但也有可能因韦努蒂所说的“抵制”而失去其本色。作为诗歌翻译来说，译者既可以吸收原作的诗歌形式，也可以吸收其意象、技巧（上面提到亨顿对“月朗星稀”的翻译便是吸收了中国古典诗歌的创作技巧，将两个意象并置）。而所谓补偿，是指对翻译过程中的由于变异或相对的不可译性所造成的翻译损失进行重组或调整。“诗翻译得要像诗”的重要步骤之一便是补偿，吸收原作的各种元素后经过调整或重组译成目的语，翻译后的作品或符合目的语的诗歌传统或对目的语的诗歌传统进行反叛，庞德发起的意象派诗歌运动便属于后者。若译作高于原作，则会出现“过度补偿”，而译作不及原作则

---

① George Steiner,“The Hermeneutic Motion,” in *The Translation Studies Reader*, Lawrence Venuti (ed.) (London & New York: Routledge, 2000), pp.186-191.

会出现“欠额补偿”。不管是严复的“信、达、雅”，还是傅雷的“神似”说，以及钱锺书的“化境”之说，都在强调译文与原作的理想关系。因此，理想的翻译应该既无不及又无超越。当然，译者是学者还是诗人的身份对翻译的影响不是绝对的，非诗人的翻译者中也不乏优秀的译者。如韦利（Arthur David Waley）、奚密和杜博妮等人并非诗人，但他们翻译的中文诗依然被视为经典之作。但从诗歌译文风格来说，两者译文依然会有细微的差别。以杜博妮、唐飞鹤和艾什曼翻译的《回答》为例：

译文一：

The Answer

Debasement is the password of the base
Nobility the epitaph of the noble
See how the gilded sky is covered
With the drifting twisted shadows of the dead
The ice age is over now
Why is there ice everywhere?
The Cape of Good Hope has been discovered,
Why do a thousand sails contest the Dead Sea?
I came into this world
Bringing only paper, rope and a shadow
To proclaim before the judgment
The voice that has been judged.
Let me tell you, world.
I do not believe!
If a thousand challengers lie beneath your feet
Count me as number one thousand and one

I don' t believe the sky is blue
I don' t believe the thunder' s echoes
I don' t believe that dreams are false
I don' t believe that death has no revenge
If the sea is destined to breach the dikes
Let all the brackish water pour into my heart
If the land is destined to rise
Let humanity choose a peak for existence again
A new conjunction and glimmering stars
Adorn the unobstructed sky now
They are the pictographs from five thousand years
They are the watchful eyes of future generations ①

译文二：

Answer

The scoundrel carries his baseness around like an ID card
The honest man bears his honor like an epitaph
Look-the gilded sky is swimming
with undulant reflections of the dead
They say the ice age ended years ago
Why are there icicles everywhere?
The Cape of Good Hope has already been found.
Why should all those sails contend on the Dead Sea?

---

① Bei Dao, *The August Sleepwalker*, trans. Bonnie McDougall (New York: New Directions Publishing Corporation, 1990), p.33.

I came into this world with nothing
but paper, rope and shadow
Now I come to be judged
and I' ve nothing to say but this:
Listen. I don' t believe!
Ok. You' ve trampled
a thousand enemies underfoot. Call me
a thousand and one
I don' t believe the sky is blue
I don' t believe what the thunder says
I don' t believe dreams aren' t real,
that beyond death there is no reprisal
If the sea should break through the sea-wall
let its brackish water fill my heart
If the land should rise from the sea again
We' ll chose again to live in the heights
The earth revolves. A glittering constellation
pricks the vast defenseless sky.
Can you see it there? that ancient ideogram
the eye of the future, gazing back ①

译文三：

The Reply

---

① Donald Finkel trans/eds., *A Splintered Mirror—Chinese Poetry from the Democracy Movement* (San Francisco: North Point Press, 1991), p.9.

Contempt is the passport of the contemptible
gravitas is the epitaph of the grave
see, in this aureate sky,
The drifting, bent reflection of the dead
They say that the glacial era has passed
why then is ice everywhere?
The Cape of Good Hope has been sighted
why do a thousand ships still clash on the Dead Sea?
I have come into this world
bringing only paper, cord, and shadow
to defend before the trial
those voices that have been judged
I tell you, world
I-do-not-believe
Be there a thousand challengers underfoot
count me as number one thousand and one
I do not believe the sky is blue
I do not believe the thunder’ s echoes
I do not believe that dreams falsify
I do not believe in death without retribution
If the sea is doomed to smash the embankments
let all the brack dump into my heart
If dry land is doomed to rise
Let all humanity claim a new summit
A new turn for the better with twinkling stars

Is being stitched into the unbarricaded sky
it is an ideogram five thousand years old
staring eyes, the people of tomorrow ①

译文一出自杜博妮之手，译文二出自唐飞鹤之手，译文三出自埃什曼之手。杜博妮为学者，唐飞鹤为诗人，而埃什曼既是诗人，也是学者和翻译家。三人的身份各不相同，因此其译文也就带有各自身份的痕迹。第一个诗节中“通行证”一词三位译者的处理方式不同，杜博妮和埃什曼分别译作“password”和“passport”，但唐飞鹤却译作“ID Card”，将诗句的意义完全改变。原诗要表达的意思是在那个特殊的年代卑鄙者能大行其道，而高尚者却处处碰壁，陷入困境，但“The scoundrel carries his baseness around like an ID card”的意思却是“卑鄙是卑鄙者的身份证明”。作为诗人的唐飞鹤在翻译时对原文的背叛程度远远大于作为学者兼诗人的埃什曼的背叛程度。“镀金”一词，杜博妮和唐飞鹤的翻译很容易让人联想到马克·吐温的《镀金时代》，而埃什曼用了“aureate”一词，虽然更为准确，但没有杜博妮和唐飞鹤的翻译那样容易让读者产生联想。对于“飘满”一词的翻译唐飞鹤更为大胆，使用了“swimming”，其意义已经发生了变化，营造的意境更为生动和贴切。“千帆相竞”中的“千帆”，杜博妮和埃什曼都翻译成确切的数字，唐飞鹤只译作“sails”，这要比前两位译者更符合汉语习惯。“相竞”一词，埃什曼译作“clash”虽有悖原意，但要比杜博妮和唐飞鹤的“contest”更符合本诗的意境。“纵使你脚下有一千名挑战者 / 那就把我算作第一千零一名”，唐飞鹤译作“Ok. You’ve trampled/a thousand enemies underfoot. Call me/a thousand and one”，其中“trample”一词非常精妙，充分表达了时代对个人尊严的践踏。

---

① Bei Dao, *Endure: Poems by Bei Dao*, trans. Clayton Eshleman and Lucas Klein (Boston: Black Widow Press, 2011), p.21.

埃什曼和杜博妮将“雷的回声”译作“the thunder’s echoes”，但唐飞鹤译作“what the thunder says”，很容易让人联想到艾略特《荒原》中的第五章“雷霆之声”（“What the Thunder Said”），这一典故的应用使得译文更具英语诗歌的特征和风格。

在另外一首诗《命运》中，唐飞鹤的创造性叛逆更为突出：

译文一：

Fate

The child strikes the railing at random
at random the railing strikes the night ①

译文二：

Fate

A small boy rattles a stick along a railing
An unlatched gate bangs in the windy night ②

译文一的译者为杜博妮，她的译文基本上忠实于原文，除了第二句将“at random”前置之外，译文的句序都跟原文保持一致。但译文二（唐飞鹤的译文）中第二句就是译者的诗性想象了，完全脱离了原文。他将栏杆打破夜的寂静这种意境用“刮风的夜晚门砰地一声响”这种类似的意境替代，但原文中的“夜”没有任何修饰词，而译者所译的“windy night”却将这一模糊的背景明确化了，反倒破坏了原诗的意境。

总之，作为学者的杜博妮的译文更加准确、易懂，其译文受到宇文所安的赞誉，但有时过度受制于原文，其翻译略显呆板（如上文提到的“千帆相

① Bei Dao, *The August Sleepwalker*, trans. Bonnie McDougall (New York: New Directions Publishing Corporation, 1990), p.32.

② Donald Finkel trans/eds., *A Splintered Mirror—Chinese Poetry from the Democracy Movement* (San Francisco: North Point Press, 1991), p.8.

竞”，“千帆”并不真正指一千只帆船，只是形容多而已，有成百上千的意思）。而作为诗人的温伯格、埃什曼和唐飞鹤的译文则更为灵活与大胆，但有时候会背离原文，造成误读。类似的误读还发生在《走吧》一诗中：

原文：

走吧

走吧，
落叶吹进深谷，
歌声却没有归宿。
走吧，
冰上的月光，
已从河床上溢出。
走吧，
眼睛望着同一片天空，
心敲击着暮色的鼓。
走吧，
我们没有失去记忆，
我们去寻找生命的湖。
走吧，
路啊路，
飘满了红罂粟。

译文：

Let's Go

Let' s go,
Dry leaves blowing down the valley,
Homeless, singing

Let' s go,

Moonlight on the river ice,

Overflowing

Let' s go,

Watching the same patch of sky,

Hearts drumming in the dusk.

Let' s go,

We know by heart

The way to fountainhead.

Let' s go

Down the road, strolling through the drifts

Of scarlet poppies.[①]

第一节中“歌声却没有归宿”，发出声音的是人，因此喻指人没有归宿。唐飞鹤译作“Dry leaves blowing down the valley / Homeless, singing”，意思完全变了，成了“落叶在歌唱，没有归宿”。

第三个诗节中“我们没有失去记忆，我们去寻找生命的湖”被译成了“We know by heart / The way to fountainhead”（我们从心底知道通往源头的道路），语气也不再是祈使句。最后两句“路啊路 / 飘满了红罂粟”被译成了“Down the road, strolling through the drifts / Of scarlet poppies”，译者自己以诗人的想象添加了“漫步”（strolling）一词，使诗句更富浪漫主义色彩，但全诗的主旨是“求索”即探求“生命之源”，而“红罂粟”是探求“生命之源”过程中诱惑“我们”、使我们偏离追求的东西，它与“落叶”“没有归宿”的“歌

① Donald Finkel trans/eds., *A Splintered Mirror—Chinese Poetry from the Democracy Movement* (San Francisco: North Point Press, 1991), p.5.

声”“月光”“暮色”这些带有冷色调的意象形成对比，增添了“追寻”的艰辛，“strolling”一词实属画蛇添足。金介甫在评价《破碎的镜子：中国民主运动以来的诗歌》时就曾指出“芬科尔（即唐飞鹤，译者按）的译文不止是‘意译’，有时还添加些原文中没有的内容（芬科尔一定是通过合作者才搞清楚中文意思的）”[①]。可见，作为诗人的译者唐飞鹤在大胆叛逆的同时却又走向了误读的极端。

因此，在文学翻译中，译者的“前结构”，如对翻译基本认识和态度、对原作与译作之间关系的理解、读者的地位以及译者个人的学识修养、语言水平、职业习惯和审美取向等又会不同程度地影响其翻译。这些源自语内和语外的因素互相影响并相互作用，动态地影响着译文的风格及其质量。

此外，本杰明认为译作是原作的“来世”，因为许多重要的文学作品诞生之时并不存在译者，所以译文就成为其延续的生命（continued life）。[②] 从这个角度来说，衡量一个作家作品生命力的标准就是它们被翻译的状况。优秀的文学作品往往具有经典品格，经典品格就体现在超时间性和超空间性。所谓的时间性，是指作品在不同的时代能被读者赋予不同的理解和含义。所谓的超空间性，是指作品在不同民族读者眼中也能被赋予不同的理解。除超时空性之外，作品不断被翻译也是作品生命力的表征之一，这是因为翻译本身就是一种过滤，这种过滤受译者的意识形态、赞助人以及诗学观念等多种因素的操控。不同时空中的译者自然受不同的内外因素操控，同一作品被翻译的次数越多，它的阐释空间也就越大。从这个角度来说，北岛作品

---

①金介甫：《中国文学（1949—1999）的英译本出版情况述评（续）》，查建明译，《当代作家评论》2006 年第 4 期。

② Walter Benjamin,“The Task of the Translator,” in *Theories of Translation: An Anthology of Essays from Dryden to Derrid*, Rainer Schulte and John Biguenet (eds.) (Chicago and London: The University of Chicago Press, 1992), p.73.

被不同的译者翻译（重译）说明其作品具有极强的生命力和巨大的阐释空间。翻译是非文学空间中心区域作家进入世界文学体系的敲门砖和必经途径，然而目的语和源语的不平等使得文学翻译充满了不平等性。北岛作品中中国文化背景信息被省略或忽视的策略也体现出了这一点：英语译者按照英语文学传统确立的法则和美学范畴对北岛的诗歌进行了归并。这种归并也是世界文学空间中心区域提倡的世界性的外化方式之一。卡萨诺瓦曾指出，从某种程度上看，世界性就是那些核心美学范畴最可怕的发明之一。在以拒绝对抗和等级的世界结构名义下，在所有文学一律平等的外衣下，这些持有垄断权力的人让所有人类都屈服于他们的法则，世界性就是他们既得的。只有当一部文学作品体现的东西与他们的世界性特征相似，它才被他们视作可以被所有人接受的东西。[①] 这也是宇文所安在评述北岛诗歌的英文翻译时揭示出的世界文学市场的权力结构，但他自己也在无意识中以世界性的标准去衡量整个中国当代诗歌，否定其价值。而实际上，被翻译语言（北岛创作时使用的现代汉语）本身的语言学资本是不可剥夺的，因为自新文化运动以来，白话文这种文学资本与中国的学校教育、政治和经济领域中的语言已不可分割。

第三节　北岛诗歌英译的反响与其世界声誉之间的关系

从杜博妮等译者对北岛诗歌英译策略的研究不难看出，北岛的诗歌被翻译成英文后更易于读者阅读，这种译文更符合英语读者的审美习惯，从而有利于这些诗歌在英语世界传播。因此，总体而言，北岛诗歌的英语翻译促进

---

① Pascale Casanova, *The World Republic of Letters*, trans. M. B. DeBervois (Cambridge: Harvard University Press, 2007), p.154.

了北岛世界声誉的形成，这种促进作用也通过由北岛诗歌的英文翻译引发的争论、北岛诗歌的英文译本被英语世界图书馆收藏以及北岛诗歌被其他诗集收录的情况体现出来。

一、北岛诗歌的英文翻译所引发的争论

宇文所安在《什么是世界诗歌》一文中描述了诗人对世界声誉的渴望。非主流文学空间的诗人总希望拥有众多的读者，甚至是国外读者，因此他们必定会梦想自己的诗歌被翻译成其他语言。而那些用英语、法语等主流语言创作的诗人，他们无须想象不使用自己语言的读者。因此，翻译就成了使用非主流语言的诗人获得认可的主要途径，有些时候翻译甚至会发挥决定性的作用。于是，这些使用非主流语言的诗人就设想出“世界诗歌”这个概念，并置身其中。在此情况下，这些诗人创作的诗歌就往往与西方现代主义诗歌具有高度的相似性——宇文所安用西方诗歌的“翻版”来描述这种相似性。这些诗人创作的诗歌与殖民文化紧密相关，哪种殖民文化浪潮首先影响本土知识分子，他们的诗歌就与哪种西方现代主义诗歌相似。那些本质上只具有本土性传统的西方诗歌就被理所当然地认为具有世界性价值，这些来自非主流文学空间的诗人也希冀通过创作与西方现代诗歌相似的作品获得世界性，于是他们就采用一种比较讨巧的写作策略，创作出一些能被翻译成其他语言后还具有诗歌形态的作品。这种“世界诗歌”具有两个特点：第一，使用具有本土特色的意象和传统，但这种本土特色不可能具有写作和阅读传统诗歌所必备的精深知识。第二，使用具有普遍意义的意象，避免使用那些具有浓厚的本土特色和本土文化意义的词汇，即使这些词汇在诗歌中出现，它们也丧失了其在原文化中的含义。此外，宇文所安还认为这些诗人的诗歌语言是在阅读西方诗歌作品的本土语言翻译——甚至是很糟糕的翻译——过程中形成的。他暗示北岛的诗歌创作历程就属于这种情形。他

以《八月的梦游者》为例分析了中国当代诗歌创作中存在的问题，认为《八月的梦游者》所收录的诗歌大体上符合他所论述的“国际诗歌”的特征，有些诗歌略含中国文化特色，但为数不多。译者的翻译似乎并不重要，因为这些国际诗歌具有自行翻译的本领，译诗的确就是原诗的一切。[①]

杜博妮与宇文所安所持的观点相似，她也认为北岛的诗歌易于翻译成英语。其原因有三：首先，北岛在其诗歌中大量使用了中西方读者都熟悉的城市意象；其次，北岛的诗歌在结构上和语言的关系并不密切；最后，北岛诗歌的形式具有现代性。她在《八月的梦游者》（伦敦：安维尔出版社，1988）的前言中指出，北岛诗歌最显著的特点就是富有张力的意象和意味深远的结构。北岛诗歌的意象大多来自自然和城市生活，中西读者对这些意象都不会陌生。在她看来，北岛诗歌的结构基于几何或逻辑模式，语言总体上不依赖于词语模式、特殊的词汇或特设的音乐效果。她的结论是北岛诗歌的表层结构“在翻译中不会有太大的改变”。[②]就形式而言，她认为北岛诗歌的外在形式具有明显的现代性，他的诗歌几乎都采用了自由体。《太阳城札记》组诗中俳句般短小精悍的诗歌迥异于杂志上刊登的曲折冗长而重复诗歌，但后来他又摒弃了这种诗歌形式。她将北岛的诗作分为两类：包含有若干诗节的中长篇诗歌和长度在10—16行之间的短诗。在她看来，北岛的诗歌并没有受到西方诗歌的影响，但他也并未追求民族文学的因子——如传统的诗歌形式（不论是古典诗歌还是民间诗歌）、太多的文言结构以及口语或方言。就意象而言，杜博妮指出，北岛作为城市居民，其诗歌的背景大多为城市。对于居住于此的人而言，北京和其他城市一样具有很多相似之处，

---

① Stephen Owen, “The Anxiety of Global Influence: What Is World Poetry?”, *The New Republic*, 11(1990):30.

② Bei Dao, *The August Sleepwalker*, trans. Bonnie McDougall (New York: New Directions Publishing Corporation, 1990), p.14.

并无特别之处。例如，北岛诗歌中反复出现了“路灯”意象：伴侣眼中折射出的路灯、在街上投下长长的身影的路灯、烘烤着黑暗的路灯等。与嘈杂的城市相比，自然世界则给予作者平静、庇佑以及闲逸：山谷成为藏身之所；云雾遮住了太阳刺眼的光芒；月亮和星星发出恬静的光芒；大海成为激发灵感的源泉，船只、岛屿、波浪、泡沫、海岸、海滩、礁石等都成为灵魂的慰藉，但往往大海及其蕴含的财富只出现在梦里、想象或未来。她最后总结说北岛诗歌中的自然与城市属于普遍的世界，其中鲜有独特的中国特色，也没有任何社会主义或无产阶级的色彩。北岛诗歌中常见的意象还有“太阳”“飞鸟”“大海”“鸽子”“地平线”“石头”“门”“夜”“影子”“黄昏”“镜子”“回声”“黑暗”“风”“云”“梦”“窗”“家”“乡音”“母语”“钟声”“乡愁”“帆”“月亮”“信”“路”“星星”“灯光”“芦苇”“木屋”“雨滴”“行者”“他乡”“祖国”“母语”“父亲”“东方”“水泥”“汽油”“救护车”“罐头”“时差”“旅馆”“咖啡”“齿轮”“退休”“鞋”“面具”“电话”“报纸”等。的确，这些意象具有普遍的意义，几乎没有特殊的文化内涵，即使在跨文化的语境下也很容易理解，当然也就具有很强的可译性。因为各民族的文化之间总有一定的可通约性，人们在认识世界过程中所获得的知识和经验也是基本相同的，而人们认识世界的媒介之一就是语言。因此，即使操持不同的语言，人们在某种文化中所获得的基本经验和知识总在另外一种文化中能找到相应的表达方式。故而，在翻译时这些表达一般不会存在太大的歧义。北岛诗歌中的部分城市意象和自然意象就属于此种情况。以杜博妮翻译的《八月的梦游者》中的《雨夜》为例：

原文：

雨夜

当水洼里破碎的夜晚
摇着一片新叶

像摇着自己的孩子睡去
当灯光串起雨滴
缀饰在你肩头
闪着光，又滚落在地
你说，不
口气如此坚决
可微笑却泄露了内心的秘密
低低的乌云用潮湿的手掌
揉着你的头发
揉进花的芳香和我滚烫的呼吸
路灯拉长的身影
连接着每个路口，连接着每个梦
用网捕捉着我们的欢乐之谜
以往的辛酸凝成泪水
沾湿了你的手绢
被遗忘在一个黑漆漆的门洞里
即使明天早上
枪口和血淋淋的太阳
让我交出青春、自由和笔
我也决不会交出这个夜晚
我决不会交出你
让墙壁堵住我的嘴唇吧
让铁条分割我的天空吧
只要心在跳动，就有血的潮汐
而你的微笑将印在红色的月亮上

每夜升起在我的小窗前

唤醒记忆①

译文：

Rainy Night

As the shattered night in the flooded ditch
was rocking a new leaf
As if rocking its child to sleep
As the lamplight threaded raindrops
Studded your shoulders
Gleaming and rolling down
You said no
In such a resolute tone
But a smile revealed your heart' s secret
With moist palms the low black clouds
Kneaded your hair
Kneading in the fragrance of flowers and my burning breath
Our shadows lengthened in the streetlight
Connected each crossing, each dream
Catching in their net the riddle of our happiness
Tears from earlier torments
Wetted your handkerchief
Forgotten in a pitch-black doorway

---

① Bei Dao, *Notes from the City of the Sun: Poems by Bei Dao*, trans. Bonnie McDougall (Ithaca: The Cornell East Asia Papers,1983), p.96.

Even if tomorrow morning
The muzzle and the bleeding sun
Make me surrender freedom, youth and pen
I will never surrender this night
I will never surrender you
Let walls stop up my mouth
Let iron bars divide my sky
As long as my heart keeps pounding, the blood will ebb and flow
And your smile will be imprinted on the crimson moon
Rising each night outside my tiny window
Recalling memories ①

在这首诗中，“夜晚”是故事发生的背景，它也象征着黑暗，而“新叶”象征着新生。因而，前两句喻指诗人的爱情受到了质疑和阻挠。被灯光串起的雨滴“闪着光”，象征了爱情的热烈。“路灯”既是希望和光明的象征，也是与诗人与梦想对立的现实的象征。“网”代表着黑与罪恶的社会，使诗人明白自己处在束缚和危险之中，为他们的爱情蒙上了阴影。“枪口”的意义不言而喻，它代表着暴力和血腥。“墙壁”和“铁条”预示着诗人可能会身陷囹圄。“血的潮汐”使得整首诗的主旨得到升华，诗人渴望的不仅仅是爱情的自由，他也渴望正义和作为人应享有的一切自由。诗人虽知自己会面临灾难，但他依然坦然面对，铭刻在心中的是美好的爱情。译者在处理这些关键意象时采用了直译的方法，将诗中的意象分别译作“shattered night”“new leaf”“net”“The muzzle and the bleeding sun”“iron bars”“crimson moon”

---

① Bei Dao, *Notes from the City of the Sun: Poems by Bei Dao*, trans. Bonnie McDougall (Ithaca: The Cornell East Asia Papers,1983), p.47.

以及“streetlight”等。因为英语读者对这类意象产生的情感体验与汉语读者对这类意象产生的情感体验大致相同，不会产生太大的歧义。这类意象在翻译成其他语言时情况大致相似，这就是宇文所安认为这些诗歌具有“自行翻译”的本领的原因。北岛出国后的诗歌大多没有明确的时空背景，这类意象的使用也就更多，因此也就更加具有可译性。下面这首诗同样能说明这一问题：

原文：

冬之旅

谁在虚无上打字
太多的故事
是十二块石头
击中表盘
是十二只天鹅
飞离冬天
而夜里的石头
描述着光线
盲目的钟
为缺席者呼喊
进入房间
你看见那个丑角
在进入冬天时
留下的火焰①

① Bei Dao, *The Rose of Time: New and Selected Poems*, Eliot Weinberger (eds.), trans. Bonnie McDougall and Eliot Weinberger (New York: New Directions Publishing Corporation, 2010), p.182.

理解这首诗歌时同样无须借助太多的文化背景知识，因为“表盘”“钟”“十二块石头”以及“十二只天鹅”等意象很容易使人联想到时间，人们都能感受到时光的流逝，故它们被翻译成英语后无须做太多的阐释读者就能理解。

上述观点，尤其是宇文所安的《全球影响的焦虑：什么是世界诗歌》一文引发了美国汉学界的争论。因为他所持的北岛诗歌具有“自行翻译”的观点也折射出他对中国现代文学价值的认识。

奚密对宇文所安的观点做出了回应，她在《差异的焦虑——对宇文所安的一个回响》一文中从如下几个方面思考了这一问题。

首先，宇文所安将“民族”与“国际”严格区分开来的做法无疑把它们视为两个封闭且截然对立的体系，而中国新诗的发生恰恰离不开世界影响。清末民初的知识分子对古典诗歌的不满导致他们开始探求诗歌在形式、主题以及语言方面的变革，而西方诗歌恰恰为他们提供了实践新诗的范式。此外，中国当代诗人在接受西方诗歌时是有选择性的，并非来者不拒、全盘接受，其中浪漫主义和现代主义的影响最大。即使一些所谓的现代主义诗人，如废名、卞之琳、戴望舒、痖弦、杨牧等人的诗歌也表现出了浓厚的民族色彩。

其次，宇文所安否定了中国现代诗歌的价值，认为它们是对西方诗歌的拙劣模仿，而这种影响是西方文化霸权的例证。他固然揭示出了文化交流中潜在的不平等性，但仅以此来判断文学的影响有失偏颇，因为文学固然会受到政治历史等因素的制约，但也有其独立性。他认为如果现代诗迥异于古典诗歌，那么它就是国际的，即非中国的。因此，宇文所安在提醒我们中国现代诗歌所面临的文化霸权时，无意识中又站在了文化霸权的立场上，带着一种西方文学的优越感来欣赏中国当代诗歌。上面提到的《雨夜》中的某些意象的理解还必须借助一定的文化历史背景知识。“当水洼里破碎的夜晚 / 摇着一片新叶 / 像摇着自己的孩子睡去”喻指作者的爱情受到的阻挠和威胁，后面提到的“网”“枪口”“血淋淋的太阳”“墙壁”“铁条”等意象进一步印证了这种爱情面临的威胁，甚至是死亡的威胁。对于当代西方读者来说，追求爱情的自由是理所当然的权利，而只有了解中国当时正在进行的“文革”这一历史背景才能更深地理解这首诗的主题。奚密指出：

> 如果从三千年的古典诗歌传统来看，现代中文诗还是异端的话，我们仍不能否认现代中文诗的产生和发展不可能在整个中国诗传统之外存在，其意义也不可能在中国传统之外探求。一点也不矛盾的是：宇文教授对“中国诗”和“现代诗”之间差异消失的忧虑。两种忧虑我以为都是想象比现实的成分居多。[①]

再次，宇文所安认为北岛诗歌的英译作品读起来与西方诗歌没有多大的差别，因此他断定北岛一定是为国际读者而创作并对此加以延伸，认为中国当代诗人是为了自身利益而写作，为了向国外贩卖自己而写些让国际读者读了感动的诗。这种极端的说法并不符合中国当代诗歌的实际状况，古今中外的大部分诗人都处在诗歌的功利性与崇高性的两端。[②]

而周蕾在《写在家国以外》中指出，宇文所安的焦虑其实源自他所钟爱的“中国”（古典诗歌中的而非现实的中国）因当代中国人的存在而变得复杂。他致力探求的中国传统正在消亡，这就意味着他自身也正被人抛弃。[③]

陈小眉认为朦胧诗诞生于“文革”的精神荒漠中，当时学校和图书馆都被关闭了，大多数朦胧诗人几乎没有机会读到西方现代文学作品。即使在“文革”前的 20 世纪五六十年代，出版的外国文学作品也大多来源于苏联、东欧和第三世界国家，虽然偶尔会有西方文学作品，但一般都是事后被认定为

① 奚密：《从边缘出发——现代汉诗的另类传统》，广东人民出版社，2000。
② 奚密：《差异的焦虑——对宇文所安的一个回响》，《中外文化与文论》1997 年第 4 期。
③ 周蕾：《写在家国之外》，牛津大学出版社，1995，第 5—6 页。

"批判现实主义"的文学作品。[1] 从这个角度说，宇文所安所说的北岛诗歌是为"世界读者"而作，具有"自行翻译"之本领的说法也就行不通。

任何文学作品的翻译都是一次跨文化的旅行，在此过程中文本必然要经历文化选择和过滤，最终发生变异。从某种程度上说，译文是源语文化和目的语文化相互妥协的结果：在保留源语文本部分因素的同时，又融合了目的语的某些因素，任何译文都不可能是原文的复制或照搬。从这个意义上说，有关诗歌是否具有可译性的讨论就有不足之处，翻译行为的存在本身就是以承认文化差异为前提的。

从语法层面说，这种差异体现在源语和目的语的语言表达差异，诗歌尤其如此。诗歌的韵律、节奏等音乐性的因素只能在某种特定的语言中体现出来，这种特定语言中词汇的组合造成的听觉效果之美一经翻译便会丧失。如，英语诗歌中也有每行诗节音节固定的诗体。每两个音节组成一个音步（foot），其中一个音节重读另一个弱读，重读音节为"扬"格，非重读音节为"抑"格。如此一来，每行诗就有五个音步，每个音步由一个重读音节和一个非重读音节构成（非重读音节后跟重读音节的称为"抑扬格"，反之称为"扬抑格"），这五个音步按重读非重读重复五次便形成了有规律的节奏，这便被称之为五步抑扬格或五步扬抑格。如 John Denham 的诗 *Cooper's Hill*：

Oh could I flow like thee, and make thy stream
My great example, as it is my theme!
Though deep, yet clear; though gentle, yet not dull;
Strong without rage, without o'erflowing full.

① Chen Xiaomei, "'Misunderstanding' Western Modernism: The Menglong Movement in Post-Mao China," *Representations* (Special Issue: Monumental Histories), 35 (1991): 143-145.

而在汉语中，一个汉字就是一个音节，因此相等的字数就意味着相等的音节数，而音节又体现了诗歌的节奏感。但在英语中一个单词未必只有一个音节，要实现类似的节奏感难度非常大。如上文举到的例子《一切》中，除了押韵之外，其美感还来自诗歌的节奏感。原诗每两句的语法结构相同，字数相等，意义相近。如“一切都是烟云 / 一切都是命运 / 一切都是没有结局的开始 / 一切都是稍纵即逝的追寻”，前两句每行都是六个字，第三、第四行每句都是十一个字，句法结构都相同均为“主（一切）+ 动（是）+ 宾”结构，翻译成英语后这种结构则发生了变化“All is fate/All is cloud/All is a beginning without an end/All is a search that dies at birth”。其中，第三句的表语后面是介词短语，而第四句的表语后是定语从句，语法结构与原文本完全不同，原诗句的音韵美感丧失了。

有时候，汉语的书写规则也会给翻译造成一定的难度，如“你的名字是两扇窗 / 一扇开向没有指针的太阳 / 一扇开向你的父亲”（《画》）。该诗是北岛为女儿“田田”的五岁生日而作。在汉字中，“田”是象形字，从视觉上看很像两扇窗户，北岛将该字的视觉效果喻为两扇窗，而英语中对应的“window”一词却并没有这种视觉效果，若读者不懂“田”字的来源及其意义，后面的两句诗就无法理解。

从文化角度来看，这种差异表现在源语文化中某些信息在翻译时出现缺失现象，这种缺失往往是两种文化的宗教、历史、政治、审美、民族心理、自然环境等因素造成的。

按照宇文所安的逻辑，北岛的诗歌中使用了一些具有普遍意义的意象，其诗歌具有自行翻译的本领，不过是西方诗歌，尤其是英语诗歌的翻版，目的是讨好所谓的“国际读者”，那么这些“国际读者”对北岛诗歌的理解和感受应该是基本一致的。但他首先忽略了译者在翻译中发挥的作用，因为译者所处的政治、历史、文化背景与作者也往往会有差异，他所持有的政治立场、意识形态、道德伦理、审美以及诗学观点也可能与作者不同。译者首先是读者，在进行文学翻译时他对原作的理解不可能和作者一致。作品产生后，读者在阅读时作品的意义便不再受作者意图的困扰，若以作者意图确定作品的意义便混淆了作品与作品的来源。即使处在同一文化语言体系中，读者在已有知识，即理解的“前结构”的基础上阅读文学作品，不同读者对同一文本的理解也会千差万别，否则作品便没有了生命力。而事实是，北岛的作品不断被翻译（包括重译），这充分说明其作品具有一定的阐释空间，其生命力并未消亡。由此可以看出，北岛的作品并非对英语诗歌简单而又拙劣的模仿，否则其作品不可能被重译。

其实，有关诗歌的可译性问题研究由来已久。在意大利语中，译者“traduttor”与叛徒“traduttore”属于同根词。而在拉丁语中翻译（*translation*）的意思是“运送”或“传递”，古希腊语中的“翻译”（μετάφρασις）有“传话”之意。不论是“背叛”“传递”还是“传话”，这些词根都暗示出原文与译文之间的某种关系——译文对原文的忠实度，这便是可译性问题的根源。因为若译文与原文完全一致，则翻译中的叛逆或背叛之说以及争论已久的直译与意译之说就没有了逻辑根源。

在所有的翻译活动中文学翻译的难度最大，而文学翻译中诗歌翻译的难度最大。这是因为诗歌文体具有独特性：它具有语义的开放性，为理解其含义，读者需要调动其所有的语义资源与创造力。正如雅各布森（Roman Jacobson）所言：“诗歌最显著的特征在于这一事实——某一词汇被视为一个单词并不仅仅因为它是指涉物体的替代者抑或情感的瞬间爆发，词及其相互之间的组织关系、它们的意义、它们内在与外在的形式均获得了自身的价值与重要性。”[①]

很多人认为诗歌翻译是不可能的，在这方面人们最常引用的一句话就是美国诗人罗伯特·弗罗斯特(Robert Frost)的“诗歌就是在翻译中丢失的东西”(Poetry is what gets lost in translation)。[②]

索绪尔的语言学观点从理论上说明了诗歌的不可译性。他认为，语言符号由两个无法分割彼此关联的部分组成：能指(signifiant)和所指(signified)。为何某一特定的概念或物体应该用某一特定的声音而非用其他声音表示出来？这其中并无必然的理由，至少从这个角度来说能指和所指的关系是任意的。

从这一理论出发，罗伯特·普利兹（Robert L. Politzer）分析了文学作品的不可译性之根源。他指出，在同一语言系统内，某一语言符号可能会有很多的潜在意义，这也就是有些语言学家所说的多意性。或者用索绪尔的术语来说，符号拥有的不是意义而是价值，语言符号的价值在系统之中且通过语言系统得以确立，其价值由同义词或近义词决定，这些同义词或近义词可以替换它，在同一系统中它们也可以限制其潜在的功能。从理论的角度来说，这一点极有可能，词的价值由每个语言系统内词与词的关系确立，两个不同语言系统中的两个符号或许会有相同的价值。只有在这种意义上——不同语言体系中的符号具有相同的特定用法时——我们才能说它们完全相同。它们的潜在用法永远不可能相同。若用“S”表示能指，“V”表示价值，“M”表示意义，我们可将语言（la langue）中的语言符号描述为 S/V，将言语（la parole）中的语言符号描述为 S/M。在两种语言中，只有在 M1=M2

---

① Robert L. Politzer Source, “A Brief Classification of the Limits of Translatability,” *The Modern Language Journal*, 6 (1956): 319-322.

② 很多人认为这句话出自弗罗斯特，但迄今为止，在弗罗斯特遗留的书面文字中找不到此种说法，尤其是弗罗斯特对诗歌定义的相关文字。

时一种语言才能被翻译为另一种语言，因为两种语言都表示出了相同的参照（reference，用“R”表示）。文学的“文学性”，用结构主义的术语来说是不可翻译的，也就是说 S1/M1 ≠ S2/M2。这表明某一语言中所指的自然属性并不能被另一种语言所复制，所指与能指的关系（在文学中不再是任意的而有其独立的重要性）并不能通过翻译在另一种语言中得以呈现。[①]

语言学家沃尔夫（B. L. Whorf）则认为，各种语言系统之间存在着巨大的差异，这些差异就导致不同的观察者对同一宇宙的真实感受不尽相同，这就是说语言的形态制约思维的形式。[②]换言之，语言决定思维。由此角度来看，诗歌是不可译的，语言形式的改变决定了思维方式的改变，故而诗歌一经翻译其意义就发生了变化。

彼得·罗宾逊（Peter Robinson）从诗歌翻译实践的角度指出了诗歌翻译中存在的不可译之维度。其在《诗歌语翻译：不可能的艺术》（*Poetry & Translation: The Art of the Impossible*）一书中指出，在诗歌翻译中以下五个因素是不可译的：1. 整体结构、声音以及语义的复杂性；2. 诗歌创作时的特殊历史时期的复杂性；3. 诗人对语言的独特应用以及其个人语言特点；4. 诗人的声音或风格（就其独创性而言）；5. 诗人在某首诗歌中独特的惯用语。[③]

英国诗人奥登（W. H. Auden）在其为瑞伊·达尔文（Rae Dalven）翻译的《卡瓦菲英译全集》（*The Complete Poems of Cavafy*）写的导论中也曾说过：

---

① Robert L. Politzer Source, “A Brief Classification of the Limits of Translatability,” *The Modern Language Journal*, 6 (1956).

② 本杰明·李·沃尔夫：《论语言、思维和现实——沃尔夫文集》，高一虹译，商务印书馆，2012。

③ Peter Robinson, *Poetry & Translation: The Art of the Impossible* (Liverpool: Liverpool University Press, 2010), pp.80-81.

“他始终相信散文与诗歌的本质差别在于：散文能被翻译，而诗歌则不能。”[①]这似乎在言明，不可译性是诗歌区别于其他文类的本质特征。

那些认为诗歌是不可翻译的学者指出，诗是特殊文化和语言的产物，其外在的形式（如中国的五言绝句）、格律、意境、修辞、意象等是其他语言无法表达的。如王以铸就认为：“开门见山地说，我认为诗这种东西是不可译的。其理由很简单，诗歌的神韵、意境，或说得通俗些，它的味道，即诗之所以为诗的东西，在很大程度上有机地熔化在诗人写诗时使用的语言中，这是无法通过另一种语言（或方言）来表达的。”[②]

坎特·福特（Cat Ford）将不可译性分为两类：语言层面的不可译性和文化层面的不可译性。他认为语言层面的不可译性是由源语文化与目的语文化之间的差异造成的，而文化层面的不可译性是由目的语情景特征的缺乏造成的。[③]作为文学翻译的诗歌也不例外。

有关诗歌不可译的论点还有很多，在此不一一赘述。尽管从理论上来说诗歌是不可译的，但从实践来说，诗歌翻译从来没有停止过，而且成绩斐然，有些诗歌译作也成为经典之作，融入本土文化，成为本土文化的一部分。一个不争的事实是：若无翻译，文学就无法在其语言使用范围之外的世界被感知。因此，译者知诗歌翻译之难而依然为之，诗歌之所以仍被翻译，从理论上来说也有一定的依据。

翻译本质上是发生在源语文本与目的语文本之间的交流，而交流得以顺利进行的基础是其共通性。尤金·奈达（E. Nida）指出，语言间相对充分的

---

① C. P. Cavafy, *The Complete Poems of C. P. Cavafy*, trans. Rae Dalven (London: The Hogarth Press Ltd, 1961), p.vii.

② 王以铸：《论诗之不可译》，参见桂乾元、周美华：《诗歌翻译是翻译的“黄灯特区”——论诗歌翻译》，《语言与翻译》2012 年第 3 期。

③ J. C. Catford, *A Linguistic Theory of Translation: An Essay in Applied Linguistics* (London: Oxford University Press, 1965), p.99.

交流基于两个根本原因：一是两种语言之间的语义相似性，从更广泛的层面上说取决于人类经验的共同核心；二是两种语言之间句法结构的相似性，即“内核”（kernel）、“核心”（core）或“层面”（level）的相似性。[①] 这也就是说，诗歌翻译之所以成为可能，是因为译者认为源语和目的语在语义和句法结构方面具有一定的相似性。

北岛的《生活》一诗中只有一个词——“网”，杜博妮将其翻译为“net”。对汉语读者而言，“网”这一意象的实体指用绳线等结成的捕鱼或捉鸟兽的用具。《诗经》中就有这样的诗句：“鱼网之设，鸿则离之。”由这一实物的延伸意义便是“笼罩、联系和束缚”。北岛以此意象来比喻生活，生活就像一张网，每个人都被笼罩其中并与周围的一切紧密关联，无法摆脱。他道出了生活中的无奈和人生的不可选择性与不自由状态。与之对应的英文翻译“net”在美国传统词典中的解释是“An openwork fabric made of threads or cords that are woven or knotted together at regular intervals”，其引申义是“Something that entraps; a snare”（陷阱或圈套）[②]。由此可见，“net”一词和“网”在两种语言中的意思基本相同，在翻译中发挥了对等的功能。成仿吾先生就曾指出：“译诗并不是不可能的事情。即以我的些小的经验而论，最初看了似乎不易翻译的诗，经过几番的推敲，也能完全译出，所以译诗只看能力与努力如何，能用一国文字做出来的东西，总可以取一种方法译成别国的文字。译得不好的东西，不是译者的能力缺少，便是他的努力不足。”[③]

从心理层面来说，人类的心理感受也有相似性，诗歌是情感表达的载体之一，这也是诗歌翻译得以存在的条件之一。约翰·比格奈特（John

---

① E. Nida and C. Taber, *The Theory and Practice of Translation*(Leiden: E. J. Brill, 1969), p.483.

② 霍恩比：《牛津高阶英汉双解词典》，李北达编译，商务印书馆，2000，第987页。

③ 王以铸：《论诗之不可译》，参见桂乾元、周美华：《诗歌翻译是翻译的“黄灯特区”——论诗歌翻译》，《语言与翻译》2012年第3期。

Biguenet）认为，即使从一种文化进入另一种文化，人类的情感也不会发生变化，发生变化的只是一个人体察这种情感的方式和一个人如何将这种情感置于一个国家的自然环境中的方式。① 此种说法和中国古代文论所言的“人同此心，心同此理”的含义相近。北岛诗歌中频频出现“夜”的意象，如“密集在礁石上的苔藓 / 向赤裸的午夜蔓延 / 顺着鸥群暗中发光的羽毛 / 依附在月亮表面”（《船票》），“在被遗忘的土地上 / 岁月，和马轭上的铃铛纠缠 / 彻夜作响，路也在摇晃 / 重负下的歌曲改编成歌曲 / 到处传唱”（《十年之间》），“明天，不 / 明天不在夜的那边 / 谁期待，谁就是罪人 / 而夜里发生的故事 / 就让它在夜里结束吧”（《不，明天》），“八月的梦游者 / 看见夜里的太阳”（《八月的梦游者》），“夜繁殖的一群蜗牛 / 闪闪发亮，逼近 / 人类的郊区 / 悬崖之间的标语写着：未来属于你们”（《占领》）。不论是在中国文化还是在英语文化中，尽管“夜”所指的具体历史语境不同，但对北岛而言，它指的是“文革”，这一意象总是与黑暗相连，蕴含着迷惘、孤独、神秘、绝望和痛苦等意义，翻译成英语后这种心理感受依然能为读者所理解。

有些学者认为，不可译性恰恰是翻译存在的动力和条件。本杰明认为，可译性是某些作品的本质属性，但这并不是说它对被翻译的作品是必要的，而是说原文内在的特殊重要性通过可译性得以体现。在他看来，一部具有原创性的作品，如诗歌，有被翻译的可能，这与其是否已被翻译无关。这种可能性就是诗歌的可译性。可译性并不意味着诗歌与读者交流的能力，因为诗歌并不是为读者而创作的，它指诗歌自身具有的“诗性”特征。因此，诗歌的可译性就指诗歌原创的可能性。②

---

① John Biguenet and Rainer Schulter (eds.), *The Craft of Translation* (Chicago: University of Chicago Press, 1989), p.xiv.

② Marcus Bullock and Michael W. Jennings (eds.), *Walter Benjamin: Selected Works, Volume 1, 1913-1926* (Boston: The Belknap Press of Harvard University Press, 2002), p.253.

而彼得·罗宾逊认为诗歌可以被直译是一个错误的观念，从定义上来说这一概念是肤浅的，这一概念试图模仿诗歌的结构形式。只有当我们正确理解"翻译"一词的正确含义时，诗歌才是可以被翻译的。在他看来，"翻译"的正确含义是"转化"(rendering)。可译性与不可译性这两者的关系很复杂，严格意义上的不可译性同时也成为诗歌翻译的动因，它也使翻译成为一项实际可以操作并且实际上已经存在的行为。在他看来，对诗歌原文的精确再现是不可能的。因为没有任何译作能精确再现原作。再现的观点阻碍了翻译的发展，不仅限制了诗歌翻译，也限制了任何翻译活动，限制从那些富有创造性的诗歌翻译中积累经验。若我们同意上述观点——翻译是用异质性的物质结构"重新创造"(remaking)，那么我们就能得出这样的结论——和其他任何文体一样，诗歌是可翻译的，它只是在追求模仿的近似度。①

总之，从严格意义上来说，任何文学作品都具有不可译性，诗歌亦不例外。世界上没有完全相同的两种语言，诗歌的不可译性就源自源语和目的语的文化及语言差异。因此，不可译性是绝对存在的，翻译就成了两种语言真正差异的运作形式。但具有讽刺性的是，语言并不是由于相似性，恰恰是由于深层的、巨大的差异性而彼此发生关系，诗歌的不可译性恰恰成了诗歌翻译的动因。

除奚密、陈小眉、周蕾之外，雅各布·埃德蒙德的《共同的陌生性：当代诗歌、跨文化邂逅与比较文学》、利大英(Gregory B. Lee)的《行吟诗人、号手、麻烦制造者：中国诗歌的抒情性、民族主义、混杂性和他者》(*Troubadours, Trumpeters, Troubled Makers: Lyricism, Nationalism, and Hybridity in China and Its Others*)和黄运特的《跨太平洋移置：二十世纪美国文学中的人种论、

① Peter Robinson, *Poetry & Translation: The Art of the Impossible* (Liverpool: Liverpool University Press, 2010), pp.1-173.

翻译和互文性的传播》(*Transpacific Displacement: Ethnography, Translation, and Intertextual Travel in Twentieth Century American Literature*)也都讨论了宇文所安的观点。因此,这种争论本身对北岛的文学资本的积累和世界声誉具有一种“扩音”式的传播效果。参与到讨论中的学者都是美国中国文学研究界的重要人物,他们的观点对学术界乃至普通读者都可能产生重要的影响。

宇文所安的这篇文章影响之大,其所引发的讨论已经超越了诗歌翻译本身,涉及中国当代诗歌的缘起。黄运特认为,宇文所安之所以在这场论争中成为众矢之的,其原因在于他所表现出的对政治修辞的偏好,忽略了北岛乃至中国文学的审美价值,而这种偏好在解读中国当代诗歌时占据了主要地位。[①] 宇文所安后来又撰文对质疑他观点的学者做了回应。他认为,当代诗歌仍然主要在国别文学和国别语言的语境中生存。由于文学资本分布的不均衡性,世界声誉的压力以不同程度、不同方式对处在边缘区域的文学发生作用,对英语诗人却不会产生影响。国际认可尽管并不一定只指翻译,在大多数情况下人们将其和翻译等同起来,国际认可和翻译可以为诗人赢得世界声誉。[②] 毫无疑问,较之前的观点,宇文所安更加深刻地描述出了世界文学空间中竞争的不平等性和翻译之于诗人世界声誉的重要性。

二、英语世界中北岛诗歌英译本的图书馆藏及英译诗被转载或收录的情况概述

布律内尔和卢梭在《何为比较文学》中认为,作品在国内外的命运就是

---

① Yunte Huang, *Translation as Ethnography: Problems in American Translations of Contemporary Chinese Poetry* (Oakland: University of California Press, 2002), p.166.

② Stephen Owen, "Steping forward and back: Issues and Possibilities for 'World' Poetry," Modern Philology, 4 (2003):533.

作品效力的全部证明。作品的成功可以通过出版、改编、翻译的数量和作品中汲取的内容数量加以说明。他们还注意到一部作品国内声誉与国际声誉的联系，认为国内声誉是国际声誉的基础，同时作家世界声誉可以从其作品及译作在目的语国家的图书馆被收藏的情况体现出来。收藏其作品的图书馆越多，就说明其影响力越大，因为这些作品被读者阅读的可能性就越大。

笔者通过检索联机计算机图书馆中心（Online Computer Library Center）下的在线编目联合目录库（WorldCat）获得了北岛诗集英译本在英语世界图书馆的收录情况（见表1）。

表1　英语世界北岛英译诗歌集的收录情况统计表

书名	编（译）者	出版时间	收录总数	具体国家	各国收录本书的图书馆数量
《太阳城札记》（*Notes from the City of the Sun*）	杜博妮	1983	61	澳大利亚	1
				加拿大	3
				英国	3
				新西兰	1
				美国	53
《八月的梦游者》（*The August sleepwalker*）	杜博妮	1990	11	澳大利亚	8
				新西兰	3
《旧雪》（*Old Snow*）	杜博妮、陈迈平	1991	8	澳大利亚	5
				新西兰	3
《形式的距离》（*Forms of Distance*）	大卫·亨顿	1994	8	澳大利亚	7
				新西兰	1

续　表

书名	编（译）者	出版时间	收录总数	具体国家	各国收录本书的图书馆数量
《零度以下的风景》（*Landscape over Zero*）	大卫·亨顿、陈彦冰	1996	157	澳大利亚	2
				加拿大	9
				英国	1
				新西兰	2
				新加坡	1
				美国	142
《开锁》（*Unlock: Poems by Bei Dao*）	艾略特·温伯格	2000	224	澳大利亚	1
				加拿大	6
				英国	1
				新西兰	1
				新加坡	1
				美国	214
《在天涯》（*At the Sky's Edge: Poems1991- 1993*）	大卫·亨顿	2001	180	澳大利亚	2
				加拿大	5
				英国	2
				新西兰	2
				新加坡	1
				美国	168
《时间的玫瑰》（*The Rose of Time: New and Selected Poems*）	艾略特·温伯格	2010	116	加拿大	5
				英国	1
				新西兰	1
				美国	109

续　表

书名	编（译）者	出版时间	收录总数	具体国家	各国收录本书的图书馆数量
《忍耐》（*Endure*）	克莱顿·埃什曼、卢卡斯·克莱恩	2010	56	澳大利亚	1
				加拿大	2
				英国	1
				新西兰	1
				新加坡	1
				美国	50

从表 1 可以看出，英语世界图书馆收录北岛诗集英译版的主要特点如下：

第一，收录北岛诗集英译版本的美国图书馆最多，这在某种程度上说明北岛诗集的英文译本在美国的影响最大。若按照收藏北岛诗集图书馆的数目排名，美国有 214 家图书馆收藏了《开锁》，168 家图书馆收藏了《在天涯》，142 家图书馆收藏了《零度以上的风景》，109 家图书馆收藏了《时间的玫瑰》，53 家图书馆收藏了《太阳城札记》，50 家图书馆收藏了《忍耐》。这意味着在英语世界中美国对北岛的认可度最高。北岛诗歌的研究者也大多集中在美国，北岛在国外的主要活动轨迹也集中在美国，这两点也印证了北岛世界声誉的获得与美国文学界对北岛的认可有莫大的关系。而在英语文学世界中最具影响力的英国对北岛诗歌的研究明显不足，从北岛诗集英文版的收藏还有评论及研究的状况即不难看出这一点。

第二，学界普遍认为，在几位译者中，杜博妮对北岛早期的诗歌翻译起到了积极的推动作用，其成绩最为突出，但她的译本在美国图书馆收藏的数目却并不是很多。从 WorldCat 数据库的统计来看，除了早期的《太阳城札记》之外，其他的两本诗集《八月的梦游者》和《旧雪》的英译本均未被美国图书馆收录，她所翻译的北岛诗集主要被澳大利亚图书馆收录。美国图书馆收录的北岛诗集英文版主要译者为大卫·亨顿、温伯格、克莱顿·埃什曼和卢卡斯·克莱恩。这或许是因为译者更了解本国读者的文学审美习惯，所以其译文在本土更受欢迎。

三、英语世界普通读者对北岛诗歌英文译本的评价与研究

布律内尔和卢梭指出，作家世界声誉的直接体现方式之一就是作品在国外的命运，作品的出版、改编及其翻译的数量都是作品影响力的全部证明。[①]其中，普通读者对作品和作家的评价也成为衡量作者声誉的因素之一，而普通读者对北岛的评价大多是根据英文译本做出的，这也侧面反映了这些译本的影响力和英语世界的读者对北岛的接受能力和饱和度。尽管普通读者不会像专业读者（尤其是评论家）那样赋予某一文本文学价值，但不可否认的是，他们对作品的阅读和评价也会对作者的声誉产生影响。因资料搜集方面的困难，笔者以美国亚马逊网站上读者对北岛诗歌集的评论为例来说明此问题。

粗略来看，英语世界普通读者对北岛的评价从三个角度进行，首先是总体评价。大多数读者认为北岛是一位优秀诗人，这些专业评论者的看法基本一致，都将北岛构建为“优秀诗人”。有读者指出，北岛是进入西方读者研究视野的最具影响力的中国诗人。[②]有些读者对北岛的评价相当高，认为北岛将会成为当代最伟大的诗人之一，这种评价已经超越了“中国优秀诗人”的范畴，将北岛放在世界范围内进行评价。而有读者以非常肯定的语气指出，

---

① 乌尔利希·韦斯坦因：《比较文学与文学理论》，刘向愚译，辽宁人民出版社，1987，第42—51页。

② http://www.amazon.com/Rose-Time-Bilingual-Directions-Paperbook/dp/0811218481/ref=sr_1_1?ie=UTF8&qid=1464878452&sr=8-1&keywords=Bei+Dao，访问日期：2014年10月8日。

北岛是一位诗歌天才，是当代最伟大的诗人之一。[①] 北岛的诗歌犹如星辰在闪烁，每首诗歌都呈现了内心光芒的张力。[②]

就风格而言，有读者认为北岛诗歌受到其他作家的影响，有莱奥帕尔迪（Giacomo Leopardi）的怀旧风格，有时候可以看到夏尔（René Char）的影子，并始终有培瑞（Benjamin Peret）诗歌般的直率。[③] 而有些读者认为北岛的诗歌具有超现实主义的特点，尽管从语法上来说北岛的诗歌简单而明晰，但读者还是很难领会其诗歌的意义。北岛诗歌的意象使用比较随意、跳跃、跨度大，也给翻译造成了难度。[④]也有人指出，北岛的诗歌中总有一种无言的忧伤，令人回味，有时也充满着激情，诗句优美，最让人感兴趣的是其诗歌中的平行结构。在诗歌中，他使用了各种各样相似的形式，结构的多样性使整部诗作富有活力和新鲜感。北岛频繁地使用自然意象——山脉、雪花、闪电、野鹅和风吹过野草的沙沙声，有时候他的诗歌具有俳句的特质。但他的诗歌中也经常出现人类世界的具体现象——厕所的墙、火炉的哀号和“沉默的香烟”。他在有些诗歌中发出的声音犹如反偶像的语言——一个具有悲剧性的局外人，他坚持人性，挑战我们看待世界的视角。他的意象十分新奇。[⑤] 齐纳森·斯宾塞（Jonathan Spence）在《纽约时报书评》中指出，北岛“被迫

① http://www.amazon.com/Unlock-Beidao/dp/0811214478/ref=sr_1_6?ie=UTF8&qid=1464430590&sr=8-6&keywords=Bei+Dao, 访问日期：2014 年 10 月 8 日。

② http://www.amazon.com/Landscape-over-Zero-Directions-Paperbook/dp/081121334X/ref=sr110?ie=UTF8&qid=1464430590&sr=8-10&keywords=Bei+Dao, 访问日期：2014 年 10 月 8 日。

③ http://www.amazon.com/Rose-Time-Bilingual-Directions-Paperbook/dp/0811218481/ref=sr_1_1?ie=UTF8&qid=1464878452&sr=8-1&keywords=Bei+Dao, 访问日期：2014 年 10 月 8 日。

④ http://www.amazon.com/Rose-Time-Bilingual-Directions-Paperbook/dp/0811218481/ref=sr_1_1?ie=UTF8&qid=1464878452&sr=8-1&keywords=Bei+Dao, 访问日期：2014 年 10 月 8 日。

⑤ http://www.amazon.com/August-Sleepwalker-Beidao/dp/0811211320/ref=cm_cr_arp_d_pl_foot_top?ie=UTF8, 访问日期：2014 年 10 月 8 日。

形成一种新的诗歌风格,他的诗歌既是一种伪装性的保护也是描述'非现实'的恰当方式"。著名诗人罗伯特·汉斯(Robert Hass)也评价北岛的诗歌随着意识的起伏而流动,从一种隐喻转向另一个隐喻,从一种思绪转向另一种思绪,就像炉火变为喷射的火焰,也犹如一束炙热的蓝色火苗在闪烁。①

如前所述,普通读者对北岛诗歌的评价主要依靠译文,译文质量的高低也影响着读者对北岛和其诗作的评价。有读者敏锐地意识到了翻译之于北岛世界声誉的意义——若没有大卫·亨顿和陈彦斌的翻译,我们就不知道北岛是一位多么伟大的诗人,他或许会成为首位荣膺诺贝尔文学奖的中国作家。② 另外一位读者指出,即使在译文中,北岛的诗歌依然能折射出黑暗的力量,表现出自身的生命力,所以读者读一遍之后就能从中得到一些感悟,再读时又能得出别的领悟。他的诗歌有自己的风格,即使在涉及政治问题时,也从未强行灌输其思想。相反,它们能以一种呈现事实的方式慢慢沉浸下来。北岛诗歌相当简洁,但流露出自然情感。③

北岛诗歌对政治的关注也吸引了普通读者,他们从而对其主题进行了政治化的解读。而有些读者认为,北岛借助某些意象能够表达他对社会事件的观点,在当时知识分子无法直接发表对这些问题的看法。④ 还有人认为,北岛的很多诗歌具有自省性,从诗中可以窥见中国的政治形势,对北岛而言,

---

① http://www.amazon.com/Unlock-Beidao/dp/0811214478/ref=sr_1_6?ie=UTF8&qid=1464430590&sr=8-6&keywords=Bei+D, 访问日期:2014 年 10 月 8 日。

② http://www.amazon.com/Landscape-over-Zero-Directions-Paperbook/dp/081121334X/ref=sr_1_10?ie=UTF8&qid=1464430590&sr=8-10&keywords=Bei+Dao, 访问日期:2014 年 10 月 8 日。

③ http://www.amazon.com/Old-Snow-Poems-Beidao/dp/0811211835/ref=sr_1_12?ie=UTF8&qid=1464430590&sr=8-12&keywords=Bei+Dao, 访问日期:2014 年 10 月 8 日。

④ http://www.amazon.com/Rose-Time-Bilingual-Directions-Paperbook/dp/0811218481/ref=sr11?ie=UTF8&qid=1464878452&sr=8-1&keywords=Bei+Dao, 访问日期:2014 年 10 月 8 日。

“异化”依然是一个新鲜的话题。[1]甚至有读者直言不讳地说他对北岛感兴趣的原因是他的特殊身份，北岛关注的焦点是诗歌语言，并指出《形式的距离》表达了新一代诗人渴望自由的呼声，也是北岛出国后对国内生活的反思，他在沉默中发出了自己的声音。当代碎片化的意象与审美形成对比，创作出一种暴力，表达了诗人的反抗，成为一种启示录式的诗歌。[2]有些读者则感受到了北岛诗歌的压抑气氛，认为其诗作都是压抑之歌，表达了恐怖、审美、政治、隐喻、家园等内容。[3]

与专业评论者相比，普通读者的评价中不乏深刻的见解，但总体而言，大多评价是感悟式的，缺乏系统性，并且简洁明了。这些评论主要聚焦在北岛诗歌的风格和主题。和专业评论一样，对北岛及其诗歌的肯定性评价居多，有些评价已经将北岛构建为世界性的优秀诗人，而不仅仅局限为中国优秀诗人。当然，我们也要看到，对作家而言，作品的文学价值本身是起决定性作用的因素。

---

① http://www.amazon.com/Unlock-Beidao/dp/0811214478/ref=sr_1_6?ie=UTF8&qid=1464430590&sr=8-6&keywords=Bei+Dao, 访问日期：2014 年 10 月 8 日。

② http://www.amazon.com/Old-Snow-Poems-Beidao/dp/0811211835/ref=sr_1_12?ie=UTF8&qid=1464430590& sr=8-12&keywords=Bei+Dao, 访问日期：2014 年 10 月 8 日。

③ http://www.amazon.com/Landscape-over-Zero-Directions-Paperbook/dp/081121334X/ref=sr_1_10?ie=UTF8&qid=1464430590&sr=8-10&keywords=Bei+Dao, 访问日期：2014 年 10 月 8 日。

第二章
英语世界的北岛诗歌研究

作家的世界声誉与文学研究密不可分，翻译是处于边缘或半边缘空间的作家进入中心区域的前提，但是该作家能否取得世界声誉还不能仅凭翻译，因为作家文学资本的积累也与他被中心区域读者的认可程度相关。世界文学空间具有不平等性，中心区域文学空间确立的标准往往被视为世界性的标准，因此英语世界对北岛的研究就代表着处于世界文学空间中心区域的英语世界对北岛的接受度。中心区域肯定性的评价有利于作家文学资本的积累，它一方面有助于作家获得奖励机制的认可，一方面也能提高作品在图书市场的占有份额，增强作者的“名人效应”，吸引更多的非专业读者阅读其作品。

从某种程度上说，在世界文学市场，重要的文学中间商（往往是多种语言使用者，如翻译者和批评家）负责从一个文学空间向另一个文学空间输出文本，他们拥有确定某部文学作品价值的权力。卡萨诺瓦将他们形象地描述为“文学股票”的“外汇经纪人”。他们也是文学世界共和国的“立法者”。拉尔波曾把世界文学市场看作一个隐形的贵族社会，他认为这个社会是开放的，其成员没有外在的标志，没有学历、没有文学资格认证书，却比其他任何人都优秀。他们没有世俗权力，却拥有一种巨大的权力，能引导世界并支配其未来。正是从这个隐形的社会中走出了被历史承认的真正至高无上的王子，其中有些人甚至在他们去世几个世纪后仍能指挥众多人的行动。①这些拥有“无尽权力”的人可以决定什么是文学，决定哪些人是大作家，他们可以构筑世界文学的大厦，决定哪些作品成为“全球经典”。

从这个角度看，在世界文学市场，文学评论家的活动对作家的文学资本积累也发挥着重要的作用。瓦莱里用“裁判”描述他们，认为文学评论家也是文本价值的评估专家：这些行家，也是文学爱好者，他们虽然没有创造作品本身，却创造了作品的真正价值；这是一些充满激情但廉洁的裁判，无论是肯定还是否定，他们都干得很漂亮。他们善于阅读——一个已经丢失已久的美德。他们一直坚持多次阅读，多次倾听或者多次观察的东西，通过这一过程逐渐形成稳定的价值，世界文学资本不断增加。②

瓦莱里认为“被真正的评论认可而形成的稳定的（文学）价值”将被承认的作品和承认作品者的价值联系起来，从而增加全世界的文学资本。

总而言之，作为文学世界共和国“行家”的文学评论者对作者世界声誉的影响极大，他们对作家世界声誉的推动作用可以归纳如下：

第一，他们是世界文学市场的“立法者”。拥有裁决一部作品是否具有文学价值的权力，因此就成为文本价值的发现者和筛选者。那些只有经过筛选进入世界文学市场的文本才可能获得被中心文学空间“祝圣”的机会。当然，这一过程和翻译往往是同时进行的。绝大多数情况下，那些被裁定为

---

① Pascale Casanova, *The World Republic of Letters*, trans. M. B. DeBervois (Cambridge: Harvard University Press, 2007), p.18.

② Pascale Casanova, *The World Republic of Letters*, trans. M. B. DeBervois (Cambridge: Harvard University Press, 2007), p.19.

具有文学价值的文本通过翻译获得进入世界文学空间的机会。

第二，这些文学评论者也是“文学股票”的“外汇经纪人”。他们能够通过对某一文本的研究或批评肯定或贬低某个作家，从而影响其文学资本的积累。也正是从这个意义上来说，他们“创造”了文本的文学价值。他们对某一文本文学价值的“创造”可以体现在两个方面：一方面，作为专业的“权威”人士，他们对作品的评价和研究能影响或引导普通读者的阅读行为；另一方面，他们对某一文本的裁决也往往成为作家获得奖励机制认可的重要因素。诺贝尔文学奖评审委员会就是其影响力的最佳佐证。

就英语世界的北岛研究而言，有些研究对北岛做出的积极肯定的评价，对其文学资本积累和世界声誉起到了推动作用。对北岛诗歌的主题、创作手法和形式风格的研究大都肯定了北岛对中国当代诗歌做出的革新，而有关北岛诗歌的意象使用以及北岛诗歌中的本土性与世界性关系的研究则认为北岛的诗歌并没有太多的新颖之处，不过是对英语诗歌的模仿，但这种看法又遭到了其他学者的反驳。因此，总体来看，英语世界的北岛研究更有利于将北岛构建为“中国优秀诗人”。

第一节　英语世界对北岛诗歌的肯定性评价与北岛“优秀中国诗人”的身份构建

北岛被英语世界视为当代中国最优秀的诗人之一，这一看法也会通过他们对北岛诗歌的研究折射出来，或者说北岛在英语世界所赢得的声誉基于他们对北岛的研究。研究者对北岛的认可与肯定有助于北岛“优秀中国诗人”的身份构建，这一构建主要是通过对北岛诗歌的创作手法、主题和形式与风格的研究三个维度进行的。

一、英语世界北岛诗歌的创作手法研究

玛莎·兰乌哈（Maja Lavrač）指出，朦胧诗是真实的，诗人由描写外在的客观现实转向描写内心的主观现实，他们所使用的意象和诗人自己的情感是一致的。因此，朦胧诗根本不“朦胧”，而是审美意识的觉醒或复苏。从这个意义上说，这种新出现的诗歌也可以被称作革命。[①] 即是说，诗人对意象的选取和加工与其情感是紧密相关的。

与意象本身密切相关联的是象征。因为象征手法的应用基于象征体和本体之间的某种关联。诗人往往借助某一具体事物的形象表现某种抽象的概念、思想和感情，即所谓的“托义于物”。从这个意义上说，意象本身就具有象征意义。象征手法能够委婉含蓄地表达不容易或不便于直接说出的思想感情，化“抽象”为“具象”，能极大地增强文学作品的表现力和感染力。

杜博妮认为，在朦胧诗人中，北岛以象征手法的应用而闻名。有些诗歌由松散的意象组成，围绕同一主题，而有些诗歌整首诗就是一个意象。[②] 如下面这首诗：

岛·四

地平线倾斜了
摇晃着，翻转过来
一只海鸥坠落而下
热血烫卷了硕大的蒲叶
那无所不在的 夜色
遮掩了枪声

① Maja Lavrač, “China’s New Poetry or Into the Mist,” *Asian and African Studies*, 3 (2010):31.

② Bei Dao, *Notes from the City of the Sun: Poems by Bei Dao*, trans. Bonnie McDougall (Ithaca: The Cornell East Asia Papers,1983), pp.10-11.

——这是禁地
这是自由的结局
沙地上插着一支羽毛的笔
带着微湿的气息
它属于颤抖的船舷和季节风
属于岸，属于雨的斜线
昨天或明天的太阳
如今却在这里
写下死亡所公证的秘密①

这首诗的核心意象是“海鸥”“夜色”和“笔”。“海鸥”象征着自由，“夜色”象征着黑暗和死亡，而“笔”象征着诗歌或文学。“海鸥”的坠落象征着自由的丧失，象征着黑暗和死亡的“夜色”所掩盖的枪声以及“热血”暗示出它们对自由的扼杀。但这一切也无法阻止诗人对自由的渴望，象征文学的那支插在沙地上的羽毛笔和船舷、季风以及与海岸密切相关的大海（也是自由的象征），会记录“太阳”“写下死亡所公证的秘密”。这首诗的几个意象都围绕“自由”这一主题。而前面提到的《生活》一诗则只有一个意象“网”，它象征了生活中的各种关系的复杂性。

另外，也有研究者注意到了北岛诗歌中的现代主义手法与本土文学的关系。鲍拉德（D. E. Pollard）指出，北岛对“蒙太奇”“潜意识”和“抓住瞬间印象”等手法的借鉴似乎将自己和现代主义联系在了一起。但他又指出，北岛诗歌中的这些技巧并非来自西方现代主义诗歌，而是源自本土文学的内在多样性。在他看来，北岛所说的中国诗歌面临的“形式危机”也不是参

① Bei Dao, *Notes from the City of the Sun: Poems by Bei Dao*, trans. Bonnie S. McDougall (Ithaca: The Cornell East Asia Papers,1983), p.83.

照西方现代主义诗歌而得出的结论。北岛主张诗歌采用新的技巧以取代陈腐的创作技巧的缘由有很多，其中之一便是他不再相信某些永恒的真理，而是肯定个人价值。[①]

北岛的诗歌成为思想与外在世界各种力量和音调的共鸣器，结果是他的诗歌包含了诸多相互交错的东西。就创作技巧而言，北岛诗中有众多突兀的意象并置却毫无关联。诗歌没有固定形式，往往随意多变，成了一种危险的协调。[②] 米切尔·帕尔默（Michelle Palmer）从某种程度上解释了北岛诗歌难懂的原因。北岛诗歌中那些相互没有关联的、突兀的意象并置的确给读者的阅读造成了不小的障碍。例如下面这首诗：

灵魂游戏

那些手梳理秋风
有港口就有人等待
晴天，太多的
麻烦汇集成乌云
天气在安慰我们
像梦够到无梦的人
日子和楼梯不动
我们上下奔跑
直到蓝色脚印开花
直到记忆中的脸
变成关上的门

① D. E. Pollard, “Book Review of Bei Dao. *Notes from the City of the Sun: Poems by Bei Dao*,” *The China Quarterly*, 12 (1984).

② Bei Dao, *At the sky's Edge*, trans. David Hinton (New York: New Direction Publishing Corporation, 2001), p.xi.

请坐，来谈谈

这一年剩下的书页

书页以外的沉沦[①]

若从日常经验来看，其中的很多意象没有关联，且意象的组合不合乎逻辑。北岛之前的诗句中出现过“清风翻书”(《问天》)，其中的风像无形的手，吹过书时翻动书页，这从逻辑上很容易理解。风虽为可感之物但手无法抓住，手怎么能梳理它？“天气在安慰我们”一句尚可勉强说得通，因为或许好天气能让人们心情愉悦，但下一句“像梦够到无梦的人”则很难理解。人留下的脚印或许看起来像花，但又如何开花？这些意象的组合已突破了日常生活的经验，只是作者内心世界的呈现，读者很难理解，就连与北岛相交颇深的金斯堡都曾说他看不懂北岛的诗。另一位批评者米歇尔·杜克（Michael S. Duke）也曾指出，他在北岛的短诗中很少能看到希望或能启迪读者的因素，相反会遇到众多令人惊奇的意象，这些散见于诗中的并置的意象总体来说毫无意义。他概括说《零度以上的风景》对他而言是一部死抠字眼的、毫无意义的翻译作品。[②]

玛莎·兰乌哈的看法或许也揭示了北岛诗歌难懂的部分原因。他认为朦胧诗人采用了新的诗歌技巧，这种技巧基于象征之上，诗歌表现出某种抽象性，诗歌读起来感觉就像思想和意象在随机组合。其形式仅仅是内容的延伸，节奏与韵律通常被忽略，不规则的诗行和标点符号的省略传达出诗人感情的波动，从而注重诗人原创性的用法。[③]

---

① 北岛：《北岛诗选》，http: //www.my285.com/sc/xinshi/beidao.htm，访问日期：2015 年 9 月 14 日。

② Michael Duke, “World Literature in Review: Asia and Pacific,” *World Literature Today*, 1 (1998):203.

③ Maja Lavrač, “China’s New Poetry or Into the Mist,” *Asian and African Studies*, 3 (2010):32.

北岛对虚构语言的透明性持怀疑态度，对语言的使用也颇具传奇色彩。李点认为这就意味着北岛的诗歌将想象力而不是思想、哲学或知识置于首位。李点指出，北岛的诗学从本质上是自相矛盾的，因为除了文字游戏之外，他无法构建语言的指涉性。在李点看来，北岛诗学的不确定性基于他有意将现实与非现实混杂在一起，北岛并未对经验的世界和想象的世界进行区分。现实的世界是理性的，符合逻辑的，而想象的世界则是抽象而荒诞的。矛盾是北岛惯用的手法，若矛盾能产生意义，那么这些意义就必然是多重的、无法区分的，同时也是不确定的。[①]

美国诗人罗伯特·哈斯（Robert Hass）也对北岛的诗歌做出了类似的评价。他认为，北岛诗歌的意义就是一种隐喻。北岛的诗歌似乎呈现出意识的流动性，从一个隐喻转向另一个隐喻，从一种思绪转向另一种思绪。哈斯认为在北岛的诗歌中，至少有三种"距离"值得我们认真思考，这些"距离"涉及主要的结构，它们关乎北岛诗歌的"思想"。首先是语言本身，它是诗歌的核心。其次是诗歌与其他独特理性之间的关系。最后是距离形成于知识领域，尤其是哲学—文学领域的知识。[②] 对此，北岛在一次采访中回答说，他后期的诗歌则更注重内心世界，走得更远、更深。

二、北岛诗歌的主题研究

北岛诗歌包含多种主题。若以出国为界点，前期诗歌的主题主要有自然、爱情、哲学、政治、友谊、希望等，而后期的诗歌主题主要有思乡、政治、历史等。

---

① Li Dian, *The Chinese Poetry of Bei Dao, 1978—2000: Resistance and Exile* (New York: The Edwin Mellen Press, 2006), pp.81-99.

② Robert Hass, "Poet's Choice," *The Washington Post Book World*, 2 (1997):16.

杜博妮认为北岛的诗歌主题主要有两大类：人与人之间的关系和诗人的思维状态。前者如友谊和爱情，后者如希望、幻灭和勇气等。此外，她还指出，朦胧诗强调自我意识，这种自我意识包含两个方面。一方面，诗人对自身个体权利和个人身份给予了肯定；另一方面，他们也肯定他人的权利。就北岛诗歌的主题而言，在与传统果断决裂的同时，也展现了个人化的世界，而这远远超出了传统诗歌的政治蕴涵。

玛莎·兰乌哈也有类似的看法。他认为，“自我”是朦胧诗的核心主题。经过漫长的“文革”之后，中国当代诗歌最终成功地向艺术回归，并重新发现其艺术价值和意义。对诗人而言，作品是观照自己的镜像。朦胧诗人在文学领域大胆探索，探求个人与社会的关系，聚焦于人类本性，追寻并探索自我。诗歌成为揭示灵魂的媒介，有时会直接表达情感与心绪。新诗（如朦胧诗）的新颖之处就在于表达自我，尤其是年轻一代人心中独特的自我，他们相信新自我诞生于旧自我的废墟之上。新一代诗人提倡的自我富有现代特征，他们推崇人权和自由意志，认为人应该成为自己的主人。这是一种富有活力的自我，被赋予了尊严、情感和复杂的内心生活。新诗表达了青年诗人在“文革”中经历的疏离感与挫折感，折射出他们为希望、生存和个人的尊严而做出的抗争，描述了他们的恐惧、怀疑与绝望。

在分析北岛的诗歌时兰乌哈指出，北岛的诗歌是在重压下做出的反应，其中弥漫着痛苦、绝望和浓厚的悲观主义情绪。他的诗歌注重个人情感的坦率表达，更关注人类的基本需求、人与人之间的关系、人的尊严、人遭受的痛苦与迷惘等人类哲学问题。在寻求自我，试图展现自我本质的过程中，他的诗歌具有普遍的意义。[①]

李点认为，就其主题而言，北岛早期的诗歌，表达了恢复个人空间和平

① Robert Hass, “Poet’s Choice,” *The Washington Post Book World*, 2 (1997):16.

常生活的渴望，表达了对“文革”的批判。[①]

罗纳德·詹森（Ronald R. Janssen）探讨了北岛诗歌创作的社会历史背景和当时的文学传统以及中国诗坛发生的变化，他研究了北岛诗歌的主题，指出北岛诗歌中表达出的心态和情绪并不轻松，也没有太多的幽默之风。《开锁》（*Unlock*）更多地表达出了一种焦虑、脆弱、迷惘、恐惧、绝望、幻灭之感，也包含短暂性和年龄这类主题。但在这种痛苦之中，我们也偶尔能发现诗人所怀揣的片刻希望。他的作品中并没有充满活力的颂词，而常常表达出一种顺从或放弃的心态，或故作好心而为之的姿态。自然通常能让诗人感到安慰，甚至能给诗人提供某种心理补偿。诗人最具确定性的表达是“笔在纸上突围”。和早期的诗歌《零度以上的风景》一样，这些深奥的、超现实的、私密化的诗歌不适合快速阅读，更适合通过冥想和沉思让词语、意象和思想进入我们的内心。[②]

诗人、学者黄亦兵（麦芒）则认为，“梦游”是北岛早期诗歌和小说的重要主题，这一主题在20世纪80年代中期的诗歌如《八月的梦游者》和《白日梦》中最为明显。此后，北岛一直处于永远的“梦游”状态。[③]而与这一主题紧密相关的两个意象——“梦”和“夜”——是北岛诗歌的关键词。如：“你守护我每一个孤独的梦”（《五色花》），“永不重复的夜永不重复的梦境”（《冷酷的希望·二》），“告诉我们无数个未知的梦”（《冷酷的希望·七》），“请收下我们的梦”（《候鸟之歌》），“一切往事都在梦中”（《一切》），“夜从这里消失”（《岛·一》），“夜，迎风而立”（《岛·七》），“被理性肯定的梦境”（《见

① Li Dian, “Paradoxy and Meaning in Bei Dao’s Poetry,” *Positions* (Spring, 2007) : 114.

② Ronald R. Janssen, “What History Cannot Write: Bei Dao and Recent Chinese Poetry,” *Critical Asian Studies*, 2 (2002):261-262.

③ Huang Yibin, “‘Green, how I love you green’ Lorca, Bei Dao’s Waves, and Sleepwalking in History,” *World Literatue Today*, 11-12 (2008):35.

证》)，“路灯拉长的身影连接着每个路口连接着每个梦”(《雨夜》)，等等。

李点认为北岛频繁使用“夜”这一意象的原因有两个：一方面，或许是北岛有“众人皆醉我独醒”的心态，故而其诗歌中的“夜”就恰恰突显了诗人的清醒状态；另一方面，“夜”这一意象和孤独有密切的联系，诗人不得不承受黑夜中保持清醒的孤独感和孤立感，同时也很享受意识和启蒙之间的紧密关联。他还进一步指出，北岛对“夜”的体验并非源自无助感，相反，他从“夜”中汲取力量，通过诗歌创作恢复那支离破碎的主体性。而北岛诗歌中以梦的形式出现的主题或许是主体性分裂的表征，既反映了他对梦的依赖，又折射出他对梦的不信任，写入诗歌的“梦”最多不过是对无意识自由流动的单调模仿。[①]

三、北岛诗歌的形式与风格研究

相比较而言，英语世界对北岛诗歌的形式与风格研究比较简略。

杜博妮在翻译北岛诗歌时就注意到了北岛诗歌的形式和风格问题。她认为：第一，北岛的诗歌具有明显的现代性。这一点可以从他使用的意象和诗歌的内容得到印证。北岛诗歌的风格不可避免地受到了他所在时代的文学作品的影响，但他也敏锐地意识到当时文学作品的“形式危机”。因此，他进行了大胆的革新，向当时的文学传统发出了挑战。第二，就诗体而言，北岛的大部分诗歌都采用了自由体。第三，北岛也对诗歌形式进行了大胆的革新。如他创作了《太阳城札记》《冷酷的希望》《陌生的海滩》《岛》等组诗，尽管组诗这一概念并不新奇，但北岛的组诗迥异于当时杂志上刊登的那些冗长曲折而又重复的诗歌，北岛的诗歌如俳句般短小精悍。在随后的

① Li Dian, *The Chinese Poetry of Bei Dao, 1978 —2000: Resistance and Exile* (New York: The Edwin Mellen Press, 2006), pp.55-59.

创作中，他又摒弃了这种诗歌形式，创作的诗歌大多为包含若干诗节的中长篇诗歌和长度在 10 —16 行之间的短诗。

她还进一步指出，北岛诗歌的形式既没有受到西方诗歌形式的影响，也未受到民族文学因素的影响，北岛的诗歌中鲜有传统诗歌的形式、结构以及语言。

玛莎·兰乌哈则与杜博妮持不同的看法，他认为朦胧诗人在创作中重新引入了 20 世纪 30 年代曾经出现过的自由诗，但又明显受到西方诗歌的影响。诗人们使用了间接的、梦幻般的、极简的自然意象，因而这类诗歌有众多的含混之处，意义模糊不定。这类意象及其技巧成为激发读者思想、唤起其想象力的方式。从形式与内容的关系看，形式仅仅是内容的延伸。这类诗歌缺乏节奏与韵律，不规则的诗行和标点符号的省略传达出诗人感情的波动。这类诗歌注重诗人原创性的用法，从而诗歌的意义是由读者及其阐释诗歌的能力决定的。①

第二节　英语世界文学研究者对北岛的消极评价与由此引起的争议

英语世界对北岛的消极评价源自他们对中国文学与西方文学关系的认识。自晚清以来，中国致力于向西方学习，文学亦不例外。中国新文学的发生也与西方文学的影响有着紧密的关系，在文学观念、文学语言、形式与内容以及创作技巧等方面莫不受到西方文学的影响。因此，中国新文学和西方文学之间出现了某种相似性。杜博妮认为，北岛诗歌中的意象并非源自

① Maja Lavrač, "China's New Poetry or Into the Mist," *Asian and African Studies*, 3 (2010):32.

中国古典文学，也和当时中国的无产阶级革命文学没有紧密的联系，而是采用了西方读者比较熟悉的城市意象。也正因为如此，宇文所安认为北岛的诗歌是对英语诗歌的模仿，但其观点遭到了众多学者的批判。陈小眉认为宇文所安的解读脱离了具体的历史文化语境，奚密则指出北岛在揭示出世界文学霸权结构的同时自己又无意识地站在了西方中心主义的立场上，并以此审美标准去看待中国文学。

一、英语世界北岛诗歌的意象研究

所谓意象，是指作者将自己的情感或心绪投射在某一客观物象后而创造出来的一种艺术形象，是意（作者的心灵或情感）与象（客观形象）的融合。古人以为意蕴或情感是内在而抽象的，无法用语言彻底表述出来，需要借助具体形象来表达，因而意象就是抽象和具象的结合。诗人在创作过程中往往将自己的所感所想寄托于一个具体的物象，因此诗歌中以物托情、寓情于物的现象非常普遍。意象对诗歌的作用如下：

首先，它使作者感情物象化。同其他文体相比，诗歌的特点是简洁凝练，在有限的篇幅内表达某种复杂的情感，正所谓“微尘中有大千，刹那间见终古”“片言可以明百意，坐驰可以役万景”。但凝练的语言有时并不能穷尽作者想要表达的意思，借助具体的物象可以使作者的情感更为具体形象。明代学者王廷相指出：“夫诗贵意象透莹，不喜事实粘著。古谓水中之月，镜中之影，可以目睹，难以实求是也……故示以意象，使人思而咀之，感而契之，邈哉深矣，此诗之大致也。”[①] 正因为“水中之月、镜中之影”是一种只能感知，无法具体描述的东西，故而借助意象使之更具直观性。

北岛《太阳城札记》中有一首诗《自由》，全诗只有短短几个字——“飘/

① 戴维·洛奇编《二十世纪文学评论》，郑敏译，上海译文出版社，1987，第108页。

撕碎的纸屑”。尽管“自由”这一观念很早就进入中国，但在“文革”的语境中这一观念已被淡忘，成了“水中之月”，可望而不可即。北岛重提了“自由”这一概念，但他对自由的矛盾态度通过“撕碎的纸屑”形象地传达了出来。

第一，自由意味着挣脱，如同从一个整体分离出来的一片片纸屑，这些纸屑撒开后四处飘落。第二，自由也意味着撕裂与孤独，每一片纸屑都四处飘零、孤孤单单，最终归于尘土，毫无意义。第三，自由在意味着挣脱整体的同时，也意味着个体价值的丧失，如同撕碎的纸屑，已失去了作为整张纸的功能与意义（或用于书写，或用于包装等）而归于尘土。“撕碎的纸屑”这一意象就恰如其分地反映出北岛对自由的认识的悖论：一方面渴望挣脱整体的束缚，但另一方面又对个体挣脱整体后无法预知的悲剧性命运而担心。

其次，意象与作者所投射的感情之间具有某种关联或相似性。意象是为表达某种意蕴而创造的形象，某些意象保留了具体物象的特征，但这些特征与表达的意蕴往往具有某种关联性或相似性。庞德更强调意象的主观印象。他认为意象具有瞬时性，是感性与理性的合体。T. S. 艾略特也认为诗人可以通过“客观对应物”表达情感。庞德那首著名的《在地铁站》中，那若隐若现的脸庞和湿漉漉的树枝上盛开的花瓣的共同之处就在于它们都是美的东西，富有视觉冲击力，让作者在看到它们的瞬间留下了深刻的印象。王弼也曾指出：“象生于意，故可寻象以观意。”[①]

前文提到的《生活》一诗只有一个字——“网”。“网”是由纵横交错的网线编织而成的，纵横交错的网线紧密相联、相互依靠。这一意象就有相互关系之意蕴，如关系网。同时，这一意象也有约束、束缚之意，如天网、法网等。生活和网的相似之处就在于，生活中我们处在各种各样的关系中，与他人和整个社会密不可分，各种社会关系成了我们赖以生存的前提。同时，各种各

① 楼宇列：《王弼集校释》，中华书局，1980，第609页。

样的关系又规范和约束我们的行为，有些时候也会成为约束和压迫我们的东西。这就是北岛对生活的认识和感悟。

最后，意象能使作者的情感表达更为含蓄，更为隐蔽。

从抒情的角度来看，诗歌既可以直抒胸臆，也可以委婉含蓄。而北岛更倾向于后者，他认为诗歌和生活之间是有距离的。在创作时，诗人应该保持冷静的态度，克制激情和冲动。若一个人经历过爱情，则不应该直截了当地谈论爱情，此种方式过于简单。① 以下面这首诗为例：

冷酷的希望·八

乌云奏起沉重的哀乐
排好了送葬的行列
太阳向深渊坠落
牛顿死了 ②

全诗表达了诗人对社会和时代的绝望，他并未直接表达这种绝望和压抑之感，而是通过“乌云”和“太阳”两个意象间接而又含蓄地表达出来。一方面，由于当时的情势，诗人无法直接表达其思想感情；另一方面，意象的应用也使诗歌更富有余韵，读者也就会“思而咀之”，达到言虽尽而意无穷的审美效果。

对北岛诗歌的意象进行集中研究的学者当属杜博妮。在其为《八月的梦游者》写的序中，她谈及北岛诗歌中常用的意象。

她对北岛诗歌常用的意象做出了总体评价，并指出其使用这些意象的原因。在她看来，北岛诗歌的背景大多为城市，尤其是北京，而现代都市总有

---

① 北岛：《古老的敌意》，牛津大学出版社，2012，第 49 页。

② Bei Dao, *Notes from the City of the Sun: Poems by Bei Dao*, trans. Bonnie McDougall (Ithaca: The Cornell East Asia Papers,1983), p.83.

许许多多的相似之处。因此，这些意象对生活在都市的读者而言就毫无新奇之处。[①] 例如，北岛早期的诗歌中就有很多的“路灯”意象：“让脆弱的灯光落在肩头”（《路口》），“路灯拉长的身影”（《雨夜》），“当然，路灯就要亮了”（《枫树和七颗星星》），“怎么街灯都炸了”（《艺术家的生活》），“被霓虹灯染得花花绿绿”（《地铁车站》）。

与之相对应的是自然意象，如“山谷”：“山谷里，没有人烟”（《你好，百花山》），“即使没有一个字/呼吸也会在山谷里”（《黄昏：丁家滩》），“睡吧，山谷/我们躲在这里仿佛躲进一个千年的梦中”（《睡吧，山谷》），“我习惯了你在山谷中大声呼喊/然后倾听两个名字追逐时的回响”（《习惯》），“雾：当阵阵迷雾退去/显出旋律般起伏的山峦”（《你好，百花山》），“浓雾涂白了每一棵树干”（《真的》），“雾中浮起的栅栏/打开夜晚的小门”（《路口》），“海：容纳整个海洋的图画/叠成了一只白鹤”（《孩子》），“如果海洋注定要决堤/就让所有的苦水都注入我心中”（《回答》），“你在雾海中航行/没有帆”（《岛·一》）。杜博妮认为，北岛诗歌中的自然意象能使诗人心情平静，它们也给诗人提供了庇佑，赋予他闲逸之情。[②] 山谷成了躲避世俗的藏身之处；云雾能遮挡太阳刺眼的光芒；月亮和星星能使诗人内心恬静；大海成为灵感的源泉，与之紧密关联的船只、岛屿、波浪、泡沫、海岸和礁石都能给诗人提供灵魂的慰藉，但大海往往只出现在梦中、想象中或未来。

除了城市与自然的意象之外，“黑”“影子”等也是北岛诗歌中反复出现的意象。如“夜：你在月夜下漂泊/没有锚”（《岛·一》），“那无所不在的夜色/遮掩了枪声”（《岛·四》），“夜，迎风而立”（《岛·七》），“当水洼

① Bei Dao, *Notes from the City of the Sun: Poems by Bei Dao,* trans. Bonnie McDougall (Ithaca: The Cornell East Asia Papers,1983), p.11.

② Bei Dao, *Notes from the City of the Sun*: *Poems by Bei Dao*, trans. Bonnie McDougall (Ithaca: The Cornell East Asia Papers,1983), p.83.

里破碎的夜晚 / 摇着一片新叶”（《雨夜》），“明天不在夜的那边”（《明天，不》）等。

杜博妮进一步总结说，自然和城市象征着思想和心绪的内部世界。但北岛诗歌中的意象具有普遍性，不论是自然意象，还是城市意象，既没有鲜明的中国特色，也没有任何社会主义或无产阶级的色彩。

杜博妮的上述论调与宇文所安对北岛和中国新诗的看法相吻合，即北岛的诗歌缺乏本土特色，读起来颇像西方诗歌的翻版。而普遍性的意象又易于被翻译成西方语言，这类没有多少本土文化特色意象的使用造就了宇文所安所说的北岛诗歌“自行翻译”的本领。换言之，在宇文所安看来，世界性的意象在便于翻译的同时，也容易为“国际读者”（很大程度上指西方读者）所接受。

与此相对，奚密指出，若从比较文学研究的角度来看，中国新诗的风格的确和西方某些流派的诗学主张相类似，而且有些作家也确实提出过模仿西方文学的主张，但单从影响研究的角度还不足以说明中国新诗的全貌。因为在接受外来诗歌时，诗人是有选择性的，这种选择一方面基于诗人本身，另一方面也与本土文学的需求有关。因此，若要对此问题展开深入研究，我们就必须回归自己的文学传统。现代汉诗是诗人在面临多重选择时，依照自身和本土文学的需求追求不同形式和风格的结果。其中西方现代主义诗歌的因素可能受到外国文学的启发，甚至是对它们的模仿，但类似的诗歌实验部分源自本土文学的内在需要和发展。①

另一位研究者李点指出了北岛意象使用的特殊性。他认为，北岛通过想象，有意将现实与意象之间的合理逻辑关联切断，故而使其意象违背了自然法则。换言之，北岛的意象并不是现实的意象，这些意象与经验世界几乎没

① 奚密：《从边缘出发——现代汉诗的另类传统》，广东人民出版社，2000，第 62—73 页。

有相似性，它们并不属于经验或观察层面，而属于纯思维和想象的世界。这些意象之间的关系超出了读者的实践知识范围，这使得北岛成了一位“难懂”的诗人。①

二、英语世界对北岛诗歌创作资源的研究

在前文提到的《全球化影响的焦虑：什么是世界诗歌》一文中，宇文所安讨论了中国新诗存在的若干问题。除了可译性，即他所谓的“自行翻译”的本领之外，他认为中国当代诗歌还存在其他诸多问题。

就抒情方式而言，宇文所安认为中国现当代诗歌的问题之一在于“滥情”，即是说受西方浪漫主义的影响，诗人们错误地认为诗歌这一艺术形式可以独立于历史而存在，并且文字和思想是紧密对应的，诗句是思想的透明载体，文字可以原封不动地表现思想。诗人创作新诗的目的就是和过去决裂，摆脱以往的陈词滥调，但这种努力和企图是失败的。

在宇文所安看来，感情和文字并不一一对应，有些感情是难以用文字表达的，但中国现代诗人们总是试图通过诗句表达内心难以言说的真实感情。在此倾向下，他们所选择的表达方式是直抒胸臆的，读起来似乎纯洁坦诚。他所列举的例子便是北岛的《结局或开始》中的诗句：

呵，我的土地
你为什么不再歌唱
难道连黄河纤夫的绳索
也像崩断的琴弦
不再发出鸣响

① Li Dian, *The Chinese Poetry of Bei Dao, 1978-2000: Resistance and Exile* (New York: The Edwin Mellen Press, 2006), p.3.

难道时间这面晦暗的镜子

也永远背对着你

只留下星星和浮云[①]

尽管宇文所安没有对这些诗句进行进一步的分析，但其言下之意非常明显：诗句所表达的情感过于直白，虽然理解起来没有任何障碍，但缺乏反复玩味的余韵。“土地”不再“歌唱”，绳索如“崩断的琴弦”不再“鸣响”，“晦暗”的镜子已无法照出“你”本来的样子，都在清楚地说明人性受到摧残和压制。或许在他看来，这些语句不需要付出多少智力思考就能理解，无法进一步刺激读者并调动他们的想象力。由此我们可以推测，宇文所安对北岛乃至中国当代诗歌的评价是“淡而无味”。他指出，在中国数千年的诗歌传统中，用朴素的句子写诗实属不易，“那些优美的朴素字句只能穿透诗的缝隙存在，犹如只能生长在山石裂缝里的植被”[②]。因此，若诗人没有经历过咬文嚼字与反复推敲的痛苦与挣扎，自然不可能写出朴实无华但又能打动人心的句子。新诗中这样的诗句充其量只是一种姿态、一种滥情而已。北岛《无题》中的“对于世界 / 我永远是个陌生人”亦是如此。此番评价不免让人想到贾岛反复推敲“僧推月下门”的典故，也会使人想到“二句三年得，一吟双泪流”的艰辛。古诗中也不乏直抒胸臆的诗句，如《上邪》一诗：“上邪！我欲与君相知，长命无绝衰。山无陵，江水为竭，冬雷震震，夏雨雪，天地合，乃敢与君绝。”前三句叙事者直接抒发了对男子的爱恋之情和长相厮守的愿望，点明主题；后五句从反面竭力申说，表达对爱情的坚贞。在列举的假设条件中，两个与地相关（山、水），两个与天相关（冬雷、夏雪），再说到天地混合，最后见

---

① 北岛：《结局或开始》，长江文艺出版社，2011，第 29 页。

② Stephen Owen, “The Anxiety of Global Influence: What Is World Poetry?”, *The New Republic*, 11(1990):30.

其忠贞。其构思巧妙之处在于：叙事者开门见山，正面表明对恋人的态度。但作者并未到此收笔，而是通过逆向想象列举了五件不可能之事以示忠贞。换言之，其对爱情的渴望通过正面表达，对爱情的忠贞则通过逆向表达，由正及反的抒情中爱情与坚贞自然而然地衔接在一起。再回到宇文所安批判的北岛那首充满滥情的诗歌《无题》：

对于世界
我永远是个陌生人
我不懂它的语言
它不懂我的沉默
我们交换的
只是一点轻蔑
如同相逢在镜子中
对于自己
我永远是个陌生人
我畏惧黑暗
却用身体挡住了
那唯一的灯
我的影子是我的情人
心是仇敌

这首诗表达了诗人的隔阂之感。这种隔阂表现在两个层面：诗人与世界的隔阂以及与自我的隔阂。其后的诗句都是按照这种逻辑依次展开的。"我"与"世界"的隔阂表现在"我"和"世界"彼此陌生，没有共同语言，无法交流；而"我"与自身的隔阂则表现在"我"并不了解自己，内心虽然渴望光明但外在的行动却又阻止了光明，内心的思想和外在的行为相互矛盾。全诗没有华丽的辞藻，也未使用修辞，主旨非常明确。我们可以推论，宇文所安之所以觉得其表达充满了滥情是因为该诗对“隔阂”这一主题表达得过于直接：“陌生”“沉默”“轻蔑”以及“仇敌”等与之紧密关联或相近的词的反复使用印证了这一点。而《上邪》中女子在表达忠贞时并没有使用与忠贞线性逻辑直接相关的词汇，而是列举了五种不可能发生的事从反面表明忠贞之情，在逻辑上富有跳跃感，这种跳跃能激发读者的想象力，因而虽然诗句朴实无华，却令人过目不忘、印象深刻。这或许就是宇文所安觉得北岛诗歌充斥着滥情的缘故。

宇文所安以北岛为例分析中国新诗的相关问题，主要是因为北岛被视作当代最伟大的诗人之一，也是最具国际影响力的诗人之一。倘若连最优秀诗人的诗作都是西方现代诗歌的翻版，具有“自行翻译”的本领，诗篇中充斥着滥情，那么整个中国当代诗歌的现状就可想而知，这就是宇文所安的批判逻辑。若进一步深究，宇文所安批判的滥情问题还与中国新诗对传统的反叛有关。联想到宇文所安对中国古典诗歌的青睐以及他对中国新诗价值的基本判断，我们不难看出，在宇文所安眼里唯有中国古典文学才具有独特的文化价值。从他对唐诗研究的实践来看，他受到了艾略特的影响，非常注重文学传统对诗人的影响，认为文学传统对文学的发展起着至关重要的作用。因为传统既是对过去的留存，也是连接现在和未来的桥梁。他认为盛唐诗歌发达的原因之一是对诗歌传统的复兴。盛唐诗人善于从诗歌传统中重新发现各种风格的诗作和诗人，并使之成为某个时段或某首诗作的潜在中心。这种激情一直延续到中唐，在其后的几个世纪中传统越发成熟，成了供后世诗人取用、模仿或组合的源泉。[①] 但当这一传统过于沉重而成为诗歌发展的桎梏并过于僵化时，变革的呼声就出现了。因此，中国新诗的发生恰恰与反传统有关。

---

① 宇文所安：《盛唐诗》，贾晋华译，生活·读书·新知三联书店，2004，第6页。

在中国现代文学反叛传统文学时作家们没有可替代的语言使用，只能根据自己的语言创作一种“新”的语言：他们改变了文学用法、文学和语法的正确规则，确认“大众”语言的特殊性。正是基于“人民”——作为民族和社会阶级之间的关联才诞生了“大众语言”的范畴和概念，也就是说本质上与它所确定和认可的民族和人民紧密相联。那么重新创造一种矛盾的双语，允许在同一语言内部从语言和文学上进行区分就成了关键问题。一种“新”语言就这样通过口语的文学化产生了。在此，我们在语言学的形式下找到了传统民间作品的文学蜕变机制。

就语言层面而言，“言”“文”一致是中国新诗追求的目标之一。传统诗歌的语言与日常语言之间存在巨大的鸿沟。若非经过长期的学习，普通人无法熟练使用文言文，更不用说创作出符合传统诗歌标准的作品。因此，在中国古代漫长的文学史中，文言文的使用者为固定人群，即知识分子。自隋唐以来，由于科举制度，很多官吏和知识分子又往往是一体的。因此，文言文的使用从某种程度上就与社会身份相关联，成了身份的徽标，折射出知识分子与平民之间的不平等性。另外，在中国古代社会，文学成就是知识分子转变为官吏阶层的基本前提。因此，很多知识分子读书的目的就是要获取功名，知识分子群体的命运与政治紧密关联，他们必须依附于政治或以此为谋生手段。在农业社会，知识分子可从事的职业选择余地很小，文学作品出版发行的规范缺失使知识分子很难以文为生。在这种情况下，知识分子的创作就难免有自说自话或自娱自乐、自我玩味等因素，故而随着时间的推移，文学语言与社会的发展开始脱节。自唐宋以来，白话文逐渐出现，如佛教徒采用“变文”“语录”一类文体传播教义。明清时期，随着市民文学的兴起出现了用当时的口语体书写的章回小说。但直到清末，白话文创作的文学作品依然被视作通俗文学，难登大雅之堂。也有部分学者意识到了这个问题，开始主张“文”（书面语体，此处主要指文言文）“言”（口语语体）一致。如洪仁玕（1822—1864）在《戒浮文巧言谕》中提出了改革文体的方针："不须古典之言"，"总须切实明透，使人一目了然"。之后的黄遵宪（1848—1905）引俗话入诗，宣称"我手写我口"（《杂感》）。裘廷梁（1857—1943）认为"白话为维新之本"，进而提出了"崇白话而废文言"的主张。陈荣衮（1862—1922）则明确主张新闻报纸应采用白话文。王照（1895—1933）还制定了一套官话字母，提倡拼写"北人俗话"，废弃文言。梁启超（1873—1929）最先向霸占文坛的桐城派古文挑战，创制了"新文体"以挑战桐城派文体。他使用的语言虽为文言文，但浅显易懂，杂以俚语、韵语或译自外国的词汇和表达，进一步推动了白话文的发展。接着，白话书报在各地涌现，日渐兴盛。据统计，当时使用白话文的报纸有 10 多种，教科书有 50 多种，小说有 1500 多种。但尽管如此，文言文依然占统治地位。清末民初科举制度被废除，之后 1911 年的辛亥革命推翻了帝制，这些重大事件都为白话文的兴起埋下了伏笔。1912 年教育部颁布了《采用注音字母方案》，紧接着在 1913 年又召集了有关统一读音的会议；1916 年国语研究会成立，1918 年教育部又公布了注音字母。1919 年胡適、周作人、刘半农、钱玄同等人向教育部提出了有关采用标点符号的议案（《请颁行新式标点符号议案（修正案）》）。最终，1920 年教育部通令采用新式标点符号，小学开始使用白话文教材。至此，白话文以官方政策的强制形式确立了其地位。

胡適是白话文运动的干将，在《文学改良刍议》中他提出有关使用白话文的八条主张：第一，言之有物；第二，不模仿古人；第三，讲求文法；第四，避免无病呻吟；第五，避免陈词滥调；第六，避免用典；第七，不讲对仗；第八，不避讳俗字俗语。[①]这几条原则，尤其是最后三条，很显然是在追求言文一致，使文学语言与口语语言发生交汇（第三条——讲求文法——在某种程度上

---

① 胡適：《胡適文集》（二），北京大学出版社，1998，第 6 页。

也使文学语言和口语相区别）。就新诗的审美原则而言，胡適认为诗歌应该清楚明白，能够打动人，即把感情“明白清楚地表达出，使人懂得，使人绝不会误解”。此外，还要有“逼人性”（打动读者的力量）。两者的融合自然而然就达到了“美”的境界。[①]1927年，鲁迅在其演讲《无声的中国》中再次提及“文学革命”，并总结了白话文运动的宗旨。第一，白话文运动强调使用与时俱进的语言，讲自己的话；第二，强调通过使用富有生命力的语言直接表达思想感情。他认为真实的话语才能表达真实的声音，才能感动他人，才能与世界沟通。[②]白话文运动除了受中国古典汉语中长期处于边缘的白话影响之外，还受到西方语言的影响。傅斯年曾指出，补救白话文表达枯燥、词汇贫乏的办法之一就是造词，依照西方语言的文法、词法、句法、章法以及修辞改造国语，从而形成一种被“欧化”的国语文学。[③]

从上述回顾现代新诗语言源头的文字中我们不难发现，“文言一致”和“欧化”影响是现代汉语的两个重要因素。诗人创作的诗歌作品既是个体情感或经验表达的载体，也是向现代读者群体（读者群体的范围扩大，已不仅仅限于知识分子）言说的媒介。“文言一致”的文学追求也和读者群体的扩大有关。不管是纯文学还是通俗文学，对作者来说，其作品吸引的读者人数越多，影响力越大，经济回报也就越多，稿酬和版权意识出现后更是如此。在这种情况下，古典诗歌那种适合知识分子和官吏阶层的表达方式已与时代脱节。尽管在白话文运动之后形成的现代汉语中，书面语和口语仍有不小的差异，但追求“文言一致”的必然结果就是两者的交汇明显增多。口语体浅显易懂，贴近生活，具有较强的现时性。适当的口语入诗能使诗歌的意

① 胡適：《胡適文集》（二），北京大学出版社，1998，第150页。

② 鲁迅：《鲁迅全集》（第四卷），人民文学出版社，1981，第13—15页。

③ 傅斯年：《怎样做白话文》，载胡適《中国新文学大系·建设理论集》（一），上海良友图书印刷公司，1935，第222—225页。

义更加清楚明白，语言更加平易亲切。如北岛的《艺术家的生活》：

去买一根萝卜
——母亲说
嘿，注意安全线
——警察说
大海呵，你在哪儿
——醉汉说
怎么街灯都炸了
——我说
一个过路的瞎子
敏捷地举起了竹竿
像拉出一根天线
尖叫而来的救护车
把我送进了医院
于是我成了模范病人
响亮地打着喷嚏
闭上眼睛盘算着开饭的时间
一次次把血输给臭虫
没有工夫叹息
终于我也当上了医生
提着粗大的针管
在走廊里踱来踱去

消磨着夜晚[①]

该诗题目为《艺术家的生活》，但描写的场景似乎都与艺术无关。“母亲”“警察”“醉汉”和“我”所说的话，都是日常生活常见的口语表达。前三个对话暗示艺术家不得不面对的现实生活（“母亲”和“警察”的对话是理性的，“醉汉”的对话是非理性的）。“我”和醉汉都是非理性的，但当“我”（艺术家）发出自己的声音时，却被视作疯子送进医院，这也说明诗人艺术中的非理性（对街灯的评述）被日常生活的理性扼杀（医院）。在“我”不得不顺从现实，成了模范病人，碌碌无为时，却又被当作正常人（终于“我”也当上了医生），放弃艺术成了一个平庸的人（“我”提着针管踱步，消磨夜晚）。艺术家处境的尴尬通过这些日常词汇暗示出来：琐碎而又必需的日常理性生活往往阻碍着艺术家才能的发挥，若艺术家屈从于日常的琐碎生活，最终他会失去艺术家应有的价值而平庸无为。所以，“文言一致”使得诗歌的字面意思非常明了，但口语化的语言难免会有“反诗性”的特点，使表达过于散漫随意，有时难以承载富含深度的诗意，只能通过文字直白地表达思想，缺乏古典诗歌那种反复玩味的余裕。陈子昂的《登幽州台歌》（“前不见古人，后不见来者。念天地之悠悠，独怆然而涕下”）只有短短二十二个字。前两句通过忆古思今勾勒出时间的绵长，富有深邃的历史意识；第三句笔锋一转，描写无限的空间，反衬出个体生命的渺小与有限；而第四句则在时空交汇中凌空一笔，突显了诗人既慷慨悲壮但又孤独抑郁的心理。全诗将时间与空间、个体与宇宙、有限与无限的视点巧妙融合，言已尽但意无穷。黄周星在《唐诗快》（卷二）中对这首诗做出了如此评价：“胸中自有万古，眼

---

① Bei Dao, *Notes from the City of the Sun: Poems by Bei Dao*, trans. Bonnie McDougall (Ithaca: The Cornell East Asia Papers,1983), p.113.

底更无一人。古今诗人多矣，从未有道及此者。此二十二字，真可以泣鬼。”[1]而相比之下，类似北岛“对于世界，我永远是个陌生人”这样的诗句其意义十分明了，语言本身和所表达的意义之间没有多少诗性的距离，这或许是宇文所安用“滥情”一词对其加以概括的原因。

受到西方语言的启发，现代汉语引进了西方语法。同古代汉语相比，现代汉语句子表达更注重逻辑性，一个句子往往由若干相互关联的成分组成，讲求成分的完整和逻辑的顺连，各成分的关系受制于语义逻辑，因此语法趋于复杂。此外，现代汉语增加了很多人称代词、连词和一些表示逻辑关系的虚词，这使得现代汉诗的字面意义更加明确。如北岛的《宣告》：

也许最后的时刻到了
我没有留下遗嘱
只留下笔，给我的母亲
我并不是英雄
在没有英雄的年代里
我只想做一个人
宁静的地平线
分开了生者和死者的行列
我只能选择天空
决不跪在地上
以显出刽子手们的高大
好阻挡自由的风
从星星的弹孔里

① 黄周星：《唐诗快十六卷选诗前后诸咏》，康熙三十二年刻本，九行二十字，白口四周双边。

将流出血红的黎明[①]

整首诗的核心句是以“我”为主语的四个句子（“我没有留下遗嘱”“我并不是英雄”“我只想做一个人”和“我只能选择天空”）。主语“我”突显了诗人的个体意识，也强调了诗人为一代人的担当意识。其谓语（动作）的指向性清晰明了（“我没有……”“我并不是……”“我只想……”“我只能……”），句法成分之间都有严格的逻辑关系，各成分不能随意省略。一般来说，这种诗句不会产生歧义。这也是现代汉诗“言”“文”一致的原因之一。

宇文所安所说的“滥情”这一问题或多或少指明了现代汉诗在语言使用上的尴尬境地，即“言”“文”一致的追求在诗歌创作实践中的矛盾与冲突。张桃洲在其《语言与存在：探寻新诗之根》中对此有过深刻的论述。他认为，现代汉诗在语言使用中不可避免地处在矛盾之中。新诗抛弃了古汉语——一种被视为最接近诗的语言，而采用了符合历史需要的“非诗”语言（白话文），这一策略折射了诗意的“天然”缺失和历史需求之间的矛盾。但在使用现代汉语进行诗歌创作时，诗人又不可避免地受到古典诗歌语言的影响，新诗就这样在古典语言和现代语言之间进行着无休止的纠缠、抗争和融合。[②]北岛自己也认为，“五四”以后的新诗与传统之间出现了巨大的断裂，新诗最大的弊端在于：现代语言无法将古典诗歌那种特有的韵味表现出来，口语过于平淡，没有转化为真正的白话文。[③]

从文学资本积累的角度来讲，宇文所安提到现代汉诗的“滥情”问题也是语言的“文学性”问题。在中国文学空间内部古代汉语已拥有古老的文

① 北岛：《结局或开始》，长江文艺出版社，2011，第 28 页。
② 张桃洲：《语言与存在：探寻新诗之根》，社会科学文献出版社，2013，第 13 页。
③ 北岛：《古老的敌意》，牛津大学出版社，2012，第 43 页。

学资本，在诗歌创作方面已有一套自己的法则和技巧，韵律、用典、字数、意象等都有严格的规定。古代日本、越南以及朝鲜等周边国家也都曾使用过古汉语并模仿古汉诗，中国就成了古代汉文化的中心区域，向周边输出文学资源，并且影响和吸引着依附于它的文学生产。中国古代文学也得到了其他文学空间学者的认可，他们对中国古典文学的研究也有很长的历史，对中国古代文学作品的翻译也从未停止过。尽管长期处于半封闭的状态之中，但中国古代文学已经积累了丰厚的文学资本，古代汉语的"文学性"自然毋庸置疑。而从新文学运动到北岛进行创作的这段时期，白话文进入文学语言的历史不过短短几十年。尽管古代也有白话文创作的历史，但这类文学作品往往登不了正统文学的殿堂。在中国古代文学体系中，白话文一直处于边缘地位。而且，白话文运动一开始就和民族或政治目标紧密相联。当时的中国必须同时取得两种形式的独立：政治独立与严格意义上的文学独立。政治独立的目的是使本民族在政治上存在，在政治上得到国际层面的认可；文学本身的独立主要在于确立民族或民众语言的地位，以自己的作品丰富文学世界。宇文所安对中国古典诗歌情有独钟，对他来说，以这样一种缺乏"文学性"的语言为工具，北岛自然写不出像样的诗作，只能创作出一种适合大众口味的平庸之作。

不可否认，西方诗歌的影响从一开始就是新诗的重要创作资源。从某种程度上来说，现代诗歌是诗人们借用西方诗歌话语改造中国诗歌话语的必然结果，这种改造是中国诗歌走向现代化的必经之路。在中国诗歌走向现代化的过程中，作为强势话语的西方文学资源成了中国新诗颠覆中国古典诗歌的动力之一。西方话语在逐渐被中国新诗接受的过程中，也逐渐被本土化，给中国新诗赋予现代性的特征和内涵。因此，西方资源在中国新诗形成过程中发挥了不可或缺的作用，它在为中国现代诗歌颠覆古典诗歌提供外在动力的同时，也为现代诗歌提供了新的范式。[1] 宇文所安对北岛诗歌乃至整个中国新诗成就的基本判断——中国新诗是西方诗歌的翻版或对西方诗歌拙劣的模仿，国际读者中的欧美读者在阅读诗人受西方诗歌影响而创作的诗作，宇文所安也称之为译作——正是基于这一深刻背景。毕竟，西方资源与中国新诗的身世有密不可分的联系。

当然，宇文所安也对北岛的诗作做出了肯定。他认为北岛《八月的梦游者》的成功归于两个因素：北岛的才华和杜博妮的精彩翻译。因此，该诗集就不像其他中国现代诗集那样在西方世界处于非常尴尬的境地。[2] 在他看来，北岛的成功或许在于北岛诗歌中的意象使用和题材选择。他用了“大胆”（daring）一词概括北岛使用的意象。或许，在西方读者看来，这些“大胆”的意象没有什么新奇之处。但在当时的文化背景和传统中，北岛使用的意象颇具新意。同前辈诗人相比较，北岛使用了当时主流诗歌中不太常见的意象。如自然意象中，频繁出现“夜”“大海”“黎明”“夏天”“黄昏”“雨”“月光”“雪”“天边”“岸”“飞鸟”“影子”“暴风雪”“小径”“岛屿”“礁石”等，而城市意象中则频繁出现“路灯”和“窗户”，其他意象则有“面具”“记忆”“青春”“乡愁”“流浪者”“祖国”“书”“伤口”“钟声”“真理”等。宇文所安指出，北岛使用这些新奇的意象带来的震撼不亚于 19 世纪末 20 世纪初西方现代主义诗歌带给西方读者的新奇感。尽管这种新奇感很快会消失，但读者依然能从北岛的诗歌中找到真正的诗意。[3]

宇文所安的观点引发了诸多质疑。因为外来影响和本土因子之间的运

---

① 赵小琪：《西方话语与中国新诗现代化》，中国社会科学出版社，2012，第 1 页。

② Stephen Owen, “The Anxiety of Global Influence: What Is World Poetry?”, *The New Republic*, 11(1990):30.

③ Stephen Owen, “The Anxiety of Global Influence: What Is World Poetry?”, *The New Republic*, 11(1990):30.

作关系非常复杂，不是谁吞并谁的问题，两者相融为一体、很难分清，单纯地从影响的角度分析问题往往将复杂的问题简单化。奚密指出，文学理论和作家创作实践的关系非常复杂。传统影响研究的弊端之一是研究者往往将外来理论和接受主体的关系简化为主客体关系，而忽略了接受主体的自主性，如：为何他倾向于某种思潮？主体如何选择外来思潮？他对外来思潮又是如何修正的？这些问题常常被影响研究忽略。其后果是外来影响喧宾夺主，被置于主导地位，而接受主体却被置于接受与模仿的被动地位。这种简单的影响论在现代汉诗研究中屡见不鲜。朦胧诗就曾被扣上“全盘西化”的帽子，无论对它的评价是正面的还是负面的，“全盘西化”的观点已被普遍接受，它一方面遮蔽了文学影响的复杂性，另一方面也忽略了文学传统在文学发展和嬗变过程中求新求变的内在动力。所以，奚密主张从外来理论和接受主体的双向互动的有机性运作关系中看待影响研究。[①] 据北岛回忆，在早期的创作过程中，除了阅读偶尔得到的几本“黄皮书”外，根本没有机会广泛阅读其他西方文学作品。就当时中国封闭的历史政治现实而言，北岛怎么可能为宇文所安所谓的“国际读者”而创作？退一步说，即使北岛的诗歌创作有针对非中国读者的取向，那也绝不应该出现在其1986年之前的作品中。在“文革”结束前，北岛的写作仅与部分诗友秘密交换，或是在“地下沙龙”里小心翼翼地流传。抄家或下狱是当时文学圈里时有耳闻的消息，北岛的诗作在中国公开发表绝无可能，更何况在那个特殊的年代里找到有相当功力的译者，将自己推荐给国际出版者，以取悦那些所谓的国际读者。

詹姆斯·茵尼斯·麦克杜格尔（James Innis Mcdougall）也指出，在“文革”语境中，北岛诗歌中的现代主义因素并不是对西方现代主义的挪用或模

---

①奚密：《现代汉诗：1917年以来的理论与实践》，奚密、宋炳辉译，上海三联书店，2008，第8—21页。

仿，而是以语言的形式对历史时刻做出的回应。[①]

因此，认为北岛诗歌乃至中国现代诗歌是对西方诗歌的拙劣模仿这一观点过于绝对，也不符合当时的历史实际。

首先，中国古典诗歌传统依然是北岛诗歌创作的重要资源，一直被视为艺术灵感的源泉。如前所述，宇文所安敏锐地意识到北岛诗歌中的世界性因素，但他认为北岛并未超越西方诗歌的影响。奚密对此都做出了回应，指出了宇文所安论调中的漏洞和偏见。陈小眉也论述了朦胧诗发生的时代背景，并进一步指出西方现代主义诗歌对当时朦胧诗人影响的有限性。在清末民初，西方文学成为中国本土文学模仿的对象，文学翻译盛极一时，但随着时代的推移，它们已逐渐被中国作家吸收借鉴，与本土文学元素相结合，实现了本土化的过程。因此，西方文学资源既为中国本土民族文学发展提供了参照，也为本土文学提供了营养。在面对西方文学影响时，由于文化背景、知识结构、审美取向、个性气质等方面的差异，不同作家对其影响接受和契合的程度不同，呈现这种影响的方式也不同。中外文学的对话、交流、沟通和融合过程并不是处于强势的西方文学完全吞噬了中国本土文学，使中国文学成为西方文学的变体。中国新诗以西方诗歌为外在动力，以白话文为主要表达方式，颠覆了古典诗歌，使中国文学自觉步入世界化进程，是“你中有我”“我中有你”的交汇与融通过程。从这个角度来看，宇文所安在对中国新诗做出价值判断之时，只注意到了西方影响的因子，即世界性因素，而忽略了本土性因素。

陈小眉指出，从一开始，中国古典诗歌传统就是朦胧诗人艺术灵感的来

---

① James Innis Mcdougall, “At the crossroads of Culture: the Intersection of Interlanguage, Residual Modernism, and Nomadic Hybridity,” in *Bei Dao and Ezra Pound's Modernist Poetics* (MA thesis, University of Florida, 2003), p.9.

源。在其宣言中，朦胧诗人声称他们所创作的“新诗”既不是所谓的“现代主义”诗歌，也非“象征主义”“超现实主义”“朦胧诗”，更不是“印象主义”；相反，朦胧诗人声称，新诗体现了民族精神，发出了年轻一代人的声音，表达了他们对社会的思索与心态。他们一改过去二十年以来的诗歌风格，并对这一传统提出挑战和反抗。他们明确指出要恢复中国诗歌传统中那些丰富的视觉意象方式，故而，朦胧诗对意象的使用或许与现代主义诗歌对意象的使用同时发生，并不是对西方诗歌崇拜的结果。他们（朦胧诗人）解释说朦胧诗的确接受了西方现代主义的影响，但其最终目的是要更深刻地理解中国诗歌传统的真正价值。①

此外，宇文所安在逻辑假设中有这样一个不容忽视的漏洞：中国当代诗歌是西方诗歌的翻版，在技巧、形式、主题、意象等方面都在拙劣地模仿西方诗歌，为迎合他所说的“国际读者”尽量减少具有中国本土特色的文化元素。换言之，中国当代诗人在创作时，力求和西方诗歌保持一致，取得“最大公约数”，因而就具有“自行翻译”的本领，所以中国当代诗歌的英文译文和原文之间在本质上是没有差异的，就如同一个人穿上了不同颜色的外套，这种外衣就是语言。这种逻辑假设忽略了语言与文化的关系，似乎语言单纯只是诗歌的表达媒介，游离于文化之外。

就语言和文化的关系而言，有些学者认为语言是“文化中的语言”。即语言和文化密不可分，语言既是文化的一个重要组成部分，也是文化的表征之一。人与人通过语言进行交流，传递或传承文化，因此语言就和文化融为一体。然而，从语言产生的角度来看，语言和文化是同步发生的，没有语言就没有文化。语言是文化的载体，是文化形成和发展的重要前提，文化的发

① Chen Xiaomei, "'Misunderstanding' Western Modernism: The Menglong Movement in Post-Mao China," *Representations* (Special Issue: Monumental Histories), 35 (1991): 143-145.

展也会使语言更加丰富。语言也是人类区别于动物的标志之一。人类的语言是人类社会文化中的语言，它与人类社会、人类的文化有着许多密切的关系。

综上所述，语言和文化的关系表明：任何一种语言都不能脱离其文化内核，在翻译中源语文本和目的语文本之间总有一定的文化差异，翻译永远不可能是简单的文字转换，它必然涉及两种文化的交流与沟通。试看北岛下面这首短诗：

原文：

青春
红波浪
浸透孤独的桨[①]

译文：

Youth
red waves
drown a solitary oar[②]

全诗只有两个意象——“波浪”与“桨”，这两个意象在被译成各种语言时其意义很容易理解，与之相关的引申义也一般不会产生歧义——波浪象征热情，桨与舟相关联，代表前途或方向。若依宇文所安对北岛的评判来说，这两句诗行也符合“世界诗歌”的标准，因为作者使用了具有普遍意义的意象，这两个意象十分具体，也就具有可译性，或宇文所安所谓的“自行翻译”功能。但问题是任何诗歌都不会凭空出现，它总与诗人所处的社会历

① Bei Dao, *Notes from the City of the Sun: Poems by Bei Dao*, trans. Bonnie McDougall (Ithaca: The Cornell East Asia Papers,1983), p.87.

② Bei Dao, *Notes from the City of the Sun: Poems by Bei Dao*, trans. Bonnie McDougall (Ithaca: The Cornell East Asia Papers,1983), p.36.

史以及其文化背景有千丝万缕的联系，有些诗歌即使有宇文所安所说的“自行翻译”的功能，译文在目的语文化中所产生的阅读效果与源语文化中产生的阅读效果也未必就是等同的。换言之，译文不可能是源语文本的简单复制。上面这首诗中，虽然核心意象及其引申义在翻译成英文时不会产生歧义，但若读者不了解诗人和当时中国的状况，依然无法深刻理解这首诗的深层含意。“红色”在中国当代文学中有特殊的含义，它与革命紧密相联，因此“红波浪”喻指人们对革命的狂热，而与之形成对比的是诗人的孤独。诗人并没有盲目跟从主流意识形态，但一时又找不到方向，面对不可预知的未来，所以“桨”是“孤独的”。革命的热情与诗人的孤独形成强弱反差，造成一种情绪的张力，引发人们对时代的反思。因此，离开文化谈翻译是行不通的，我们不能想当然地认为北岛诗歌的原作和译文在跨越语言和文化时会产生同样的阅读体验。

北岛也曾提到与“世界诗歌”类似的一个概念——“国际诗歌”。但在他看来，“国际诗歌”并非某个特定的概念，而是指某种文学现象和潮流。这一潮流有两个层面的含义：一方面，它是民族间文化交流的产物。它和国家、语言以及文化的开放程度有关。在经历了两次世界大战之后，尤其是20世纪以来，随着国家间交流的加强，以翻译为主要途径的文学交流也日益增多，它们相互影响、吸收和借鉴，产生了跨种族跨语言的国际性影响；另一方面，“国际诗歌”也与“全球化”紧密相联，在当今时代，“国际诗歌”发生了某种变异，被进一步边缘化了。北岛认为，在以商业化娱乐为主导的“全球化”时代，诗歌的边缘化地位反而赋予诗歌新的使命，即进一步强调诗歌的异质性，用“异质的”全球化对抗资本与权力合谋的“同质化”的全球化。[①] 换言之，“国际诗歌”更强调对抗“同质化”的全球化之异质性。

---

① 北岛：《古老的敌意》，牛津大学出版社，2012，第24—25页。

从北岛出国后的实际创作语境来看，他本有更多机会接触西方诗学理论并借鉴这些理论创作出符合西方读者口味的诗歌，倘若如此，宇文所安的论点——北岛的诗歌属于“世界诗歌”，其创作主要针对“世界读者”——也合乎情理。但事实是，仅从语言来看，出国后北岛的诗作并未向英语传统或者后现代传统靠拢，使用生活化和口语化的语言，而是强化了纯诗化的语言，通过文言文式的语言加强字词和诗意的密度。在欧美多年的生活中，北岛始终觉得中文是他唯一的行李。在朗诵诗歌时，觉得古代诗人就站在他身后，中国古典诗歌是他创作的资源。①

他还指出，中国诗歌千变万化，只要仍用汉语写作，所有的“基因密码”都在其中，这就是我们和传统诗学的内在关联。②

由此可见，英语世界对北岛的消极评价，尤其是宇文所安有关北岛诗歌是为“世界读者”而作，具有“自行翻译”的本领的观点，反而引起了更大的反响，奚密、周蕾、陈小眉等学者纷纷撰文批判了这些观点。这从某种程度上肯定了北岛诗歌的价值及其意义，与积极评价中将北岛构建为“当代中国优秀诗人”说法不谋而合。

第三节　对英语世界北岛诗歌研究的反思与批判

同国内对北岛的研究相比，英语世界对北岛的研究的独特视角之一是北岛诗歌中世界性因素与本土性因素的关系问题。宇文所安敏锐地意识到了北岛诗歌折射出的世界性问题，尽管他的观点有失偏颇，但不可否认的是中

① 大卫·达姆罗什、刘洪涛、尹星主编《世界文学理论读本》，北京大学出版社，2013，第219页。
② 北岛：《古老的敌意》，牛津大学出版社，2012，第35页。

国新诗与西方诗歌的确有千丝万缕的联系，中国新诗在向古典诗歌发出挑战的同时，也通过种种尝试确立自己的诗学并形成其传统。处在新诗传统中的北岛当然也无法摆脱这一点。换言之，中国新诗与生俱来就有西方诗歌的因子，尽管"文革"期间中国诗坛几乎处于封闭的状态，鲜有机会接触西方诗歌，但当时的诗歌依然在很多方面继承了"五四"诗歌的传统。

首先，从语言风格上来说，"文革"期间的诗歌依然沿袭了"五四"以来"文言一致"的传统。尽管朦胧诗在产生的初期就有人提出了"读不懂"的质疑，但"朦胧"和"晦涩"在当时特殊的文化语境中依然具有一定的正义性。[①] 曾对朦胧诗提出过严厉批评的老一辈诗人艾青也并未完全否认朦胧诗的价值，他认为创作朦胧诗和赞成朦胧诗的人，其目的是反对当时诗歌创作中过于直白，满篇大白话，缺乏余韵的倾向。为了打破这种倾向，朦胧诗人进行了探索，力求创作出更为深刻、含蓄，富有意境和形象的诗歌。这种主张无疑是正确的。[②] 北岛早期创作的很多诗作的语言也非常浅显易懂。如《回答》《宣告》等抒情诗的形式本身就符合当时的文学传统，只不过是一种语言暴力对抗另一种语言暴力而已。

其次，就诗歌形式而言，受西方诗歌的影响，中国新诗在节奏、韵律等方面也都进行了大胆的尝试。很多诗歌不再受格律的束缚，节奏和韵律服从情感表达的需要，自由体诗在中国新诗中比比皆是。北岛诗歌的形式亦是如此，前文已做介绍，此处不再赘述。

最后，虽然在早期的诗歌中西方现代主义诗歌的影响有限，但由于中国新诗从生成之日起就与西方诗歌有千丝万缕的联系，北岛虽未直接借鉴西方现代主义诗歌，但他依然无法摆脱新诗传统中西方影响的因子。后期诗

---

① 李怡：《中国新诗讲稿》，中国人民大学出版社，2014，第 162 页。

② 艾青：《艾青全集》（第三卷），花山文艺出版社，1991，第 535 页。

歌中大量的蒙太奇、意象拼贴等手法的应用不能不说与他对西方现代主义诗歌的借鉴有关。玛莎·兰乌哈也认为朦胧诗受到了西方诗歌的影响。麦芒的研究认为费德里戈·加西亚·洛尔迦（Federico García Lorca）对北岛诗歌创作的影响很大，其诗集《八月的梦游者》受到了洛儿迦的诗集《梦游者歌谣集》（*Sleepwalker's Ballad*）的启发。①

但上述有些研究也脱离了北岛创作的历史语境，以研究者自己所处的文学审美立场研究北岛。从这个角度来说，和翻译一样，世界文学市场的评论和研究也存在一种归并机制——对来自边缘区域的文本进行去历史化和民族化的解读。

卡萨诺瓦认为，在进入世界文学市场时每位作家都面临两次定位——作家在民族文学空间的地位和作家在世界文学空间的地位。作家文学资本的积累往往首先从其所处的民族文学空间开始，其中文学资本积累的方式之一就是批叛传统：要么屈从于传统文学规则（如美学的、文学的、社会的、政治的、宗教的法则）以获得成功；要么完全与这些规则决裂，并且通过夸大自己的差异性使其他人意识到他的存在，哪怕在迫不得已的情况下又不得不重新承认这些规则。北岛显然属于后者。他在意象和主题的选择、方法技巧的应用方面都与当时的文学传统格格不入，以至于老一辈诗人和批评家都“读不懂”。正如宇文所安所指出的那样（尽管他自己在具体批评实践中又站在去历史化的立场上），北岛在批叛中体现出的新颖性对英语诗歌的读者而言已是司空见惯的东西，但对当时的中国诗歌而言，这种批叛是大

① Huang Yibin, "'Green, how I love you green' Lorca, Bei Dao's Waves, and Sleepwalking in History," *World Literature Today* , 11-12(2008):35. 北岛曾回忆说，他曾在 1970 年代阅读过由戴望舒翻译的洛尔迦的《洛尔迦诗选》，洛尔迦曾在“地下”诗歌中影响很大。方汉（孙康）曾写诗对洛尔迦的诗歌做出回应；芒克的长诗《绿中的绿》题目很显然受到洛尔迦《梦游者歌谣集》的影响；1980 年代，他将洛尔迦介绍给顾城，于是顾城的诗歌也有了洛尔迦的色彩。

胆的，具有新意的。[①] 正是因为有些研究者忽略了北岛作品生成的具体语境，他们对北岛诗歌的意象研究、创作技巧、形式与风格等方面的研究也就没有多少独到之处。

若还原北岛早期的创作语境就不难发现：在“文革”这一文化语境中他所接触的西方现代主义诗歌很少，其影响也就很有限。出国后的北岛有机会接触更多的西方现代主义诗歌，他处在不断的漂泊之中，在此期间创作的诗歌作品与他在各国的生活体验和文化密切相关。不能简单地说北岛的诗作就是对西方诗歌的拙劣模仿，西方文学作品的确是北岛创作时必须面对的资源，但影响是一个相当复杂的过程，它不仅涉及对外部文学资源的接受问题，还涉及对这种资源的筛选、过滤、挪用以及消化问题。

北岛诗歌创作也受中国古典诗歌的影响，这一文学传统资源对他的影响主要体现在以下几个方面：

第一，意象的并置。如前所述，与同时代诗人相比，北岛使用的意象比较独特。正如宇文所安所言，在西方现代主义作家看来这些意象并无特别之处，但对当时的中国诗坛而言，这种意象造成的冲击力是非常大的，其影响力犹如现代主义诗歌在 19 世纪末 20 世纪初对西方读者造成的冲击。这些意象部分取自自然（如大海、波浪、夜、星星等），部分取自社会生活（如路灯、窗户、镜子、钟声等）。但无论是取自自然的意向，还是取自社会生活的意向，其中一部分都受到了古典诗歌意象的影响。意象并置是中国古典诗歌常见的一种创作方法。如马致远的《天净沙·秋思》便是典型的例子。整首作品将藤、树、鸦、桥、水、人家、道、风、马等九个意象并置，使看似并无关联的事物同时被纳入同一画面。其中几个意象前分别以形容词加以

① Stephen Owen, “The Anxiety of Global Influence: What Is World Poetry?”, *The New Republic*, 11(1990):30-32.

修饰——“枯”（藤）、“老”（树）、“昏”（鸦）、“小”（桥）、“古”（道）、“西”（风）、“瘦”（马），突出了其各自的特征，使其具有鲜明的个性，景物被赋予了感情色彩，融入了作者的审美意识。整首作品景中寄情，情中含景，情与景有机融为一体。北岛的诗作中也有类似的手法。如《乡音》：

我对着镜子说中文
一个公园有自己的冬天
我放上音乐
冬天没有苍蝇
我悠闲地煮着咖啡
苍蝇不懂得什么是祖国
我加了点儿糖
祖国是一种乡音
我在电话线的另一端
听见了我的恐惧
于是我们迷上了深渊①

全诗将“镜子”“冬天”“音乐”“苍蝇”“咖啡”“祖国”“糖”“乡音”“深渊”等意象并置。这些意象表面上看起来毫无关联，但将其串联起来的内在逻辑是“思乡”这一主题。“镜子”中的人只能看到自己的镜像，“对着镜子说中文”表达出了诗人思乡时的孤独，“音乐”之于“苍蝇”犹如对牛弹琴，愈加突显了诗人孤独时的苦闷。从味觉上来说，咖啡之苦与糖之甜预示了某种对比，但“乡音”也使诗人感到“恐惧”，“深渊”这一意象暗示出诗人回忆起祖国时的复杂心情。当然，前文已经论述过，白话文运动之后，受西

---

① Bei Dao, *Old Snow*, trans. Bonnie McDougall and Chen Maiping (New York: New Direction Publishing Corporation, 1991), p.50.

方语言的影响，现代汉诗在表达上受严密逻辑的支配，很少像古典诗歌那样对不相关的意象通过叠加进行并置。一般而言，每个意象都包含在有完整逻辑的句子中（“我对着镜子说中文 / 一个公园有自己的冬天”）。因此，古典诗歌意象并置的手法在现代汉诗中往往是隐性的。北岛其他的诗作如《岁末》（“私人的尘土 / 公共的垃圾”）、《缺席》（“冒险的火焰 / 陌生的灰烬”）、《午后随笔》（“女侍沉甸甸的乳房 / 草莓冰激凌”）、《太阳城札记·爱情》（“恬静。雁群飞过 / 荒芜的处女地 / 老树倒下了，嘎然一声 / 空中飘落着咸涩的雨”）、《自由》（“飘 / 撕碎的纸屑”）、《可疑之处》（“历史的浮光掠影 / 女人捉摸不定的笑容”）等，其中皆可见到运用此种手法的痕迹。

第二，意境。意境这一概念由意象演化而来。《周易 · 系辞》云：“圣人立象已尽意。”即是说，语言具有抽象性，无法充分表达人的情感，需要借助具体的事物（意象）以尽其意。因此，意象将事物之表象与心理体验融为一体。但意象只具有有限的感性意义，而文学作品蕴含的审美情感是无限的，故而意象这一概念又无法充分传递文学作品蕴含的审美因素，于是古代文论家试图在意象之外寻求文学的审美意义，由此提出了意境这一概念。王国维在《人间词话》中指出：“词以境界为最上。有境界，则自成高格，自有名句。”① 简单来说，意境是诗人的主观情思与客观景物相交融而创造出来的浑然一体的艺术境界。中国古典诗歌非常注重意境的营造，如柳宗元的《江雪》（“千山鸟飞绝，万径人踪灭。孤舟蓑笠翁，独钓寒江雪”）。全诗二十个字，只有“山”“鸟”“径”“舟”“翁”“雪”等意象。表面来看，作者是在写景，只是客观记录了上述意象，但这些意象却蕴含了作者的情思。众山看不见一鸟，万径寻不见人迹，这已经暗示出一种凄凉孤独的氛围，作者眼见的只有一孤舟和一老翁在冰天雪地中垂钓，后两句进一步深化了前两句

① 北岛：《结局或开始》，长江文艺出版社，2011，第 112 页。

所言的孤寂。但全诗所传达的并不仅仅是孤寂的心理体验，冰天雪地中独自乘一叶扁舟在江面垂钓的老翁又和消失的鸟与人迹形成鲜明的对比，传达出了作者不屈服的乐观心境。因此，全诗通过有限的几个意象传达出诗人的孤寂（被贬而不得志）但又旷达乐观、不屈不挠的精神境界。受古典诗歌的影响，北岛的部分诗作也特别注重意境的营造。如《冷酷的希望·十三》：

夜

湛蓝的网
星光的网结
报时的钟声
这庄重的序曲
使我相信了死亡[①]

全诗的核心意象是"夜"和"钟声"，而作者又以"湛蓝的网"和"星光的网结"两个比喻修饰"夜"这一意象。"网"或"网结"这一比喻含有束缚之意，说明"夜"给诗人造成了压迫。而且，"夜"常常与黑色联系在一起，常常作为"光明"的对立面而存在。因此，这一意象传达出作者对当时社会的不满。此外，作为"网"或"网结"的"夜"也是某种空间的存在，而与之相对，诗句中的"钟声"是时间的存在，时间的流逝意味着与死亡越来越近。在作者看来，空间（"夜"）与时间（"钟声"）都成了死亡的前奏和序曲。通过这两个意象，作者营造出一种绝望、苦闷、恐惧的心理状态。北岛的其他诗作如《自由》《青春》《生活》《陌生的海滩·一》《一束》《无题·在你呼喊的旋律中》《港口的梦》《雨中纪事》等皆注重通过意象营造意境。

第三，用典。用典是诗歌创作中常用的手法，指在诗歌中引用历史文化

---

① Bei Dao, *Old Snow*, trans. Bonnie McDougall and Chen Maiping (New York: New Direction Publishing Corporation, 1991), p.68.

中的典故，或者之前文学作品中出现过的佳句与字词。其目的是使诗句含蓄与典雅，增强诗句的内涵与深度，或表达诗人的某种愿望和情感。用典可以避免过于直白的表达，既给读者留下联想的余地，也能使诗句意蕴丰富、含蓄婉转、简洁、生动，从而提高诗歌的表现力和感染力。如“商女不知亡国恨，隔江犹唱《后庭花》”中的《后庭花》指南朝陈后主所作的《玉树后庭花》，后人称之为“亡国之音”。晚唐国运衰微，但统治者却花天酒地、醉生梦死，将国事抛诸脑后。杜牧在此借陈后主沉溺于荒淫享乐而最终国破人亡的历史典故讽刺晚唐统治者不吸取历史教训，毫无危机意识而耽于享乐的行为。北岛的诗歌中也有不少的用典，如《白日梦·十》：

手在喘息
流苏在呻吟
雕花的窗棂互相交错
纸灯笼穿过游廊
在尽头熄灭
一支箭敲响了大门
牌位接连倒下
——连锁反应的噩梦
子孙们
是威严的石狮嘴里
腐烂的牙齿
当年锁住春光的庭院
只剩下一棵树
他们在酒后失态
围着树跳舞

疯狂是一种例外[①]

这首诗中“一支箭敲响大门”这一典故指李自成率领农民起义军攻破北京城。“牌位接连倒下”指明王朝的灭亡。“当年锁住春光的庭院”这一典故出自刘禹锡《和乐天春词》：“新妆宜面下朱楼，深锁春光一院愁。行到中庭数花朵，蜻蜓飞上玉搔头。”

整首诗的基调是怀古。第一节作者在看到遗留的建筑时联想到当时宫廷内的奢靡生活和潜伏的危机（“熄灭的灯笼”和“射向大门的箭”）。第二节则承接第一节描写明灭亡时的惨败景象：明末的皇帝（尤其指崇祯）徒有帝王之尊，和宫殿门口摆放的石狮子一样威严，但实则腐败无能，如腐烂的牙齿，不但无法发挥其应有的作用，反深受其苦。第三节在描写庭院之后抒发了自己的感情。深锁春光的庭院之中已不见寂寞宫女的身影，但孤寂的气息仍存（“一棵树”），这种孤独的氛围只有在疯狂的非理性时刻才会被打破。“一支箭敲响大门”这一典故增加了诗歌历史维度的厚重感，让人感慨历史进程和朝代更迭的无情。而后一个典故（“锁住春光的庭院”）使人不禁产生时过境迁、物是人非的感慨，使怀旧的思绪更加含蕴而生动。此外，《问天》《同谋》《随想》《雨中纪事》《菩萨》《白日梦·九》《白日梦·十二》《白日梦·二十》《早晨的故事》等作品中都有典故的应用。

在一次采访中，当唐晓渡问及北岛对传统的态度时，北岛指出：

传统就像血缘的召唤一样，是你在人生某一时刻才突然领悟到的。传统博大精深与个人的势单力薄，就像大风与孤帆一样，只有懂得风向的帆才能远行。而问题在于，传统就像风的形成那样复杂，往往是可望不可即，可感不可知的。中国古典诗歌对意象与境界的重视，最终成为

① Bei Dao, *Endure: Poems by Bei Dao*, trans. Clayton Eshleman and Lucas Klein (Boston: Black Widow Press, 2011), p.32.

我们的财富（有时通过曲折的方式，比如通过美国的意象主义运动）。我在海外朗诵时，有时会觉得李白、杜甫、李煜就站在我后面。[①]

在另一次采访中，北岛又指出，革命主义诗歌和毛泽东古体诗词是其直接的创作资源。他当时不懂外文，只能阅读到翻译过来的外国文学作品，因此西方现代主义诗歌的影响非常有限。[②]

在对待西方文学的影响时，北岛指出，我们的诗歌必须吸收西方诗歌的技巧，但心绪和感情是本土的。在此种情况下，“民族的”不应该只是被机械地理解为对传统文学形式的借鉴，而且是中华民族独有的尝试和体验。

由此看来，作家的创作活动总是处在世界性与本土性的张力之中。换言之，作家的作品既包含了世界性因素，也包含了本土性因素，是世界形式与本土材料的统一。宇文所安对北岛诗作的评价很显然过于偏激，他只看到北岛诗歌中的世界性因素，即他所说的“自行翻译”的本领，而忽略了中国传统文学对北岛的影响。

在国外期间，北岛在远离祖国的语境中写作，作品在国内流通的可能性很小，此期间的写作就必须考虑读者群的问题，实际的生存压力和对文学理想的追求同时存在。此外，北岛创作的供“国际读者”阅读的“国际诗歌”尽管有讨好西方读者之嫌，但也是他积极主动融入国际化进程的策略。世界文学体系的不平等性决定了处在边缘或半边缘区域的作家很难进入中心区域，创作符合中心区域文学标准的作品也是不得已而为之的策略。

台湾地区学者杨岚伊曾指出，北岛离开中国后，评论家既没有将他置于中国当代诗歌的语境中进行研究，也没有就北岛“不在中国”的创作意义展开探讨。其结果是：北岛一直被置于既是中国亦非中国的真空状态中研究，

---

① 唐晓渡：《传统就像血缘的召唤：北岛访谈录》，《诗潮》2004 年第 3 期。

② 北岛：《古老的敌意》，牛津大学出版社，2012，第 24—25 页。

这不仅忽略了其诗作与在国外漂泊的关系，也使诸家论述始终无法对北岛出国后的诗作做出合理的解释。[①]

对作家来说，独特性的追求是文学创作的根本，也是作家创作理念的体现，这也就是为何北岛在技巧和意象的使用（如蒙太奇手法、奇绝的意象并置、拒绝接受直接可读性）以及主题的选择上（如对“文革”的批判）与当时很多作家不同的原因。但对于一个来自文学资本匮乏的民族空间的作家而言，北岛在追逐世界声誉时，其存在（获得认可并赢得声誉）只能基于他在中国文学空间的地位以及中国民族文学空间与中心区域实力的相互关系基础之上。换言之，只有当他通过反叛当时的文学传统并为自己积累起足够的文学资本时，他才有可能在更广泛的世界文学空间引起关注并赢得认可。在此过程中，中心区域的翻译者、评论家或者读者往往会对其作品进行去历史化的解读，这是文学资本匮乏的民族文学空间作家追求世界声誉时必须付出的代价，也是他无法逃脱的命运。宇文所安深刻揭示出世界文学创作和消费结构中存在的隐性的不平等，阐释了国际（由于世界文学体系的不平等，人们往往将“西方”与“世界”抑或“国际”等同起来）读者认可的力量和后果。具体来说，在追求世界声誉的过程中，非西方的诗人面临双重挑战：既要创作出具有文学价值的作品，又要使其具有一定的可译性，以便赢得更多的翻译机会，从而进入世界文学空间的中心区域。这种困境或张力使得在实际的创作中，非西方作家不得不使用符合占统治地位的欧美文学模式和价值观（这些价值观和模式往往被视作世界性原则）的语言。

同时我们还要看到，通过对北岛诗歌的分析，宇文所安要探求的是中国当代诗歌的身世之谜。中国现代文学的发生与世界影响之间确实有密不可分的关系，这是中国作家不得不面对的现实。在当代，世界一体化进程不断

---

① 杨岚伊：《语境的还原：北岛诗歌研究》，威秀资讯科技股份有限公司，2010，第136页。

加速，这是任何作家都无法回避的。这种影响也冲击着本土文学的发展，除了古典诗歌外，中国传统戏剧、章回小说等文学体裁的生存空间也越来越狭小。中国文学界从文学创作的主题、方法到文学研究的范式，确实存在唯西方是从的实际状况，而且这种状况在短期内无法改变。在宇文所安看来，北岛的成功之处在于他把自己的诗歌销售给渴望“政治美德”和容易消化“本土色彩”的英美读者，与此同时，他又成功将这种国际认可转化为国内文化资本。安德鲁·琼斯指出，宇文所安的贡献在于他把“世界诗歌”这一概念置于西方文化霸权与非西方世界的对峙这个重大问题中，精辟地揭示出了跨国文学经济的复杂性。[①]

① 王廷相:《与郭价夫学士论诗书》，载李壮鹰《中国古代文论选注》，高等教育出版社，2008，第242页。

第三章

奖励机制与北岛的世界声誉：以诺贝尔奖为例

奖励机制是文学祝圣的一种重要形式。这一过程意味着边缘区域作家炼金术般的蜕变，是一种近乎神奇的变形：从一个普通的民族文学文本变成了具有绝对价值的“精神黄金”。瓦莱里写道：“我之所以说‘价值’一词，那是因为这里有可欣赏的意义和重要的评论，以及针对可体现这一价值的奖项的评论……人们可以从报纸的各大版面中看到它是如何与其他价值进行竞争的，因为还有其他价值的存在。”[1] 对于那些来自文学贫瘠地区的文本来说，重要的文学奖励所带来的神奇蜕变是一种质的飞跃，是由不存在走向文学存在，从不可见走向文学状态。

从本质上看，文学奖励就是一种识别和判断，它可以使那些处于边缘区域的作家创作的文本获得文学价值。这种判决往往是由拥有相对自主权的

① Pascale Casanova, *The World Republic of Letters*, trans. M. B. DeBervois (Cambridge: Harvard University Press, 2007), p.13.

文学机构实施的，因而奖励机制就对文本的传播和认可产生了实际的效果。同时，像诺贝尔文学奖这类国际影响力极大的奖项也使大量的文本和作家经过识别、评论使之去国籍化（民族化），从而成为全球性的。世界各国的作家们将这一奖项视为一张全球性的证书，他们也一直将该奖项视作文学世界中最高的祝圣。换句话说，这不止是世界文学领域统一的指征，更是赋予这一奖项全球性的认可。

但奖励机制也具有两面性，既是积极的也是消极的。在赋予文本价值的同时，也以评审人的规范去评价一个文本，这其中必然有审美机制的归并：拒绝差异性，以世界性的标准简化识别范畴，对边缘区域的文本进行去差异性的解读，忽略其中的历史、文化、政治以及文学背景，而这些对完整理解文本是必不可少的。卡萨诺瓦指出，文学庆典的历史同时也是一系列误读和曲解的历史，而造成误读和不理解的根源便是文学统治者的民族中心主义思想以及（美学、历史、政治、形式范畴的）归并机制，这一机制的实现是在文学认可的本身之中完成的。①

第一节　北岛与诺贝尔奖的种种传言之辨

在莫言获得诺贝尔文学奖之前，中国文学界能冲击诺贝尔文学奖的最佳人选便是北岛。不论是在中国当代文学史中的地位、在普通读者中的影响、对当代诗歌做出的贡献，还是其作品的外语翻译、国际影响以及国际声誉，北岛毫无疑问都满足诺贝尔文学奖候选人的入选条件。但有关北岛被提名

---

① Pascale Casanova, *The World Republic of Letters*, trans. M. B. DeBervois (Cambridge: Harvard University Press, 2007), p.13.

为诺贝尔文学奖候选人之事一直各有说辞。很多资料在介绍北岛时只能模模糊糊地说一句他曾“多次获得诺贝尔文学奖提名”，但“多次”到底是几次？分别都在哪一年？这些问题依然有待核实。

周长才在《北岛与诺贝尔文学奖》一文中提到北岛早在1985年就曾经被提名为诺贝尔文学奖候选人，1993年他更是进入候选人名单的前四名。[①]徐江曾在《诺贝尔的噩梦——北岛批判》一文中指出，北岛十年中曾三次被提名为诺贝尔文学奖候选人，其中有一次差点超过了爱尔兰诗人谢默斯·希尼（Seamus Heaney）的得票数。[②]希尼于1995年获得了诺贝尔文学奖，如此说来，北岛在1995年曾被提名为诺贝尔文学奖候选人。作者撰写那篇文章的时间是2009年，其时间的起始应该就是1989—2009年，也就是说北岛在1989—2009年间曾三次被提名为诺贝尔文学奖候选人，即1993年、1995年和2009年。但此后有关北岛与诺贝尔文学奖的种种传闻一直不断。据凤凰网刊载的一则消息称，在2009年，世界最大的博彩公司——英国立博公司（Ladbrokes）——曾开出文学奖赌盘，该公司公布了当年诺贝尔文学奖预测获奖名单的赔率。以色列作家阿摩司·奥兹（Amos Oz）赔率最低，是当年诺贝尔文学奖的热门人选。在该公司列出的名单中，北岛排名第28位，赔率为50/1。[③]但最终当年的诺贝尔文学奖授予了德国女作家赫塔·米勒（Herta Müller），而她的排名在该公司预测的候选人中位列第32位，在北岛之后。此后，北岛与诺贝尔奖的相关议题并未消失，在莫言获诺贝尔文学奖之后的2014年，我们偶尔还能看到北岛与诺贝尔文学奖

---

① 周长才：《北岛与诺贝尔文学奖》，《外国文学》1999年第3期。

② 徐江：《诺贝尔的噩梦——北岛批判》，http://www.360doc.com/content/15/0401/08/4849137_459719564.shtml，访问日期：2015年1月28日。

③《北岛2009年诺贝尔文学奖赔率50/1，排第28位》，http://book.ifeng.com/special/beidaonuobeier/200910/1007_8291_1378059.shtml，访问日期：2015年1月28日。

的相关报道，如人民网转载了 2014 年 9 月 26 日《乌鲁木齐晚报》的一篇文章：《2014 年诺贝尔文学奖将揭晓，诗人北岛成热门》。该文指出，英国立博博彩公司和 Unibet 公司都在近日发布了今年的赔率榜单，日本作家村上春树和肯尼亚作家恩古齐·瓦·提安哥以非常接近的赔率分居第一和第二。而北岛的排位有所上升，往年北岛虽然榜上有名，但常常在 30 名以后，而 2014 年在两家公司的榜单上北岛分别列第 8 位和第 11 位。文章还报道说就在诺贝尔文学奖揭晓前夕（见北京大学官方网站 2014 年 9 月 10 日相关报道），84 岁的瑞典诗人、小说家、诺贝尔文学奖评委会前主席埃斯普马克（Kjell Espmark）携夫人莫妮卡到北京大学访问并发表了有关瑞典诗歌和作家传记写作的演讲。此人身份不一般，在 2004 年之前是诺贝尔文学奖 18 位评选委员中的 5 人核心小组成员之一，当了 17 年的诺贝尔文学奖评委会主席。在接受记者采访时，他说："我们对中国当代诗歌和小说非常关注，我们也在追踪一些诗人和小说家的作品，当然我不能提具体的名字。但是我可以说的是，1988 年中国作家沈从文，我们对他的作品怀有极大的兴趣，但是沈从文在评选的过程中去世了。诺贝尔奖不发给去世的作家。"埃斯普马克提到的诺贝尔文学奖一直关注的、他不能提名的诗人是谁？很显然，报道者应该是有所指的。北岛的国际声誉最大，知名度最高，是所谓离诺贝尔文学奖最近的人。此外，从文章的标题上来看似乎应该是北岛。既然诺贝尔文学奖评委会前主席有这番言辞，国内文学界难免会做出种种猜测，而猜测的对象理所当然就是北岛。因为获得诺贝尔文学奖的小说作家已经有莫言在先了。由此来看，国人对诺贝尔奖的热情并没有消退。若在搜索引擎输入"北岛"和"诺贝尔文学奖"两个关键词，就会发现在 2014 年诺贝尔文学奖揭晓前夕刊载有关北岛与诺贝尔文学奖报道文章的还不止《乌鲁木齐晚报》一家：《华商报》、《沈阳日报》（"盘点与诺奖擦肩而过的中国作家"）、"国际在线"网站等媒体都刊登过类似的报道。因此，《北京青年报》就指出：

“曾几何时，国人等诺奖不来，颇不耐烦，难免发些怨言。莫言获奖，形势突变，国人对诺贝尔奖热情空前高涨，甚至期望今年再发生奇迹，由诗人北岛蟾宫折桂。”①

如果说国内对北岛的报道或多或少受到了国人的“诺贝尔情结”的影响，希望北岛获得诺贝尔文学奖，那么国外对北岛有关诺贝尔奖的报道又是如何描述的呢？美国诗人学会（Academy of American Poets）的官网在北岛的简介中说北岛曾数次获得诺贝尔文学奖提名。亚洲研究会（Asian Society）网站相对谨慎，说他是诺贝尔文学奖的被提名者。2014 年 10 月 6 日，《洛杉矶时报》（*La Times*）电子版刊登了一篇文章《谁会赢得诺贝尔文学奖》。文中提到，根据立博公司的推测，北岛的赔率为 25/1。在黑寡妇出版社（Black Widow Press）出版的北岛诗集《忍耐》（*Endure*）的序言中，译者介绍说北岛数次获得诺贝尔文学奖提名。从国外对北岛的介绍来看，他们对此事的表述大多较为谨慎，但说法模糊不定。传言被多次提名，却一直未获奖，这给北岛与诺贝尔文学奖的种种传闻又增添了几分神秘色彩，据说北岛每逢诺贝尔文学奖揭晓之前便会销声匿迹，拒接一切来电。

从上面几篇文章提到的统计来看，北岛应该曾获得过四次诺贝尔文学奖提名。至此，北岛与诺贝尔文学奖的种种传言似乎已经厘清了。但若我们考察诺贝尔文学奖的评奖程序就会发现不少问题（如前文提到的，谁提名他为诺贝尔文学奖候选人？何时提名的？提名理由是什么？）。诺贝尔文学奖的产生大致经历如下几个步骤（见“诺贝尔文学奖产生过程简图”）：第一步，前一年 9 月发函邀请相关机构和人员提名候选人，提名者可以是文学研究机构、历届诺贝尔文学奖获得者，也可以是知名文学教授，提名者提名时一并提交候选人的作品。第二步，初选。瑞典皇家学院组成一个诺贝

① 李玉民：《坚守如一的成果》，《北京青年报》2014 年 10 月 14 日。

尔文学奖委员会对被提名的作品进行筛选，每年提交的作品约为200部，他们则遴选出15位作家。第三步，次年4至5月诺贝尔文学奖委员会最终提出一份只有5位候选人的名单，之后再把这5位作家的作品交由院士们审阅。第四步，院士们在9月对5位作家的作品进行讨论。第五步，在10月前后，院士们投票决定当年的诺贝尔文学奖候选人，投票结束后公布结果。最后一步便是授奖。按照规定，有关哪些作家被列为诺贝尔文学奖的候选人、提名者对其评价是什么等信息必须保密，而且保密期限是50年，而且最终的投票过程也极为严格。著名翻译家、现任教于瑞典斯德哥尔摩大学东亚学院中文系的万之先生在一次演讲中提到了诺贝尔文学奖最终的投票过程：每位院士的个性都非常鲜明，他们最后的投票是不计名的，你别看他们见面时都是彬彬有礼，但最后的投票才是关键。18位院士在最后投票时，围坐在一个圆桌周围，中间有一个铁罐子，秘书长把票发给每个人，写好了投到铁罐子里，然后再点票。就像一个民主国家的大选，每个人的投票都是保密的，谁都不知道其他人最后要投的是谁。①

诺贝尔文学奖产生过程简图

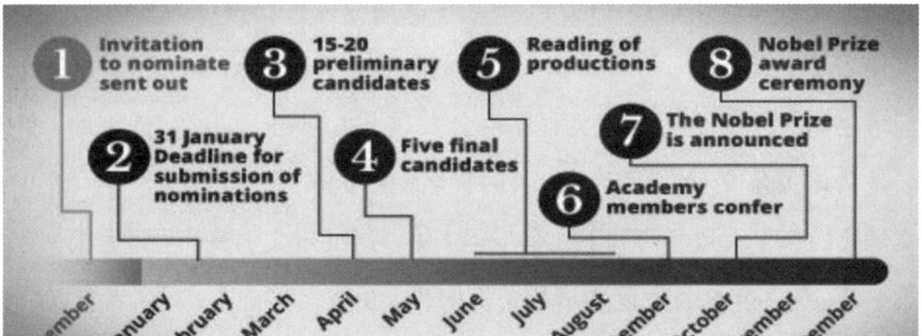

① 万之：《诺贝尔文学奖与中国》，《扬子江评论》2013年第1期。

按照投票程序和要求，18位院士谁都不可能知道当年的诺贝尔文学奖到底花落谁家，更不可能知道各位候选人的得票情况。

此外，有资格提名诺贝尔文学奖候选人的人员有如下几类：一是文学研究机构人员，如瑞典学院院士或其他具有类似资格的人士；二是以往的诺贝尔文学奖获得者；三是在大学从事文学和语言研究的教授；四是各国类似作家协会等团体的相关负责人（如作协主席）。该奖项不接受团体提名和作家的自我申请。根据最近几年的统计数据，每年获得诺贝尔文学奖提名的作家大约有200名。瑞典学院先成立一个由3—5名学院院士组成的诺贝尔文学奖委员会，对这些作家的作品进行筛选，大约只有15名作家能通过初选，之后再精选出5名作家进行最后的角逐。因此，有些媒体、文学研究机构和个人列出的当年诺贝尔文学奖候选人的先后排名恐怕也只能是他们按照各自的分析从这200多名作家中去预测结果。之后的筛选程序更为严格，保密性要求更高。据此推测，北岛在1985—2009年间先后四次（1985、1993、1995、2009）获诺贝尔文学奖提名的说法即使是真实的，其依据最多也不过是北岛在这200多个被提名的候选人名单之列而已，至于他是否在1993年进入前四名，在1995年差点击败谢默斯·希尼成为诺贝尔文学奖获得者这些说法就值得怀疑了。中国新闻网2014年9月26日刊载的《2014年诺贝尔文学奖将揭晓，诗人北岛成热门》则指出：根据瑞典皇家学院官方网站的数据，2014年诺贝尔文学奖有210位提名候选人，其中36位是首次提名。目前公开的文件当中，大多数入选3—5人内部小名单的作家都被提名过很多次，但最终决定权在诺贝尔文学奖委员会一小部分人手里，这种奇特的匿名民主集中制选举完全不可预测。①

---

①《著名博彩公司发布赔率榜单，中国诗人北岛人气上升》，http://www.chinanews.com/cul/2014/09-26/6635404.shtml，访问日期：2014年12月28日。

由此看来，截至目前，有关北岛与诺贝尔文学奖的种种传言均无法被确证。笔者曾于2013年写信向诺贝尔奖委员会询问北岛被诺贝尔文学奖提名一事，得到的回答是“诺贝尔奖的所有档案信息的保密期限为50年，因此1963年之后的任何信息都是保密的。对北岛提名之事我们既不确认也不否认”。官方的这种答复愈加增添了这些传闻的神秘性，而这些传闻的真相恐怕要等到官方规定的50年时限过后才能知晓了。

第二节　北岛角逐诺贝尔文学奖的有利条件

1895年诺贝尔先生在逝世前一年立下遗嘱，在遗嘱中他以其部分遗产（920万美元）设立一项基金，并以其利息分设物理、化学、生理或医学、文学及和平五种奖金。在这些领域内，在世界范围内将这些奖项授予“在前一年中对人类做出最大贡献的人”。

根据此遗嘱，1900年6月，经瑞典政府批准，诺贝尔基金会成立。1901年12月10日，即诺贝尔先生逝世五周年纪念日，基金会首次颁发诺贝尔奖。此后，除因战争受阻外，每年的12月10日基金会分别在瑞典首都斯德哥尔摩和挪威首都奥斯陆举行隆重的授奖仪式。

1968年，在瑞典中央银行成立300周年之际，基金会由该行提供资金增设诺贝尔经济学奖（全称为“瑞典中央银行纪念阿尔弗雷德·伯恩德·诺贝尔经济科学奖金”，亦称“纪念诺贝尔经济学奖”），并于1969年开始颁发该奖，与其他五个奖项一同登上历史舞台。

就文学奖而言，诺贝尔在遗嘱中提到，该奖项应授予在文学领域创作出“朝向理想方向”（in an ideal direction）的“最杰出作品”的人。这个标准其实相当模糊，但可大致归结如下：首先是国际性，即被提名者不分种族、信仰、地域和文化的限制；其次是代表性，遴选的作家或作品能代表上一年文学领域的最高成就；最后是所谓的“理想方向”，即作家或作品能反映人类为之奋斗的某种理想和信念，或曰先进性。

诗歌所建立的世界是“自己的世界”，这个世界“真诚而独特”。何谓“自己的世界”？北岛认为：“诗人应该通过作品建立一个自己的世界，这是一个真诚而独特的世界，正直的世界，正义和人性的世界。”[①] 除少数例外，大多数诗歌所发出的声音都是集体的声音，诗人自己的声音则完全被淹没了，即使有诗人的声音，也不过是集体声音的变奏。诗人冯至的话就是有力的例证，他在其 1955 年 1 月 1 日写的《冯至诗文选集·序》中说：“诗里书写的是狭隘的情感、个人的哀愁……自己的认识不够，有时流于主观，反映现实，也就受了很大的限制。尤其是 1941 年写的二十七首‘十四行诗’，受西方资产阶级文艺影响很深，内容和形式都矫揉造作，所以这里一首也没有选。”[②] 诗歌在内容、语言风格和抒情方式上越来越趋同化。

相当一部分知识青年普遍都经历了从困惑、迷茫到失望、思考，从反思到觉醒的历程。于是，记录这段人生经历和心路历程，抒写内心的苦恼、愤懑和抗争，成了这些知识青年最初诗歌创作的动机和内容，“地下诗歌”由此应运而生。

北岛以冷峻的笔触开始反思“文革”，透过《告诉你吧，世界》《宣告》和《回答》等作品，北岛发出了自己的声音。诗人认为这是个沉默的社会，个人声音的消失已成了人们习以为常的生活方式（沉默依然是东方的故事），生活在其中的人们无声无息，宛若壁画中的人物死一般沉寂（“人民在古老的壁画上 / 默默地永生 / 默默地死去”）。这个世界更没有歌声，只有

① 北岛：《我们今天的太阳》，《上海文学》1981 年第 5 期。
② 冯至：《冯至诗文选集》，人民文学出版社，1955，第 1 页。

“星星”和“浮云”。北岛终究无法忍受这样的世界，发出了“我不相信”的呼喊。

但北岛早期的作品塑造的“自己的世界”具有个人英雄主义的悲剧色彩，充满着北岛为青年一代承担苦难的意识。他发出的“我不相信”的呼声既是给自己听的也是给自己那一代人听的，他试图提醒自己那代人应该有自己的独立思考。在抒情诗之后的作品中，他逐渐营造了自己的情感世界：

睡吧，山谷
我们躲在这里
仿佛躲进一个千年的梦中
时间不再从草叶上滑过
太阳的钟摆停在云层后面
不再摇落晚霞和黎明[①]

在这首诗中，我们看不到北岛《告诉你吧，世界》《回答》等这类抒情诗中表达的个人英雄主义倾向，没有激烈的反抗和控诉，而是描写了一幅田园牧歌式的图景。诗中出现了“我们”“仿佛躲进一个千年的梦中”。诗中描写的山谷中的世界俨然是世外桃源，时间仿佛停滞不前（“时间不再从草叶上滑过 / 太阳的钟摆停在云层后面 / 不再摇落晚霞和黎明”）。诗中影影绰绰的“我们”沉浸在宁静而神秘的世界，沉浸在童话般的世界。“云”“天空”“野百合”“布谷鸟”“松果”“小草”“云雾”和“风”等意象皆围绕“我们”的生活。此后，北岛的诗歌逐渐转向更为纯粹的哲思内涵，《回答》里的英雄借着《履历》等诗宣告退位，诗人关注的焦点也由外部的生存境遇转向诗人自己的内心世界。这种转变在《履历》中更为明显：

---

① Bei Dao, *Notes from the City of the Sun: Poems by Bei Dao*, trans. Bonnie McDougall (Ithaca: The Cornell East Asia Papers,1983), p.99.

我曾正步走过广场
剃光脑袋
为了更好地寻找太阳
却在疯狂的季节里
转了向，隔着栅栏
会见那些表情冷漠的山羊
直到从盐碱地似的
白纸上看到理想
我躬起了脊背
自以为找到了表达真理的
唯一方式，如同
烘烤着的鱼梦见海洋
万岁！我只他妈喊了一声
胡子就长出来了
纠缠着，像无数个世纪
我不得不和历史作战
并用刀子与偶像们
结成亲眷，倒不是为了应付
那从蝇眼中分裂的世界
在争吵不休的书堆里
我们安然平分了
倒卖每一颗星星的小钱
一夜之间，我赌输了
腰带，又赤条条地回到世上
点着无声的烟卷

是给这午夜致命的一枪
当天地翻转过来
我被倒挂在
一棵墩布似的老树上
眺望[①]

这首诗反映了诗人“盲从→清醒→斗争→绝望”的心路历程,反映了“文革”那一代青年人的迷惘与困惑。

“我曾正步走过广场/剃光脑袋/为了更好地寻找太阳”,“正步”行走暗示了“我”的态度是严肃而恭敬的,“广场”是活动的中心,“剃光脑袋”的目的是不受任何阻碍地接受“太阳”的照射,而“太阳”是光明的象征。可见,“我”在当时和大多数人一样,满怀信心,追求理想。“却在疯狂的季节里/转了向,隔着栅栏”一句表明,作者开始逐渐清醒,已经意识到了整个社会的癫狂,因此“我”调转了方向。大多数人还是那样麻木不仁,表情冷漠,对“我”而言,他们和“我”完全不同。“山羊”暗示出大多数人和“我”有类属性的差异,我们彼此互为异类。“纸”是文学艺术的载体,能够表达思想,但在特殊的年代,文学已经荒芜,如盐碱地一样寸草不生,所以盐碱地似的白纸上的思想终究是虚无的。“我”的姿态也由“正步”变成了“躬起了脊背”,清醒之后的“我”自以为找到了“表达真理”的方式,但最终发现那不过是一场梦而已,就如同一只离开海洋被烘烤的鱼在梦想海洋一样,都是徒劳无益的,而且注定无法实现。最终“我”意识到自己和“偶像”们之间其实有一种同谋关系,用“刀子”和他们结成亲眷,平分“小钱”。因此,“我”的抗争注定是失败的,又“赤条条”地回到原点,梦想给黑暗的午夜以致命的一击。在这个颠倒的世界中,众人皆醉“我”独醒,似乎只有诗人在

① 北岛:《结局或开始》,长江文艺出版社,2011,第54—55页。

清醒地观察这个世界。

在那个特殊的时代，北岛发出了批叛的声音，书写个人的心路历程，表现了对存在主义“自我”的信仰，这符合诺贝尔提出的书写“理想方向”的原则。北岛所提倡的“真诚而独特的世界，正直的世界，正义和人性的世界”也符合“理想方向”。如前所述，北岛早期的诗歌其实是通过模仿父辈诗人的话语方式进行反抗，其早期的诗歌批判对人性的压制，呼唤正义，具有启蒙性质。从某种程度上说，北岛的诗歌是对五四时期启蒙文学的复苏与回应。他诗歌中的悲剧性英雄形象往往具有极强的承担意识，充满着人道主义的温情。《回答》《宣告》等抒情诗就有浪漫主义的精神倾向，表达了诗人的淑世情怀，塑造出了悲剧式的英雄形象。

北岛对诗歌功用的认识和诺贝尔文学奖所谓的“理想方向”基本吻合。但“理想方向”是一个大而模糊的概念，从某种程度上说，文学离不开想象，文学世界并不都是真实的，都有一定的“理想方向”，这并非北岛诗歌的特殊之处。北岛是“地下文学”成员之一，他较早意识到了“文革”带来的影响，开始反思并批判当时的社会现状，以深刻犀利的笔触发出了一代人迷惘、痛苦以及幻灭的哭喊，这一点是毋庸置疑的。

北岛诗歌中的这种道德批判也必然引起其创作美学的变革，从而赢得文学资本和创作自由。布迪厄认为，道义上的义愤反对屈从于权力或市场的一切形式。在文学争取自主的英雄式的反抗阶段，道德上的决裂往往和美学上的决裂有十分密切的关系。[①] 在某些特定的历史条件中，前者甚至会促成后者的发生，这种情形在北岛身上体现得十分明显。可以说，优秀作家的作品既蕴含着深刻的思想也实现了美学上的提升甚至革新。

诺贝尔文学奖的另一标准“最杰出的文学作品”也是一条非常模糊的标

---

① 布迪厄：《艺术的法则：文学场的生成和结构》，刘晖译，中央编译出版社，2001，第75页。

准，仅仅依据瑞典学院18位院士的评判标准就能选择出“最杰出的作品”？这一点值得怀疑，下文中还会就这一问题展开讨论。但这一标准最终只能落实在作家所做的文学贡献和其影响力上。

北岛无疑是20世纪最优秀的诗人之一，有关朦胧诗的争论尘埃落定之后，其在文学史书上的地位已得到海内外文学界的认可。陈仲义在《中国朦胧诗人论》中指出，北岛诗歌的历史意义在于，在中国诗歌发展的最关键的蜕变期，北岛以其富于开拓性的创作实践，带领“今天派”率先实现了新体诗从白话自由体到广义现代诗，再到严格意义上的现代诗的整体性转换，掀起了一股迄今仍有重要影响的现代主义诗风。[①] 出国后北岛诗歌的重要内容是记录诗人自己的生活和思绪。因此可以说，北岛诗歌中对人的尊重，对个性的张扬，其抒情诗中的承担意识具有启蒙性质，从这一点来说他的诗歌继承了“五四”的新诗传统。

文学场的自主为作家的独创提供了机会，作家也可借助文学场自身的法则介入政治。北岛发出“我不相信”的声音，其反抗的最终呈现形态是诗歌文本。因此，我们可以说抗争是在文化生产场域的内部逐步完成的：它重申了真理和正义的价值，也体现了北岛自身的文学审美和政治标准的独立性。

另外，北岛和其他几位诗人的诗作之所以在当时被称为朦胧诗并因此而受到某些老一辈诗人的严厉批评，也与他们在诗歌方面的大胆探索与创新有关。章明等人指责朦胧诗的主要原因是“读不懂”，而读不懂的主要原因是“晦涩”和“怪癖”。这种批评声音的背后也体现出了当时诗歌传统与朦胧诗的对立与冲突。延安文艺座谈会确立的方针，即“文艺为广大工农兵服务”这一原则为今后的文学创作奠定了基调。这一方针要求文学作品采用通俗、易懂、接近日常生活的语言。如艾青的《鱼化石》：

---

① 北岛：《结局或开始》，长江文艺出版社，2011，第31页。

……

但你是沉默的，
连叹息也没有，
鳞和鳍都完整，
却不能动弹；
你绝对的静止，
对外界毫无反应，
看不见天和水，
听不见浪花的声音。
凝视着一片化石，
傻瓜也得到教训：
离开了运动，
就没有生命。
活着就要斗争，
在斗争中前进，
当死亡没有来临，
把能量发挥干净。①

这首诗的主题非常明朗，欢快而活泼的鱼被埋进灰尘中，沉默且无法动弹，诗人看似在描写鱼化石，其实暗示自己的命运——活生生的人变成了“化石”，诗人借助鱼化石的意象发出控诉，但最后四行又明白无误地传达出了诗人的战士胸怀和献身精神。诗歌语言朴素，意象单一，寓意明确。诗人舒婷读了此诗后说这是艾青在写自己的命运。但北岛出国后的诗歌意象复杂多变，诗人大量应用隐喻、通感、叠加、意象并置、变形、蒙太奇等现代主义

① 艾青：《艾青诗集》，人民文学出版社，1984，第395页。

文学技巧，将诗歌的张力和美感最大化，这些突兀和陌生化的意象加深了人们对现实世界和生活的理解。试看下面这首诗：

大海的祈祷仪式
一个坏天气俯下了身
顽石空守五月
抵抗着绿色传染病
四季轮流砍伐着大树
群星在辨认道路
醉汉以他的平衡术
从时间中突围
一颗子弹穿过苹果
生活已被借用[①]

这首诗的意象丰富多变，且“大海”“天气”“顽石”“大树”“群星”“醉汉”“子弹”以及“苹果”之间似乎毫无关联，而且这些意象并不是在“颂歌”或“赞歌”中常见的意象，因此乍看之下，这首诗似乎是痴人说梦，不知所云。但仔细分析就会发现关键词——“五月”和“四季”，因此将这些意象串联起来的关键是“时间”。从“顽石”“空守”“五月”的表述中我们看到了时间留给诗人的孤独；从“四季轮流”“砍伐大树”中我们读出了时间的无情；“群星”是夜晚才出现的物象，它们暗示了黑暗，因此在黑暗中“辨认道路”的群星，表明了诗人的迷惘；“醉汉”往往是无法站稳的，他却还要施展“平衡术”从时间中突围，道出了生活的无奈。最后一句“一颗子弹穿过苹果/生活已被借用”点出了诗歌的主题：“美好”的事物（苹果）被无情的时间（飞逝的子弹）击穿，生活在“被借用”中流逝。同《鱼化石》相比，这首诗的

① 北岛：《结局或开始》，长江文艺出版社，2011，第141页。

意象怪诞，诗句之间的跳跃性很大，似乎没有严密的逻辑关联，而且诗歌缺乏明确的时空背景，表达出的是诗人个体的生命体验，意象密集且高度抽象，剥离了现实生活的场景。若从当时主流的诗歌艺术标准来看，这类诗歌不但“朦胧”而且“晦涩”，难怪有些已经习惯了主流诗歌审美的诗人发出了“读不懂”朦胧诗的感叹，指责读朦胧诗像“读天书那样难”。[①]有关朦胧诗的争论早已尘埃落定，对北岛的评价和地位问题也基本形成了共识，大多数的文学史书都肯定了北岛对中国新诗的贡献。所以，北岛符合诺贝尔文学奖“朝向理想方向”的“最杰出作品”这一原则。

从其作品传播范围来看，不论是在国内还是在国外，北岛无疑是公认的杰出诗人之一。他早期的抒情诗唱出了青年一代对那个年代的反思与批判，表达了他们的愤怒、彷徨、无助与虚无之声，加之其强烈的承担意识，北岛很快成为一代人心目中的文化偶像和诗坛英雄。在散文《朗诵记》中北岛描述了当时人们对诗歌及诗人的狂热崇拜的盛景：

> 八四年秋天，《星星》诗刊在成都举办“星星诗歌节”。我领教了四川人的疯狂。诗歌节还没开始，两千张票一抢而光。开幕那天，有工人纠察队维持秩序。没票的照样破窗而入，秩序大乱。听众冲上舞台，要求签名，钢笔戳在诗人身上，生疼。我和顾城夫妇躲进更衣室，关灯，缩在桌子下。脚步咚咚，人潮冲来涌去。
>
> 有人推门问，“顾城北岛他们呢？”我们一指，“从后门溜了。”[②]

正如上文所述，在20世纪80年代初，诗人具有相当崇高的地位，诗人往往被人们当作“救世主”“斗士”“牧师”和“歌星”，因为诗人发出的呐喊表达了年轻一代的愤怒、苦闷、彷徨、无助和虚无之感。因此，很容易成

---

① 章明：《令人气闷的“朦胧”》，《诗刊》1980年第8期。

② 北岛：《失败之书》，汕头大学出版社，2004，第168页。

为读者崇拜的文化偶像，而喊出了"我不相信"之声的北岛更是如此。1982年，在对甘肃大学生做的有关当代文学的调查中，北岛被选为"最喜爱的诗人"。学生们认为他们从当代文学中学到的最重要的东西是生活的知识。[①]2010年的《钟山》杂志上，刊登了1979—2009年这三十年十大诗人的评选结果，北岛位居第一，其他入选诗人依次是西川、于坚、翟永明、昌耀、海子、欧阳江河、杨炼、王小妮、多多。此外，洛夫、食指、张枣、舒婷、顾城、艾青、王家新、牛汉等诗人的名字也都出现在选票上。从以上事例可以看出，北岛在中国诗坛的地位毋庸置疑。

就国际影响而言，杜博妮认为北岛是"最杰出的，最有争议的诗人之一"。德国汉学家顾彬认为，同2012年诺贝尔文学奖得主莫言相比，北岛要优秀得多。[②]北岛作品几乎都被翻译成英语，英语世界对他的研究成果也比较丰富，前文已经交代过，此处不再赘述。据说诺贝尔文学奖委员会有一条不成文的规定，诺贝尔文学奖获得者的作品必须要有瑞典文的翻译。瑞典汉学家、瑞典学院的委员马悦然于1983年翻译出版了《海岸与被宠坏的孩子》，其中收录了北岛和顾城的诗作。1986年又编辑翻译了《中国八十年代诗选》，收录了北岛、顾城、江河、杨炼、严力等人的作品。

当然，人们所记住的北岛诗歌大多是其早期的政治抒情诗，往往忽略了他诗歌创作中的能够引起共鸣的精神价值和艺术价值。

从精神价值的角度来说，北岛通过诗歌营造的"自己的世界"是能表达作者自己思想、能发出自己声音的世界，或打造成"纯诗"的世界。他在这一世界中固守自由、正义、人性等法则，决不放弃自己的自由和责任，屈从

---

① 李大尧、冯愚乐：《在文科大学生心目中的当代文学》，《当代文艺思潮》1982年第1期。

②《德国汉学家顾彬：莫言讲的是荒诞离奇的故事》，http://book.sina.com.cn/cul/c/2012-10-12/1111345045.shtml，访问日期：2014年7月7日。

于一时的、必然要贬值的利益或权力，顺从当时的需要创作出符合革命文学传统的文学作品。他反对现实的不合理和特殊法则，以普遍原则的维护者身份出现。这些普遍原则（公平、正义、人性等）不过是他自身世界的特定法则普遍化的体现。“文革”形成的压力促使北岛为维护这种普遍原则而努力。北岛在接受采访时曾指出，时代的压力很难用单纯的好坏去衡量，关键在于作家能否将这类压力转化并升华为写作的动力与资源。他认为中国传统文化对文人最负面的影响就是追求功名利禄，值得庆幸的是，他们那一代人从写作之初就断了功名利禄的念想。也正是由于“文革”，作家们偏离了传统文化，也才有了开创新空间的可能。出国后的北岛，抽离了中国的语境，不得不面对现实生活的困境：语言的隔阂、生活的细节、失眠的夜晚。此时的北岛处于“漂泊”和“孤悬”的状态，也就有足够的时间思索写作之于生存的意义。这一时期的诗歌延续了前期凝练整饬的艺术风格，同时开始对以往人生历程进行反思和重新评估，“失败”成为这种反思和评估的核心词，他的译本散文集就取名为《失败之书》。除此而外，他还对个体身份和个体记忆进行省察，对孤独与自由的复杂关系展开了深刻追问和领悟，进一步拷问历史，对母语表达着深深的眷恋，孜孜不倦地探索着诗歌艺术，以哲思性的语言表达对生活的感悟，进入了欧阳江河所说的“中年风格”时期。这些情感与精神状态也是人们当下能感知到的普遍经验。如下面这首诗：

无题

我看不见
清澈的水池里的金鱼
隐秘的生活
我穿越镜子的努力
没有成功
一匹马在古老的房顶

突然被勒住缰绳
我转过街角
乡村大道上的尘土
遮蔽天空

这首诗隐隐约约地表达出了诗人在某个时刻的绝望或无助之感。在第一个诗节中，叙事者“我”尽管能看到生活在清澈的水中金鱼，却无法了解它们隐秘的生活，表面的透明掩盖的却是一种无法打破的隔阂。镜子与清澈的水具有相似性。它们既阻断了现实世界，又反射现实世界，是现实世界的一部分，营造出虚幻的世界。作者想穿越“镜子”从现实世界走向镜子折射出的虚幻世界，暗示出了从现实中逃逸的愿望，但以失败而告终。

如果说第一节中的核心词是“水”和“镜子”，那么第二个诗节中的核心词则是“马”。从日常逻辑来说，只有在开阔的平原，马才能自由奔驰，而在古老房顶被勒住缰绳的马无法自由奔跑且处境危险，喻指诗人感知到的深重危机。“我”转过街角时本应该能看到可选择的路，但尘土遮蔽了天空，自然也就无法看到前方的路。这是北岛在对自己生存境遇的悲观比喻：无法躲避到虚拟的世界，而现实生活中危机重重，看不到出路。在生活中，每个人都会面对这种情形，所以能引起读者的共鸣。北岛出国后创作的诸多诗歌作品都没有交代出具体的历史语境，更加内省多变，其目的是摆脱外界给予他的身份标签。只可惜国内外很多读者对他的印象大多还停留在《回答》那个阶段，对这种变化视而不见。

从艺术价值来说，北岛对中国现代诗的发展起到了至关重要的作用。北岛在国外创作的诗歌篇幅更短；在意象和技巧运用上有超现实主义的倾向：选用生僻意象并将它们以非和谐的方式拼合以增加诗歌的陌生感、冲突性和紧张性；语言更简约含蓄，有更大的间隔和跳跃；大量使用空白、停顿、省略、凝缩词语，加强诗的浓度，给读者以回旋想象的空间。[①] 对此问题前文已有交代，不再赘述。北岛对中国当代诗歌的贡献还在于其在国外生活期间对汉语的坚守，有学者将其称为“汉语性”。姑且不论这种概括是否恰当，北岛坚持使用汉语写作，使用汉语朗诵的做法从某种程度上即是自身世界声誉的积累的一种途径。从更泛的意义上来说，借助其“名人效应”，他的汉语诗歌创作也有助于中国当代文学和现代汉语的传播，使更多的西方读者对中国现代文学有初步的了解（尽管有偏见）。使用汉语语言这种文学资本积累的武器本身就突显了北岛在西方的异质性和他的“中国诗人”这一身份。张健在其主编的《新中国文学史》中对北岛做出了如下评价：北岛为当代新诗提供了一套极具美感和弹性的表意符号系统，他那些突兀和陌生化的心理意象，加深了人们对现实世界和生活的理解。在具体手法上，诗人广泛地运用隐喻、通感、意象跳跃和叠加、变形、蒙太奇等现代诗歌手法，使诗作呈现出了现代主义诗歌特有的张力和美感。[②]

因此，北岛的作品在中国当代诗坛颇具代表性，在国内外也颇具影响力。上述种种因素都是北岛冲击诺贝尔文学奖的有利条件，或者说北岛完全符合诺贝尔文学奖候选人的资格。但前文已经提到，作为最具全球影响力的奖励机制，看似公平和中立的诺贝尔文学奖也无法避免其缺陷——民族中心主义，即以世界性标准对西方之外的文本进行去差异性的解读。

---

① 张永胜：《北岛出国后诗歌研究》，硕士学位论文，上海交通大学，2007，第 12 页。

② 张健主编《新中国文学史（上卷）》，北京师范大学出版社，2008，第 304 页。

第三节 北岛无缘诺贝尔文学奖的原因分析

一、诗歌的衰落

诗歌是世界上最古老、最基本的文学形式，是一种阐述心灵的文学体裁，而诗人则需要掌握成熟的艺术技巧，并按照一定的音节、声调和韵律的要求，用凝练的语言、充沛的情感以及丰富的意象高度集中地表现社会生活和人类精神世界。所以，赵钹在《无咎诗三百序》中曾说："诗者，感其况而述其心，发乎情而施乎艺也。"

在古代，信息技术不发达，人们从这一个地区到另一个地区传递信息都非常不方便，诗歌成为各个民族的主要文学形式，这是因为它语言凝练、形象性强，具有鲜明的节奏，和谐的音韵，富于音乐美，语句一般分行排列，注重结构形式之美，便于记忆和传递信息，具有一定的表演性。因此，诗与音乐紧密地联系在了一起，很多诗作都可以吟唱。《礼记·乐记》记载："诗，言其志也；歌，咏其声也；舞，动其容也；三者本于心，然后乐器从之。"可见，早期的诗、歌与乐、舞是合为一体的。诗即歌词，在实际表演中总是配合音乐、舞蹈而歌唱，后来诗、歌、乐、舞各自发展，独立成体。以入乐与否区分歌与诗，入乐为歌，不入乐为诗。诗从歌中分化而来，成为语言艺术，而歌则是一种历史久远的音乐文学。《诗经》是入乐歌唱的，严格地说它是歌。正因为如此，《诗经》被学者称为我国音乐文学成熟的标志。

随着媒介技术的发展，小说开始兴起。小说的兴起与工业的发展密不可分。随着生产力水平的提高，市民阶层有越来越多的闲暇时间，他们对文学消费的需求也就越来越旺盛。同诗歌相比，传统小说以时间为顺序，围绕一人或多人，非常全面而详细地反映人与人之间的价值关系的产生、发展和消亡过程，可以细致而深入地展现这些价值关系的相互作用。同诗歌相比，传统小说的信息量大，它可以通过某一（些）故事详尽地描写人物的性格与命运，表现错综复杂的冲突与矛盾，描述人物所处的社会环境，呈现广阔的社会生活。尽管小说也是虚构的，但它通过对现实生活的整理和提炼，能完整而集中地反映社会生活的某些侧面。诗歌语言则要求简练，富含意蕴又具有模糊性，思维具有跳跃性，字词的组合有一定的音乐性，有时候也有完整的故事情节和人物形象（如史诗），但总体而言，其情节的设定和人物形象不如小说那样详细。因此，一般来说，阅读诗歌需要的智力劳动量要比小说更大，这就要求读者具有更高的文化修养（尤其是现代主义诗歌和后现代主义诗歌）。伊恩·P. 瓦特认为，古典文学和文艺复兴时期流行的文类是史诗，其故事情节的基础是过往的历史或传说。在小说兴起后，这种传统便遭到了小说的挑战，对个人经验而言，小说是独特而真实的。[①] 故此，有些读者便沉浸在小说的世界中，对小说中描写的生活或仿效或认同。从某个方面来说，读者在小说这个虚构的世界中确证了自己，主客体之间实现了和谐。即是说，主体对客体而言是自由的。所以，小说兴起后就形成了庞大的读者群，而与此形成对比的是诗歌逐渐在文学界居于次要地位，在当代它已处于边缘化的状态。这一点从诺贝尔文学奖历年获奖者中诗人所占的比重就可以看出来（见表 2）。

① 伊恩·P. 瓦特：《小说的兴起》，高原、董红钧译，生活·读书·新知三联书店，1992。

表 2 诺贝尔文学奖历年获奖者统计（以体裁分类）

体裁	获奖者	获奖时间
Prose（64）	亨利克·显克维支（Henryk Sienkiewicz）	1905
	拉迪亚德·吉卜林（Rudyard Kipling）	1907
	西尔玛·拉格洛夫（Selma Ottilia Lovisa Lagerlöf）	1909
	罗曼·罗兰（Romain Rolland）	1915
	卡尔·耶勒鲁普（Karl Adolph Gjellerup）	1917
	亨里克·彭托皮丹（Henrik Pontoppidan）	1917
	克努特·佩德森·汉姆生（Knut Pedersen Hamsun）	1920
	阿纳托尔·法朗士（Anatole France）	1921
	弗拉迪斯拉夫·莱蒙特（Wladyslaw Stanislaw Reymont）	1924
	格拉齐娅·黛莱达（Grazia Deledda）	1926
	西格丽德·温塞特（Sigrid Undset）	1928
	托马斯·曼（Thomas Mann）	1929
	辛克莱·刘易斯（Sinclair Lewis）	1930
	约翰·高尔斯华绥（John Galsworthy）	1932
	伊凡·亚历克塞耶维奇·布宁（Ivan Alekseyevich Bunin）	1933
	罗杰·马丁·杜·加尔（Roger Martin du Gard）	1937
	赛珍珠（Pearl Sydenstricker Buck）	1938
	弗兰斯·埃米尔·西兰帕（Frans Eemil Sillanpää）	1939
	约翰内斯·威廉·扬森（Johannes Vilhelm Jensen）	1944
	赫尔曼·黑塞（Hermann Hesse）	1946
	安德烈·保尔·吉约姆·纪德（André Paul Guillaume Gide）	1947
	威廉·福克纳（William Faulkner）	1949
	拉格尔克维斯特（Pär Fabian Lagerkvist）	1951
	弗朗索瓦·莫里亚克（François Mauriac）	1952
	欧内斯特·米勒·海明威（Ernest Miller Hemingway）	1954
	哈尔多尔·基里扬·拉克斯内斯（Halldór Kiljan Laxness）	1955

续　表

体裁	获奖者	获奖时间
Prose (64)	阿尔贝·加缪（Albert Camus）	1957
	鲍里斯·帕斯特纳克（Boris Leonidovich Pasternak）	1958
	伊沃·安德里奇（Ivo Andric）	1961
	约翰·斯坦贝克（John Steinbeck）	1962
	米哈伊尔·亚历山德罗维奇·肖洛霍夫（Mikhail Aleksandrovich Sholokhov）	1965
	萨缪尔·约瑟夫·阿格农（Shmuel Yosef Agnon）	1966
	米盖尔·安赫尔·阿斯图里亚斯（Miguel Angel Asturias）	1967
	川端康成（Yasunari Kawabata）	1968
	亚历山大·伊萨耶维奇·索尔仁尼琴（Aleksandr Isayevich Solzhenitsyn）	1970
	海因里希·伯尔（Heinrich Böll）	1972
	帕特里克·怀特（Patrick White）	1973
	埃温特·约翰逊（Eyvind Johnson）	1974
	索尔·贝娄（Saul Bellow）	1976
	艾萨克·巴什维斯·辛格（Isaac Bashevis Singer）	1978
	埃利亚斯·卡内蒂（Elias Canetti）	1981
	加夫列尔·加西亚·马尔克斯（Gabriel García Márquez）	1982
	威廉·戈尔丁（William Golding）	1983
	克洛德·西蒙（Claude Simon）	1985
	沃莱·索因卡（Wole Soyinka）	1986
	纳吉布·马哈富兹（Naguib Mahfouz）	1988
	卡米洛·何塞·塞拉（Camilo José Cela）	1989
	纳丁·戈迪默（Nadine Gordimer）	1991
	托妮·莫里森（Toni Morrison）	1993
	大江健三郎（Kenzaburo Oe）	1994
	若泽·萨拉马戈（José Saramago）	1998

续 表

体裁	获奖者	获奖时间
Prose（64）	君特·格拉斯（Günter Grass）	1999
	高行健（Gao Xingjian）	2000
	V. S. 奈保尔（Sir Vidiadhar Surajprasad Naipaul）	2001
	凯尔泰斯·伊姆雷（Imre Kertész）	2002
	约翰·马克斯韦尔·库切（John M. Coetzee）	2003
	埃尔弗里德·耶利内克（Elfriede Jelinek）	2004
	费利特·奥尔罕·帕慕克（Orhan Pamuk）	2006
	多丽丝·莱辛（Doris Lessing）	2007
	让－马里·古斯塔夫·勒·克莱齐奥（Jean–Marie Gustave Le Clézio）	2008
	赫塔·米勒（Herta Müller）	2009
	马里奥·巴尔加斯·略萨（Mario Vargas Llosa）	2010
	莫言（Mo Yan）	2012
	斯维特拉娜·阿列克谢耶维奇（Svetlana Alexievich）	2015
Poetry（30）	苏利·普吕多姆（Sully Prudhomme）	1901
	比约恩斯彻纳·马丁努斯·比昂松（Bjørnstjerne Martinus Bjørnson）	1903
	乔祖埃·卡尔杜齐（Giosuè Carducci）	1906
	保尔·约翰·路德维希·海泽（Paul Johann Ludwig Heyse）	1910
	拉宾德拉纳特·泰戈尔（Rabindranath Tagore）	1913
	魏尔纳·海顿斯坦姆（Carl Gustaf Verner von Heidenstam）	1916
	卡尔·弗里德里希·格奥尔格·施皮特勒（Carl Friedrich Georg Spitteler）	1919
	威廉·巴特勒·叶芝（William Butler Yeats）	1923
	埃里克·阿克塞尔·卡尔费尔特（Erik Axel Karlfeldt）	1931
	加夫列拉·米斯特拉尔（Gabriela Mistral）	1945
	T. S. 艾略特（Thomas Stearns Eliot）	1948
	胡安·拉蒙·希梅内斯（Juan Ramón Jiménez）	1956

续　表

体裁	获奖者	获奖时间
Poetry（30）	鲍里斯·帕斯特纳克（Boris Leonidovich Pasternak）	1958
	萨瓦多尔·夸西莫多（Salvatore Quasimodo）	1959
	圣－琼·佩斯（Saint–John Perse）	1960
	乔治·塞弗里斯（Giorgos Seferis）	1963
	内莉·萨克斯（Nelly Sachs）	1966
	巴勃罗·聂鲁达（Pablo Neruda）	1971
	哈瑞·马丁逊（Harry Martinson）	1974
	埃乌杰尼奥·蒙塔莱（Eugenio Montale）	1975
	阿莱克桑德雷·梅洛（Vicente Aleixandre Merlo）	1977
	奥迪塞乌斯·埃里蒂斯（Odysseus Elytis）	1979
	切斯瓦夫·米沃什（Czeslaw Milosz）	1980
	雅罗斯拉夫·塞弗尔特（Jaroslav Seifert）	1984
	约瑟夫·布罗茨基（Joseph Brodsky）	1987
	奥克塔维奥·帕斯（Octavio Paz）	1990
	德里克·沃尔科特（Derek Walcott）	1992
	谢默斯·希尼（Seamus Heaney）	1995
	维斯瓦娃·辛波丝卡（Wislawa Szymborska）	1996
	托马斯·特兰斯特勒默（Tomas Tranströmer）	2011
Drama（12）	弗里德里克·米斯塔尔（Frédéric Mistral）	1904
	何塞·埃切加赖·依·埃伊萨吉雷（José Echegaray y Eizaguirre）	1904
	莫里斯·梅特林克（Count Maurice Polidore Marie Bernhard Maeterlinck）	1911
	格哈特·约翰内斯·罗伯特·霍普特曼（Gerhart Johann Robert Hauptmann）	1912
	哈辛特·贝纳文特·伊·马丁内斯（Jacinto Benavente）	1922
	萧伯纳（George Bernard Shaw）	1925
	路伊吉·皮兰德娄（Luigi Pirandello）	1934
	尤金·格拉斯通·奥尼尔（Eugene Gladstone O'Neill）	1936

续 表

体裁	获奖者	获奖时间
Drama（12）	让－保罗·萨特（Jean–Paul Sartre）	1964
	塞缪尔·贝克特（Samuel Beckett）	1969
	达里奥·福（Dario Fo）	1997
	哈罗德·品特（Harold Pinter）	2005
History（2）	克里斯蒂安·蒙森（Christian Matthias Theodor Mommsen）	1902
	丘吉尔（Sir Winston Leonard Spencer Churchill）	1953
Philosophy / Essay writing（3）	罗素（Bertrand Arthur William Russell）	1950
	艾丽丝·门罗（Alice Munro）	2013
	帕特里克·莫迪亚诺（Patrick Modiano）	2014

注：1. 1914、1918、1935、1940、1941、1942、1943 年因战争未授奖。

2. 1904、1917、1966、1974 年各有两位作家获奖。

3. 有些作家在文学创作的若干领域都取得了成绩，但分类时只偏重某一类，以诺贝尔文学奖的授奖理由为主，如高行健在戏剧方面也取得了巨大的成就，但授奖的作品是小说《灵山》；萨特在戏剧和小说方面成绩都很突出，但分类时将他归于戏剧家。

截至 2015 年，总共有 112 人获得诺贝尔文学奖，获奖者中诗人有 30 位，戏剧家 12 位，叙述类（小说、纪实类作品）作家 65 位，历史类作家 2 位，哲学散文类作家 3 位。20 世纪 70 年代获得诺贝尔文学奖的诗人最多，共有 5 位：1971 年的诺贝尔文学奖获得者聂鲁达、1974 年诺贝尔文学奖获得者马丁逊、1975 年诺贝尔文学奖获得者蒙塔莱、1977 年诺贝尔文学奖获得者梅洛和 1979 年诺贝尔文学奖获得者埃里蒂斯。其余时间里每两至三年就有一位诗人荣获诺贝尔文学奖。但进入 21 世纪后的十五年间仅有瑞典诗人托马斯·特兰斯特勒默获此奖项。在此世界大环境下，中国诗歌走向衰落的趋势并不奇怪。

当然，在 20 世纪 80 年代，中国曾出现过狂热的“诗歌崇拜”现象。奚密在分析这一现象时指出："对当代中国的若干先锋诗人而言，诗歌已不仅仅是一种个人或私人性的创作活动。它已被提升为生命和宗教信仰的至高无上的理想存在。"[①] 在她看来，当时中国的诗歌崇拜具有强烈的宗教狂热的含义，对某些诗人而言，诗歌本身就是宗教。正如北岛在其散文《朗诵记》提到的那样，在当时，诗人被世人视作牧师、救世主、斗士和明星。

但在20世纪90年代以后，诗人身上的这些光环都丧失殆尽。人们论及此后的中国现代诗歌及诗人时，脑海中生发的粗浅的印象是发了疯的食指、写不出诗的舒婷、出走的北岛、自杀的顾城和海子，似乎"诗歌已死"已成定局。诗人"不再是预言者、布诵者、立法者、革命者、中心人物、人民之魂；他变成了大众的异端，被惩戒的人，美的牺牲品和诗歌的自焚者"。[②] 当代诗人面临着通俗文学和商业化浪潮的双重冲击，在"物质乞丐"与"精神贵族"的两栖生活中漂泊。诗人周佑伦在《沉默之维》中表达出了当代诗人内心的困惑与痛苦：

丢开光荣的标记，让名字从书籍中
撤离出来，退回到生命的最少状态
与沉默的词根相守。刀锋下
我保有最后一点真实：历经劫难
而不死的诗歌，白日做梦的权利
那匹斑马正是在这时出现的
冥想的黑白动物，很大，很明丽
它的背上总是站着一只乌鸦

---

① Michelle Yeh, "The 'Cult of Poetry' in Contemporary China," *The Journal of Asian Studies*, 1(1996).

② Michelle Yeh, "The 'Cult of Poetry' in Contemporary China," *The Journal of Asian Studies*, 1(1996):62.

不等我走近便神秘地跑开了
鸽子脸的少女在铜镜中自焚
成为你内心的隐痛，不即不离
玻璃的碎片坚持必要的亮度
通过我的写作证明，活着是重要的
叶芝是什么？萨特是什么？
商品的打击比暴力温柔，更切身
也更残暴，推动精神的全面瓦解

在商品化浪潮的冲击下，诗人竭力维持生存，文学的神圣性已丧失殆尽，人们开始抛弃类似叶芝和萨特这样的文学巨匠，这也意味着人们抛弃了更高的精神追求，因此精神世界全面瓦解，诗人不得不经历商品暴力造成的切肤之痛。正如卡萨诺瓦指出的那样，在世界文学空间，即使是文学自治程度最高的地区也深受世界贸易法则强力的巨大威胁，这一法则通过改变创作条件，最终改变了作品本身。出版业跨国公司的发展，模仿了传统文学作品以往的成功经验，最终威胁到独立于商业路线的文学观念本身。她还意识到了目前文学市场的新趋势：一种不论在形式上还是效果上都是全新的文学，这种文学形式借助于几乎是与原作同时出版的译本，很容易并很快在全球流通，因其“去民族化”的内容而获得了巨大的成功，因为这一内容被人理解而不存在误读的可能。①

从诗歌这一体裁本身的特点来看，它日趋衰落的原因如下：

第一，诗歌强调诗人的个体感受，侧重诗人独特心理的呈现与表达，好的诗歌往往排斥模式化与程式化的倾向，这就要求读者具有较高的感悟能

---

① Pascale Casanova, *The World Republic of Letters*, trans. M. B. DeBervois (Cambridge: Harvard University Press, 2007), p.199.

力和欣赏水平。随着时代的变迁，读者的艺术趣味和价值观念发生了变化。在通俗文学大行其道的今天，很多读者已经没有耐心去细细品味诗歌的魅力。因此，诗歌的生存空间日趋缩减。以北岛的《时间的玫瑰》为例：

当守门人沉睡
你和风暴一起转身
拥抱中老去的是
时间的玫瑰

当鸟路界定天空
你回望那落日
消失中呈现的是
时间的玫瑰

当刀在水中弯曲
你踏笛声过桥
密谋中哭喊的是
时间的玫瑰

当笔画出地平线
你被东方之锣惊醒
回声中开放的是
时间的玫瑰

镜中永远是此刻
此刻通向重生之门

那门开向大海

时间的玫瑰[①]

全诗分为五节，每节的最后一句都是“时间的玫瑰”，突出了全诗的主旨“时间的消逝与永恒”。在第一诗节中，“你”指诗人，“风暴”喻指诗人经历过的一切重大事件，“转身”意味着离开。因此，这一节可以解读为：经历了风风雨雨的诗人已怀着一颗平静的心去看待那些有过大风大浪的过往，唯一留下的是流逝的时光。第二节中“回望落日”很容易让人联想到“夕阳无限好，只是近黄昏”这两句诗歌营造的意境，诗人悟出一切美好的事物犹如落日，最终会烟消云散，唯有时间是永恒的。第三节“当刀在水中弯曲”用了李白《宣州谢朓楼饯别校书叔云》中“抽刀断水水更流”的典故，表达了作者的郁闷不得志；“你踏笛声过桥”则用了周彦邦《兰陵王・柳》中“念月榭携手，露桥闻笛。沉思前事，似梦里，泪暗滴”的典故，抒发了去国离别之苦。但此时作者心中依然暗暗涌动着对往昔时光的缅怀之情。第四节中“当笔画出地平线”暗指白天和第一节第一句中“当守门人沉睡”一句暗指的时间（午夜）形成对比。锣声用于表现一种紧张的气氛和不祥的预兆，而祖国经历的那些暴风雨犹如锣声常常将作者惊醒，在对它们的回味中我们依然能清晰看到岁月的身影。最后一节表达了作者的希望，镜中之像为现实的折射，作者希望此时此刻的情形能够在镜中长存，因为它通向“重生之门”，而重生就是希望，希望之门开向心中的大海。这首诗篇幅不长，但要理解它并不容易，诗人采用反复和比喻等修辞手段，诗中还包含几个典故，短短的129个字中却蕴含着相当丰富的信息量。作者并未使用任何生僻的表达，但全诗的意义却晦涩不明，对读者而言，其理解过程充满了挑战。相比而言，通俗文学作品语言通俗易懂，具有较强的娱乐性，一般情况下，读者无须绞

---

① 北岛：《结局或开始》，长江文艺出版社，2011，第263—264页。

尽脑汁就能理解其意义，诗歌的这一特点或许使得其自身在社会中变得“曲高和寡”了。

第二，在诗歌、小说、戏剧、散文这四大类文体中，诗歌这一文体由于语言高度凝练，思维富有跳跃性，更强调陌生化的语言，通过拟人、比喻、排比、设问、反复、顶针、对偶、夸张、象征等手法实现语言的张力。而在通俗文学十分盛行的今天，很多读者已经习惯了那些轻松易懂的作品。除了诗歌研究者、爱好者和诗人外，很少有人去阅读诗歌，更多时候诗歌创作更像是诗人的自我陶醉。从商业化角度来看，一部作品拥有的读者越少，其经济价值就越小，“卖点”也就越少。因此，在各种销售渠道中，诗歌类作品的销量明显低于其他类作品。据当当网的销售统计数据显示，2015 年最畅销的十一部虚构类作品分别为张皓宸的《我与世界只差一个你》、加布瑞埃拉·泽文的《岛上书店》、苑子文和苑子豪的《我们都一样，年轻又彷徨》、桐华的《那片星空，那片海》、村上春树的《没有女人的男人们》、克莱儿·麦克福尔的《摆渡人》、午歌的《晚安，我亲爱的人》、饶雪漫的《左耳》《左耳终结》、马斯特斯的《倒带人生》以及蒋晓云的《掉伞天》，这份书单中没有诗歌的身影。

2002 年，《敦煌》诗刊就曾发起过关于现代诗歌在当代中国大学生中普及状况的调查。问卷显示，大多数读者认为读诗是诗人自己的事。学生们接触现代诗歌的主要途径是教材，而在日常生活中很少主动去阅读现代诗歌。在问及“在您的朋友中，读现代诗的人多吗？”的问题时，回答“不多”的占 76%，回答“没有”的占 14%，而回答“很多”的仅占 10%；而当问及“你读不读诗歌评论？”时，回答“读”的占 16.6%，“不读”的占 34.3%，“偶尔读”的占 49.1%。对于中国诗歌的发展前景，大学生们更是持悲观态度。在问及“您对现代诗歌在中国的发展现状的满意程度”时，回答“很满意”的人只有 4.5%，而回答“不满意”“不太满意”“无所谓”的人占 95.5%；认为“中国现代诗歌的发展前景很好”的只占 5.3%，“一般”的占 45.6%，“不好”的占25.7%，回答“没想过”的占23.4%。大学生们对现代诗歌的总体看法和印象是：无病呻吟；不知在干什么；说废话，乱讲话就是现代诗；作诗的人太多而诗人太少、太次……[①]

当然，上述调查仅是在大学生群体中进行的，但不可否认的是，他们的审美取向是社会整体审美的风向标之一，而大学校园也是现代诗歌得以生存的重要土壤。现代诗歌在大学校园的萎缩，也说明了诗歌在整个社会的衰落与窘境。在这种大背景下，诗歌的创作成本要比小说、散文及戏剧的创作成本更大。北岛在《失败之书》的自序中也曾说：“写诗写久了总被人家斜眼，后来开始写散文似乎才得到宽恕。我堂妹事先声明：‘你的诗集就免了，等散文出来再送我。’写诗的因诗歌的异端而受牵连，被认为神经有毛病；写散文的知书达理秉公天下，活得堂堂正正。”[②]在《中国新闻周刊》采访北岛时，北岛曾指出，人们只记住了他早期的作品，而对后期的作品了解不多，这并不是他后期的诗歌创作出了问题，而是同现代人诗歌阅读的停顿有关：“八十年代以后人们普遍不读诗了，尤其商业社会的席卷，读书的人越来越少，诗歌边缘化问题一再成为老调重弹。所以读者层面实际上出现了一种阅读停顿，他们的阅读被时代冷冻了。”[③]而事实也证明了这一点，北岛自2004年开始写散文，出版了《失败之书》《蓝房子》《青灯》和《时间的玫瑰》等散文集，曾被国内几大网站列为畅销书。近几年，北岛几乎无诗作问世，只是组织了三届香港诗歌节，这或许与诗歌的衰落有密切的关系。

第三，同其他文类相比，中国当代诗歌还未形成成熟的读者群体。

中国现代新诗的发生可以说是中国文学自身发展的需求。中国是诗歌

---

①达吾、马莉：《抚摸与疼痛——关于现代诗歌在当代中国大学生中普及状况的调查》，《敦煌》2002年第1期。

②北岛：《失败之书》，汕头大学出版社，2004，第1页。

③北岛：《野兽还是家禽》，《中国新闻周刊》2011年12月19日。

大国，从最早的诗集《诗经》算起至今已有两千多年的历史，古典诗歌的发展始终与整个封建社会的发展基本保持一致。从春秋时期的《诗经》，战国时期的《楚辞》、汉代的五言民歌、魏的七言文人诗，到南北朝的翰藻和宫商，古典诗歌在唐朝达到了顶峰，此后在宋演变为词，而元转为曲。明清后白话小说开始步入文学的殿堂，戏剧也应运而生，古典诗歌也就随着新文体的兴盛与封建社会一道走向衰落。究其原因不难发现，古典诗歌的语言与社会的发展越来越脱节。中国古典诗歌语言凝练而节奏性强，有严格的韵律要求，而且押韵有一定的程式，富于音乐性，从排版上具有矩形结构的形式之美，惯用比喻、对偶、夸张、借代、互文、用典等修辞手法。上述这些特点与其所处的传播环境是相适应的。在封建社会，文学传播的范围主要在知识分子阶层，而知识分子阶层和官僚阶层在很大程度上又是重合的，因为古代知识分子大多以出仕为目的，统治阶层也通过科举制度选拔知识分子进入统治阶层，不断为这一阶层输入新鲜血液，这也从某种程度上延长了封建社会的发展周期。故此，古典诗歌这种文化资源就掌握在知识分子和官僚群体中，若非经过特殊的训练，一个人无法创作出合乎要求的诗歌，也无法去欣赏并品评诗歌。诗歌不仅具有纯文学的审美功能，它同时也具有了知识分子进入统治阶层并积累政治资本和相互交流的实际功用。作为一种稀缺文化资源的诗歌，其语言也就和普通老百姓使用的日常语言存在着较大的差异。因此，古典诗歌的作者和读者就具有了高度的一致性，都具有比较高的文学素养。正如诗人吴兴华指出的：

> （古典诗歌）拥有着数目极广，而程度极齐的读者，他们对于诗的态度各有不同，而对于怎样解释一首诗的看法大致总是一样的。他们知道什么典故可以入诗，什么典故不可以。他们对于形式上的困难和利弊都是了如指掌的。总而言之，旧诗的读者和作者间的关系是极其密切的。他们相互了解，写诗的人不用时时想着别人懂不懂的问题。读诗的人，

在另一方面，很容易地设想自己是写诗的，而从诗中得到最大量的愉快。[①]

古代文学以“诗”和“文”两大文类为主，而诗歌一直占据着重要位置。但随着1906年科举制度的废除，以洋务运动为肇始的现代国家的构想开始出现。当时的人们意识到，科技军事以及经济的强大才是救亡图存的直接途径，整个社会的职业也日益多元化，文学不再是知识分子维持生计的唯一途径，它作为获得现实利益的功用一去不返了，诗歌逐渐退回到文学审美的领域。从语言发展的角度看，在传统文学中，文学这一概念涵盖的主要内容是“诗”和“文”，小说是不能登大雅之堂的。传统章回小说的传播方式以口头传播为主，主要通过说书人在街头或梨园的即时表演得以流传，其听众以普通老百姓为主，知识分子阶层很少参与。这类小说的语言以白话为主，浅显易懂，它与读者的日常用语之间的差异较小，不像古典诗歌的语言那样与日常用语之间有极大的鸿沟，因此近代小说一出现就吸引了大批的读者。在上述大背景下，诗歌不得不适应其在社会生活中地位的变化，于是乎，追求“文”“言”一致就成了诗界革命的目标。胡適指出：

我常说，文学革命的运动，不论古今中外，大概都是从“文的形式”一方面下手，大概都是要求语言文字文体等方面的大解放。欧洲三百年前各国国语的文学起来代替拉丁文时，是语言文字的大解放；十八十九世纪法国嚣俄、英国华次活等人所提倡的文学改革，是语言文字和文体的解放；近几十年来西洋诗界的革命，是语言文字和文体的解放。这一次中国文学的革命运动，也是先要求语言文字和文体的解放。[②]

从外部因素来看，中国诗界的革命与西方文学作品的大量译介也有密切

① 梁文星：《现在的新诗》，载夏济安《诗论》，文学杂志社，1959，第47页。
② 胡適：《谈新诗》，《星期评论》（纪念专号）1919年10月10日。

的关系。文学界西方诗歌的翻译既颠覆了传统诗歌的观念，也为当时诗人的创作提供了范型，新诗打破了古典诗歌在形式和韵律方面的清规戒律，以别致的内容、新颖的形式和异域情调吸引了大批的读者。梁实秋认为，新文学运动最大的成因就是外国文学的影响。在他看来，新诗就是用中文写的外国诗。[①] 从某种程度而言，新诗革命利用翻译的社会功能实现了对传统的颠覆，并随之建立起了一套新的诗学主张。在对西方诗歌翻译的过程中，人们也接受了以浪漫主义和象征主义为主流的西方诗学价值观。因此，对西方诗歌的翻译不仅仅是简单的语言层面的转换问题，从某种程度来说，诗界革命是借着翻译的东风，颠覆了当时国人的诗学价值观。唐富华对此总结说："'五四'诗歌翻译不只是文字文本翻译，它更是文学体裁的一种转换，它带入的不仅仅是几个'非常见'的词，还有具有异质的文化价值取向、诗学价值观，这才是颠覆力的核心所在。"[②]

但任何一种文学传统都会有顽强的生命力，不管后来人对其持反对还是赞成态度。传统具有共时性和历时性，历时性既使作家处在那一代人的背景之中，也使他处在世界文学和本土文学的背景之中；共时性则将作家置于其在世界文学中的地位及与当代的关系之中。因此，"诗人，任何艺术的艺术家，谁也不能单独地具有他完全的意义。他的重要性以及我们对他的鉴赏就是鉴赏对他和以往诗人以及艺术家的关系"。[③]

古典诗歌经历了两千多年的发展，而现代新诗仅有一百多年的历史，古典诗歌中的很多作品已脍炙人口，广为流传。因此，在普通读者本能的概念

① 梁实秋：《新诗的格调及其他》，载杨匡汉、刘福春《中国现代诗论·上编》，花城出版社，1985，第141页。

② 汤富华：《翻译诗学的语言向度——论中国新诗的发生》，南京大学出版社，2013，第40页。

③ T. S. 艾略特：《传统与个人才能》，卞之琳译，载中国社会科学院文学研究所《现代英美资产阶级文艺理论文选》，作家出版社，1962。

中，《诗经》、《楚辞》、汉乐府、唐诗、宋词、元曲等是诗，现代诗似乎更像分行排列的白话散文。从格律方面来说，现代新诗不受格律、平仄、长短的约束，是比较自由的。胡適曾主张：

新文学的语言是白话的，新文学的文体是自由的，是不拘格律的。……形式上的束缚，使精神不能自由发展，使良好的内容不能充分表现。若想有一种新内容和新精神，不能不先打破那些束缚精神的枷锁镣铐。因此，中国近年的新诗运动可算得上是一种"诗体大解放"。因为有了这一层诗体的解放，所以丰富的材料，精密的观察，高深的理想，复杂的情感方才能跑到诗里去。五七言八句的律诗，决不能容丰富的内容；二十八字的绝句，绝不能写精密的观察；长短一定的七言五言，绝不能委婉打出高深的理想语复杂的感情。[①]

此外，中国现代诗的命运注定了它从诞生之日开始就与社会变革紧密地联系在了一起。从晚清到1917年的各种文学运动中，文学创作的动机不仅是美学的，更预设了文学革命作为社会改革、文化更新之催化剂的作用。换句话说，文学现代性的实践镶嵌于建设民族—国家的历史方案之中。但是在各种文类中，现代小说担当了这个宏大的使命，小说家扮演了社会代言人的角色。一方面，传统文化中那种只有"诗"与"文"才属于文学的观念被完全颠覆了，小说被边缘化的情况彻底发生了改变，在现代文学中的地位不断上升。另一方面，随着大众传媒的兴起和商品化步伐的加快，诗歌所隶属的精英文化与通俗文化之间的鸿沟也在拉大。同诗歌相比，小说与大众文化具有更多的亲缘性，所以其被边缘化的程度也要比诗歌低。诗人吴兴华就认为，现代诗这种困境，某种程度上也和读者群的错位有关。传统中国诗的作者和读者基本上是一群具有高度文化素养的精英分子。他们学富五车，

---

① 胡適：《谈新诗》，《星期评论》（纪念专号）1919年10月10日。

好整以暇，倾心于绝妙诗艺的探究。在创作群和诠释群之间——或者简言之，诗人和读者之间——存在着一种相当密切的契合。然而，对于现代诗来说，这种诗人和读者的同构型，已不再是一个可以成立的前提。与现代诗的先驱者意图相悖的是，虽然它使用了白话为诗歌媒介，同时国民教育也较以往更普及，但是现代汉诗未能因此而吸引广大的读者。具有讽刺意味的是，现代诗眼看着自己走到了它出力建设的新世界的边缘而爱莫能助。[①]

二、北岛后期诗歌的抽象性

毫无疑问，北岛与诺贝尔文学奖失之交臂的原因也与他自身的创作有关。北岛后期诗歌有碎片化的倾向，意象之间缺乏必要的逻辑关联。北岛在论及自己创作时指出，他出国后的诗歌作品更深入内心，也就是说更注重个人内心的感受与表达，即所谓“自己的世界”。而“自己的世界”的打造首先就与北岛惯常使用的意象及其组合方式有关。所谓意象，就是寓“意”于“象”，即将创作主体的个人情感寄寓于客观物象之中，是经过作者独特的情感活动而创造出来的一种艺术形象，是主观之“意”与客观之“象”的结合体，具有特殊的含义和文学意味。意象是诗歌的灵魂。从“象”的角度看，它具有实体性，能反映并呈现客观世界之物，如“大海”这一意象，可以指实实在在的大海。从“意”的角度看，它是一个载体，蕴含着自在自为的多元意义，是一种情感符号，富有暗示力。它也是一种具有诱发力的期待结构。它在文学作品中的功能就是激发读者的想象力，通过象征和暗示使读者体验其中蕴含的丰富感情。如“黑夜”能让人把它与阴暗、恐怖、罪恶、绝望等情感联系起来。

---

① 张松建：《边缘、本土与现代性——奚密及其现代汉诗研究》，http://www.cciv.cityu.edu.hk/publication/jiuzhou/txt/6-3-239.txt，访问日期：2012 年 12 月 11 日。

北岛诗歌中常见的意象有“窗户”“太阳”“飞鸟”“大海”“鸽子”“地平线”“石头”“门”“夜”“影子”“黄昏”“镜子”“回声”“风”“云”“梦”“家”“乡音”“母语”“钟声”“乡愁”“水泥”“汽油”“救护车”“咖啡”“鞋”“面具”“电话”“报纸”“天气”等。这些意象与北岛特殊的人生体验有关。在将这些意象串联起来时，北岛使用了大量的省略、跳跃和蒙太奇等手段。如下面这首诗：

战后

从梦里蒸馏的形象
在天边遗弃旗帜
池塘变得明亮
那失踪者的笑声表明
疼痛是
莲花的叫喊
我们的沉默
变成草浆
变成纸
那愈合书写伤口的冬天[①]

这首诗中出现了“旗帜”“池塘”“笑声”“疼痛”“莲花”“草浆”“纸”以及“冬天”等意象。如果不放在这首诗中，这些单个名词的意义都是很明确的，不会产生歧义，但在同一首诗中，它们就有了更丰富的含义。理解北岛这首诗的难点在于将这些意象串联起来的逻辑主线是什么，即使它不一定有明确的主题，它也应该是诗人某种情感的表达，那么它到底要表达什么。诗歌之美在于作者独特的审美经验与语言表达和读者期待视野之间的张力，

---

① 北岛：《结局或开始》，长江文艺出版社，2011，第223页。

召唤结构由此形成。倘若二者之间的张力过于匮乏，则读者觉得作品过于平淡；如果二者之间的张力过大，则作品的难度就超出了读者的理解能力。就这首诗而言，它的标题中寓含了战争的意义，战争使人联想到死亡、流血、创伤和牺牲之类的场景。战后的景象一般是家园被毁坏，满目疮痍，人们的精神受到了极大的摧残。但此诗中跟战争有关的意象似乎只有“旗帜”和“疼痛”。表面上看，“池塘”“笑声”“莲花”“草浆”“纸”等意象和战争毫不相干。北岛惯用的这种奇特的意象组合方式，使人在读完此诗后不知所云。笔者的理解是：“梦里蒸馏的形象”和“失踪者的笑声”暗示出战争中的阵亡之人，它们留给我们的印象非常模糊，如同被蒸馏的水汽一样散去，留下的只有可见的旗帜。时过境迁，战争结束后，“池塘变得明亮”，一切似乎又恢复了平静，但死者所承受的痛苦是难以言表的（莲花无法发出叫喊声，故其痛苦是无以言表的）。作为后来者的我们，只能想象战争带给人们的创伤，并将其记录下来。

归根结底，北岛诗歌中使用的意象和手段都是为了实现诗歌的张力，达到陌生化的效果。“陌生化”（defamiliarization）这一说法是由俄国形式主义文论家什克洛夫斯基所提出的。在《作为手法的艺术》一文中，他认为：

> 艺术之所以存在，就是为了使人恢复对生活的感觉，就是为了使人感受事物，使石头显出石头的质感。艺术的目的是要人感觉到事物，而不是仅仅知道事物。艺术的技巧就是使对象陌生，使形式变得困难，增加感觉的难度和时间长度，因为感觉过程本身就是审美目的，必须设法延长。艺术是体验对象的艺术构成的一种方式，而对象本身并不重要。[①]

即是说，文学作品通过对日常语言的偏离，在理解与感受上造成陌生感。就诗歌而言，修辞手法是实现陌生化的重要手段之一，如拟人、比喻、排比、

---

① 张冰：《陌生化诗学：俄国形式主义研究》，北京师范大学出版社，2000，第163页。

设问、反复、顶针、对偶、夸张、象征等。但陌生化与读者的审美期待和审美经验又存在着一定的张力，当诗人的语言过度超越日常生活的语言习惯和逻辑思维习惯时，这种陌生化效果往往就成了读者阅读文本的障碍，出现曲高和寡的情况。此外，“陌生化”除了形成新奇、非日常化的审美功效之外，也形成了作品的空白点。

文学作品中的所谓“空白点”，是指作品中存在的那些叙述空缺、中断以及缺席等要素，需要读者通过联想和想象调动“前理解”才能填补完成。诗歌往往通过一定的修辞手法形成言外之意、味外之旨和辞外之意。朱光潜将此概括为：“无穷之意达之以有尽之言，所以有许多意，尽在不言中。文学之所以美，不仅在有尽之言，而尤在无尽之意。”①

这“无言之美”便是诗歌的空白结构，它是诗歌之美形成的核心要素之一，也是诗歌张力产生的源泉，是诗歌审美空间存在的基础。“它既是作家创作活动的物化与结果，又是读者接受活动的起点与物态化作品的重新人化（精神化）。”② 因此，它是诗人创作和读者阅读活动的中介和联结点。其功能在于：它能形成作品的“召唤结构”，促使读者通过探寻、完善、填充作品的潜在意义，确定文本的意义，从而通过阅读活动实现作品的价值。正是作品中蕴含的诸多不确定性和空白，读者才能通过阅读活动参与作品意义的构建。由于个人理解、时代、文化、空间等因素的差异，每个读者依据作品所构建的意义是不同的。因此，同一文本会在不同的时空和文化中生被阐释出新的意义，这就是所谓的“有一千个观众就有一千个哈姆雷特”。同其他文体相比，诗歌这种文体要求语言凝练、意象集中，其空白结构也就更集中，召唤结构也就更强，需要读者填充的空白点也就更多。

---

① 朱光潜：《朱光潜美学文集》（第二卷），上海文艺出版社，1982，第480页。
② 朱立元：《接受美学》，上海人民出版社，1989。

从以上论述可以看出，文学作品中的空白能满足读者的鉴赏需求。“空白”越小，作品潜在的召唤结构就越小。在《隐含的读者》一书中，伊瑟尔（Wolfgang Iser）指出，“如果读者已被提供了全部故事，没给他留下什么事情可做，那么他的想象就一直进入不了这个领域，结果将是当一切都被现成地设置在我们面前时不可避免地产生厌烦”。[①] 反之，如果作品的“空白点”过多，并且超过读者以往的审美经验，读者就无法去填补并完善这些“空白点”，无法挖掘作品的潜在意义，进而就无法确定文本的意义，这就是“读不懂”的根本原因。因为任何文学作品都是以语言为媒介的，语言是联系读者与作者的最直接的媒介，读者理解一部作品的基础是她/他与作者之间有可以共享的信息，尽管作品中的“空白点”可能会使读者偏离作者要表达的意图。作品中过多的“空白点”（省略、跳跃以及修辞等手段蕴含的潜在意义）可能会阻碍读者获取这种“共享信息”。现以北岛的《下一棵树》为例：

风从哪儿来
我们数着罂粟籽中的
日日夜夜
大雪散布着
某一气流的谎言
邮筒醒来
信已改变含义
道路通向历史以外
我们牵回往事
拴在下一棵树上
来吧，野蛮人

① 北岛：《结局或开始》，长江文艺出版社，2011，第223页。

请加入这一传说

这预定的时刻开花

谦卑的火焰

变成他乡之虎

我们游遍四方

总是从下一棵树出发

返回，为了命名

那路上的忧伤①

在这首诗中，作者使用了一些偏离日常生活语言逻辑的语言组合方式，如“我们数着罂粟籽中的 / 日日夜夜”。“罂粟籽”这一意象形成的“空白点”往往是诱惑和邪恶之类的潜在意义，如“走吧 / 路啊路 / 飘满了红罂粟”，似乎与时间无关。“雪”这一物象蕴含的“空白点”往往是“冬天”“寒冷”“白色”等，如“忽如一夜春风来，千树万树梨花开”；作为动作的主体，与之相关的“空白点”往往是“覆盖、压、裹”等，如“大雪压青松”“山舞银蛇，原驰蜡象”，它如何同“散布”和“谎言”产生逻辑上的关联，还有“谦卑”的“火焰”变成“他乡之虎”之类的表达，这些表达所形成的意境的确非常新奇、怪诞，达到了“陌生化”的效果。但作者在使用它们时，过于注重个体经验的表达，严重偏离了读者的日常逻辑思维，可能会造成读者无法共享语言所传递的信息，也就无法理解这些作品。在北岛后期的创作中，这类现象非常多，如“苍鹰的影子掠过 / 麦田战栗 / 我成为秋天的解释者 / 回到大路上 / 戴上帽子集中思想 / 如果天空不死”（《无题》），“是历史妨碍我们飞行 / 是鸟妨碍我们走路 / 是腿妨碍我们做梦 / 是我们诞生了我们 / 是诞生”（《新世纪》），“几

① Bei Dao, *At the sky's Edge*, trans. David Hinton (New York: New Direction Publishing Corporation, 2001), pp.155-156.

根竹子摇晃 / 有人从地下潜泳 / 暴风雪已过 / 蝴蝶重新集结 / 我信仰般追随你 / 你追随死亡”（《忠诚》），“雾被引入夜歌 / 炉火如伟大的谣言 / 迎向风”（《关于永恒》），“这棋艺平凡的天空 / 看海水变色 / 楼梯深入镜子 / 盲人学校里的手指 / 触摸鸟的消亡”（《另一个》），“男高音的歌声 / 像油轮激怒大海 / 我凌晨三时打开罐头 / 让那些鱼大放光明”（《这一天》）。类似的例子不胜枚举。

徐江在《诺贝尔的噩梦——北岛批判》一文中指出北岛诗歌的缺陷有三：其一，北岛的诗歌过于意象化，过于封闭。不论诗人在意象的使用上是出于技巧的考虑还是为了规避外界某种目的性的解读，诗人频繁用它作为武器。其二，北岛未能将他在《履历》《触电》展现出的个人化与口语化的才能提炼成一种新的风格，过分迷恋“意象 + 格言（或哲理）+ 英雄主义 + 宏大政治时代背景”这一范式，该范式既抹杀了个人化的元素，又需要在对抗的氛围中完成。其三，北岛的诗歌所辐射的范围过于狭窄。其诗歌主题仅限于正义、自由、反映一代人反抗专制的精神历程、零星的爱情诗、个人感受，90 年代以后又加上些旅居海外对祖国的思念等等，不足以成为国际诗人。① 这种评价显然有失公允。北岛后期的诗歌主题并不都是如此，而且大多数都并未遵循“意象 + 格言（或哲理）+ 英雄主义 + 宏大政治时代背景”的范式，笔者刚才列举的几首诗作就完全没有囿于这种框架。诗歌从某种程度上来说都可以表达个人感受，因何在北岛这里就成了缺点？但他也很中肯地指出了北岛诗歌难懂的原因之一：过度意象化。北岛曾说过金斯堡也读不懂他的诗，而他也读不懂金斯堡的诗：“说来我和艾伦南辕北辙，性格相反，诗歌上志趣也不同。他有一次告诉我，他看不懂我这些年的诗。我也如此，除了

---

① 徐江：《诺贝尔的噩梦——北岛批判》，http://www.360doc.com/content/15/0401/08/4849137_459719564.shtml，访问日期：2015 年 1 月 28 日。

他早年的诗外，我根本不知他在写什么。”① 北岛对金斯堡诗歌的夸大其词的评价也可以套用在读者对北岛诗歌的评价上：除了早年的诗作外，不知道他（北岛）后期大部分诗歌在写什么。徐江无不感慨地指出：“他（北岛）执拗的意象式写法也对读者进入他的诗起到了阻碍作用。再不是人们奉诗人如先知的时代了，没人会揣着满腔敬意陪你玩猜字谜的游戏，人们每天工作得都很累，没工夫倾听一个口齿不清者的絮语。北岛现在是一位晦涩的‘老’诗人。”②

另外，徐江还提出了一个很有意思的看法，他认为北岛诗歌的另一缺陷是启蒙主题。北岛震撼人心的诗句就来自那些富有启蒙性质的政治抒情诗，因何在徐江眼中就成了北岛获得诺贝尔文学奖的障碍之一呢？众所周知，北岛成名于20世纪80年代初，其早期的诗作的主题之一便是启蒙：批判“文革”，鞭挞黑暗，呼唤人性、正义和光明。他发出的“我不相信”的呐喊便是一种批判“文革”的话语方式，这种话语方式依然是“革命话语”的延续，只不过内容不同罢了。北岛的批判“文革”话语方式有如下特点：

其一是一套相对固定的意象。在北岛早期的诗歌中，与“太阳”（如“太阳也上升了”“亿万个辉煌的太阳/呈现在打碎的镜子上”“血淋淋的太阳”“那片晾在沙滩上的阳光/多么令人晕眩”）、“夜”（“在你呼喊的旋律中/我请求：夜”“我习惯了你在黑暗中为我点烟”“当水洼里破碎的夜晚/摇着一片新叶”“夜已来临/夜，面对四只眼睛”）、“鸟”（“鸥群醒了/翅膀接连着翅膀/叫声那么凄厉”“恬静/雁群飞过/荒芜的处女地”“我们是一群候鸟/飞进了冬天的牢笼”“鸽子匆匆飞去了/飘下一根洁白的羽毛”）、“海”（“海

① 北岛：《失败之书》，汕头大学出版社，2004，第7页。

② 徐江：《诺贝尔的噩梦——北岛批判》，http://www.360doc.com/content/15/0401/08/4849137_459719564.shtml，访问日期：2015年1月28日。

呵，海 / 退潮中上升的岛屿 / 和心一样孤单”“就让我们面对着暖流 / 走向海”“在波浪般的头发中 / 喧响”“是你 / 守护着每一个波浪 / 守护着迷人的泡沫和星星”）等意义相关的意象比比皆是。这些意象在之前的文学作品中也出现过，但北岛赋予它们的意义截然不同。“大海”成了探求未来、远离现实的途径，“我们”并没有“舵手”的指引。能够自由飞翔的“鸟”经历的却是种种的考验，“夜”和“黑暗”随时就在“我们”身边。这些意象背后的深层寓意都是不言而喻的。也正是通过这些意象，北岛在他的时代发出了不同的声音。

其二是反抗性。北岛早期的话语方式是批判“文革”话语的，而“文革”话语充斥着语言暴力，因此北岛自身的话语构建方式也不可避免地具有暴力性。话语的构成机制至少包括话语的生产者和话语的接受者。双方的地位并不是对等的，“谁在言说，是话语权的核心问题，确立了言说者的位置，也就确立了行使话语权的主体”[①]。因此，话语的生产者不仅控制着言说的内容，也控制着言说的方式。从话语主体上来说，北岛言说的主体更多的是个体自由的“我”或爱情诗中的“我们”，而不是集体性的“我们”等话语的主体。在集体性的“我们”这类主体中，“我”或“我们”（爱情诗）要么是噤声的，要么被集体的声音淹没。突出“我”的声音就是对集体话语的反抗手段之一，如“在这个早晨 / 我忘记了我们的年龄”（《真的》），“告诉你吧，世界 / 我——不——相——信！”（《回答》），“在我和世界之间 / 你是海湾，是帆”（《一束》），“在我透明的忧伤中 / 充满着你，仿佛绿色的夜雾”（《在我透明的忧伤中》），“即使明天早上 / 枪口和血淋淋的太阳 / 让我交出青春、自由和笔 / 我也决不会交出这个夜晚”（《雨夜》），“让我那肩头挡住的世界 / 不再打扰你”（《无题》），“我悄悄离去 / 带走了那本书 / 其中有你的一页 / 你的诅

---

① 谭学纯、朱玲：《广义修辞学》，安徽教育出版社，2001，第 136 页。

咒”(《无题》)。从言说内容而言，北岛早期的诗歌作品的主题以抒情为主。不仅包括奠定了其在诗坛地位的《回答》《结局或开始》《履历》等作品，还包括以爱情和其他抒情诗为主的作品，如《你好，百花山》《小木房里的歌》《一切》《路口》《回忆》等。

从以上分析来看，在当时的中国历史语境中，北岛批判“文革”话语所构建的“启蒙”话语有着积极的意义，产生了深刻的影响。但在徐江看来，这恰恰是北岛的硬伤之一：“启蒙时代、呼唤正义、自由、精神解放和爱，这对于有着几千年封建文化传统和积习、趣味的中国读者而言，或许是天大的一件事，但对于早已摆脱了封建影响二三百年的欧美读者而言，恐怕不是什么有新意的事吧。他们的耳朵大概早已被类似的声音磨出了茧子。”[①] 出国后，北岛的创作就更明显。尽管北岛无法绕开政治、权力、历史等内容，因为这是他人生经历的一部分，已深深根植于其灵魂深处，挥之不去，但总体而言，北岛早已放弃了个人英雄的启蒙方式，转而以漂泊经验为书写主题。因此，具有启蒙性质的诗歌只是北岛诗歌中的一部分，诚然这些诗歌的影响力是最大的。

另一位学者徐文元认为北岛最大的问题在于：北岛诗歌是“文革”的特殊产物。新诗的出现并非是思想和思维发展的必然结果，它仅仅是反传统的时代需要。历史选择了北岛，让他通过诗作宣告汉语的成熟。在徐文元看来，北岛最致命的弱点在于他缺乏古典文学方面和世界经典文学方面的必要素养，这就决定了他始终走不出“文革”这一创作背景，因此北岛是没有前途的：

北岛的创作激情产生于对“十年浩劫”的愤怒，而这种与诗情并不

① 徐江：《诺贝尔的噩梦——北岛批判》，http://www.360doc.com/content/15/0401/08/4849137_459719564.shtml，访问日期：2015 年 1 月 28 日。

完全同质的愤怒（它更适合于哲学家）彻底劫持了北岛，使北岛的全部心灵最终完全固置在那个梦魔之中。北岛自己都意识到自己无法摆脱这个梦魔……全部才情随着对这个梦一而再、再而三的控诉而枯竭了。作为对“文革”十年最严厉的批判者和抗议者，愤怒的毒素毁坏了北岛健全的理性和更宽广的文化视野。历史又一次开了个凿语式的玩笑：对北岛来说，既没有“昨天”，也没有“明天”，只有“今天”；而北岛的“今天”永远就是“十年”！哪怕历史已经进入了“明天”，北岛依然无法凭借自身的力量解除魔咒，无法走出那个已经被巫术般的诅咒凝固了的“十年”。与大部分诗人一样，北岛只能面对一个方向。北岛不是一个具有雅努斯般神奇的两副面孔的史诗诗人或哲学诗人，对北岛来说，“明天”是不存在的。[①]

如前所述，北岛因其政治抒情诗而获得了世界声誉，成为一代人心目中的文化偶像，留在今天中国读者记忆中的那些诗歌还是《回答》《雨夜》等作品。控诉、呐喊、批判等主题的确也是北岛反抗当时文学模式的主要途径，但徐文元和徐江一样都忽略了北岛20世纪80年代创作主题的变化，即更关注个人生存境遇的《触电》《呼救信号》《单人房间》《语言》《期待》《在黎明的铜镜中》《诗艺》《空白》《诱惑》等作品，这些作品中并没有多少“愤怒的毒素”。徐江在《北岛批判》一文中认为，北岛的诗歌没有超越民族和地域的界限，并未达到国际顶尖诗人的水准。但他对北岛对中国当代诗歌做出的贡献也给予了中肯的评价：

……从我们民族本身而言，从朦胧诗运动对当代中国人精神生活的启蒙和重建作用而言，从北岛在朦胧诗人中所居的重要地位而言，他无疑是我们新时期文学前十年中的大诗人，绝无仅有的诗坛偶像、文化

---

① 徐文元：《中国当代诗歌状态及其价值取向》，《书屋》2000年第11期。

英雄。甚至放眼于整个20世纪中国新诗史，北岛个人对于汉语诗坛的贡献毫不逊色于郭沫若和艾青在他们诗歌巅峰阶段所达到的高度和所起的作用，比徐志摩、戴望舒、李金发、穆旦这些前辈的成就还要高些。可以说，北岛是代表了从“五四”时代始近一个世纪中国新汉语诗歌发展的最高水平的。如果诺贝尔文学奖的评委们想从这一段时间跨度上选择一位诗人作为中国新诗的代表予以表彰，北岛无疑是最佳人选（另两位他同时代的诗人也有资格入选：食指和多多。我们甚至还可以加上芒克）。①

故此，徐文元的观点过于偏颇。“文革”的确是北岛创作的资源之一，也的确是他无法摆脱的阴影，北岛早期的政治抒情诗具有强烈的批判精神，但他的笔触是冷峻而清醒的，并非是丧失理性的：“网”（《生活》）、“卑鄙是卑鄙的通行证/高尚是高尚的墓志铭”（《回答》）、“我并不是英雄/在没有英雄的年代里/我只想做一个人”（《宣告》）、“必须承认/在死亡白色的寒光中/我，战栗了”(《结局或开始》)。这类诗句不胜枚举，它们即使放在今天，也能发人深省。“文革”是那一代人的集体记忆，是那个时代每个作家都无法逃避的社会现实，因何北岛批判了“文革”就说他的理性被“愤怒的毒素”毁坏了？作家世界声誉的生成机制相当复杂，既有其本身的文学才华、思想深度，也与他面临的机遇，所在国的政治地位、文化影响力等因素不可分割。徐文元对北岛做出的此番评价显然并不客观。

无论北岛在竞争诺贝尔文学奖时有何优势或劣势，我们都不能否认一点：诺贝尔文学奖的影响力依然为这位到目前为止并未斩获此项殊荣的诗人增添了知名度，成为其获得国际声誉的重要途径之一。

---

① 徐江：《诺贝尔的噩梦——北岛批判》，http://www.360doc.com/content/15/0401/08/4849137_459719564.shtml，访问日期：2015年1月28日。

或许诺贝尔文学奖的诱惑太大了，它每年都会成为人们的关注点之一，毕竟其影响力是不言而喻的，它在作家世界声誉的生成机制中的重大意义也无须多言。但其他的各种奖励也绝非毫无作用，它们依然是作家在文学场竞争中获取资本的重要手段，这类殊荣落在北岛这类作家头上时尤其如此。北岛获得的主要奖项有瑞典笔会文学奖、美国西部笔会中心自由写作奖、古根海姆奖学金等，他还被选为美国艺术文学院终身荣誉院士。

第四节　从北岛看中国文学的诺贝尔情结

总体而言，中国作家对诺贝尔文学奖这一奖励机制的态度可以分为三种：第一，诺贝尔文学奖获奖作品能真正代表人类文学的最高成就。第二，中国文学不乏能代表人类文学最高水平的文学作品，只是由于翻译不够而不为西方所了解，因此其价值也就无法得到承认。第三，诺贝尔文学奖不过是西方中心主义在文学奖励机制中的体现而已，中国无须对此耿耿于怀。鲁迅就持第一种观点，他拒绝诺贝尔文学奖提名的原因之一是认为自己的水平达不到诺贝尔文学奖要求的水准，不仅自己没有达到，他认为当时中国还没有人能达到这一水准。因为迄今为止，诺贝尔文学奖依然是当今世界最具影响力、最具权威性的奖项。诺贝尔奖的公信力，一方面与其严格的评选程序和评选结果相关，从某种程度代表了专业学术的认可度；另一方面，其公信力来源于它所代表的所谓的价值。从这两个维度上看，中国文学对诺贝尔文学奖的追求也合情合理。刘开云认为，中国本土作家难以获得诺贝尔奖的原因之一是国内很多作家的创作背离了文学精神：一方面渴望我们的作品能获得诺贝尔文学奖；另一方面作品似乎又与获取该奖的一些基本标准或要求相背离。比如，客观描述社会的真、善、美与假、恶、丑，反映普通人的人生苦难以及人的德行善恶与美丑，弘扬民主、自由、平等、博爱，突显人道主义，揭示人性，捍卫人权，珍视人的价值、人的尊严、人的生命等，这是文学研究、创作的永恒主题，也是诺贝尔文学奖获奖的重要因素。[①]

不可否认的是，严肃文学的受众越来越少，这并非中国文学独自面临的挑战，也是世界范围内商品化冲击下严肃文学都面临的挑战。因此，中国文学作品背离了文学精神是中国作家无缘诺贝尔文学奖的这种看法并不全面。王宁则认为，中国当代作家无缘诺贝尔文学奖的主要原因有两个：1. 中国作家在文学观念、写作模式和写作技巧等方面有了比较大的突破，但仍浮于表面，未能将中西文化融会贯通，体现出时代意识和本土意识；2. 很多作家缺乏深刻的生活体验，语言不够精练，缺乏想象力。因此，这些作家就很难创作出震撼人心的作品，其艺术价值也就非常短暂。莫言、苏童、余华等作家的作品逐渐在克服上述的弊端。[②]

此外，翻译是中国文学获得国际认可的重要途径之一，因此中国文学与诺贝尔文学奖的关系中就不可避免地要涉及翻译。王宁认为，中国文学很难进入图书市场，原因之一是在很大程度上中国文学作品缺乏优秀的译本和翻译的无能。[③] 在 2014 年 10 月 29 日举行的一场“汉学与当代中国”座谈会上，有几位国外翻译家表示对中国当代文学作品在国外的翻译出版很不乐观，他们毫不留情地用“太差了”“沙漠”“怪怪的”等词来形容中国当代文学在西方的处境。据俄罗斯圣彼得堡国立大学东方系常务副主任罗季奥诺夫统计，1990 年至 2005 年的十五年间，中国当代文学在俄罗斯一共只出版了八本书，平均两年一本，“简直是沙漠”；2005 年到 2008 年因为有合

---

① 刘开云：《本土作家为何难以获得诺贝尔文学奖》，《山东社会科学》2009 年第 11 期。

② 王宁：《诺贝尔文学奖与中国：质疑与反思》，《外国文学》1997 年第 5 期。

③ 王宁：《世界主义、世界文学以及中国文学的世界性》，《中国比较文学》2014 年第 1 期。

作项目，出版了几本书；2008 年金融危机后到 2010 年的三年间，一本书也没有；2011 年出版了一本，销售量不过 1000 册；2012 年情况有所改观，出版了两本，销售量约为 8300 册。[①] 从这一方面来说，北岛在冲击诺贝尔文学奖时具有一定的优势，其作品均被翻译成了英文，而且均由英语世界著名翻译家或诗人翻译，其中《八月的梦游者》曾是美国 1990 年的畅销书。在谈及高行健获诺贝尔文学奖时，香港学者刘靖之说，“从高行健来看，诺贝尔文学奖真应该改成‘诺贝尔文学翻译奖’，马悦然应该与高行健平分此奖。如果没有马悦然的翻译、支持、游说，高行健就不会成为第一位获得诺贝尔文学奖的中国人，这样说并不过分”。[②] 虽然翻译并不是作家竞争诺贝尔文学奖唯一的考量因素，奖励机制是一个很复杂的体系，它涉及翻译、作品本身的质量、原作所在国文学在世界文学体系中的地位、文化及政治意识形态的差异、民族审美心理等诸多因素的影响，但毫无疑问，翻译是弱势国文学进入世界文学奖励机制的前提和基础。

诺贝尔文学奖这一奖励机制的缺陷也是显而易见的。

首先，它未能彻底摆脱欧洲中心主义的束缚。1901 年至 2015 年，各大洲获奖人数分别是欧洲 84 人、美洲 18 人、亚洲 5 人、非洲 4 人、大洋洲 1 人。其中，欧洲人的获奖比例高达 75%，因此它几乎是一场欧洲人内部的分配游戏，详见历年来诺贝尔文学奖获得者所使用的语言情况统计（表 3）。作为评选人之一的诺贝尔文学奖评委会常任秘书长彼得·恩格伦德（Peter Englund）的一番话清楚地说明了这一点：“我认为我们寻找欧洲人得奖不是个问题，但我们的确有这个倾向。欧洲人比较容易对欧洲或以欧洲传统为

---

① 陈梦溪：《外国翻译家：中国当代文学在西方的处境如同沙漠》，《北京晚报》2014 年 10 月 30 日。

② 刘靖之：《翻译与诺贝尔文学奖》，《中国翻译》2002 年第 6 期。

基础所写的文学有深刻体会。这才是诺贝尔文学奖真正的问题所在。”归根到底，诺贝尔文学奖不过是欧洲人的“奥斯卡”。[①]

表 3　历年来诺贝尔文学奖获得者所使用的语言情况统计（截至 2015 年）

所使用的语言	获奖人数	所使用的语言	获奖人数
英语	27	汉语	2
法语	14	孟加拉语	1
德语	13	捷克语	1
西班牙语	11	芬兰语	1
瑞典语	7	希伯来语	1
俄语	7	匈牙利语	1
意大利语	6	冰岛语	1
波兰语	4	奥克语	1
挪威语	3	葡萄牙语	1
丹麦语	3	塞尔维亚－克罗地亚语	1
希腊语	2	土耳其语	1
日语	2	意第绪语	1
阿拉伯语	1		

其次是语言的限制。评委大都懂法语、英语、德语、西班牙语等欧洲主要语言，而对其他语言了解甚少，因此他们阅读这类作品时主要通过翻译，在某种程度上译文质量的高低也决定了作家能否获得该奖项。弱势国很多优秀的文学作品因没有被翻译成主要语言，也就无法被纳入这一机制中来。

① 刘仰 :《诺贝尔奖的折射》，http://book.jrj.com.cn/book/2009/11/1615406468126-1.shtml》，访问日期：2014 年 6 月 16 日。

最后是文化的差异。毕竟诺贝尔文学奖是由一小撮人评出来的，他们只熟悉他们所认可的主流文化，而对处在边缘和半边缘民族的文化不甚了解，何谈理解并欣赏他们的文学作品？

即便如此，中国文学界对诺贝尔文学奖的渴望之情有增无减，莫言获得了诺贝尔文学奖之后的情况依然如此。据笔者统计，2014 年收入中国知网（CNKI）的文章约有 40 篇，2013 年有 150 余篇学术论文、报道、随笔、介绍或杂谈之类的文章谈及了诺贝尔文学奖（或某位诺奖得主）。因此，我们有必要就这一现象做一番讨论：作为一种文化现象，其背后的深层原因是什么？

“情结”一词本是心理学术语，指重要的无意识组合，或是一种隐藏在个人神秘的心理状态中强烈而无意识的冲动。它是探索心理的一种方法，也是重要的理论工具。荣格认为，个人无意识的内容，主要是由具有情绪色彩的情结构成，它们构成了心理生活的个体的、自私的方面。通过对个人无意识的研究，荣格发现了它的一个重要特点，即个体一组一组的心理内容可以聚集在一起，形成一簇簇的心理丛，荣格将之称为“情结”。在很多时候，它指一种病态的心理，如恋父情结、恋母情结。用“情结”这一术语描述中国文学界对诺贝尔文学奖的渴求心理状态时，本身已经暗含了一个前提：中国文学界对诺贝尔文学奖的渴望是不正常的，或者畸形的。这种心态的形成源于两方面的因素：“现代性”的焦虑与世界文学体系中的文学资本竞争。

如果回溯中国现代文学的历史，我们不难发现，中国文学自晚清以来就一直处在现代性的焦虑之中。文学空间通过竞争而形成的统一格局产生了这样一种假设：世界文学体系中存在衡量时间的普遍标准，这一标准获得了参与竞争各方的无条件认同，成为绝对的参照点。这一参照点就像“格林尼治子午线”一样有助于衡量世界文学空间的成员距离中心有多远。文学的“格林尼治子午线”是虚构的，其作用在于：我们可以依据各民族文学空间与它的时间差测量一部文学作品或者一系列文学作品与中心的距离。人们在使用这一标准时也就定义了文学的“现在”，以此来判断一部作品是不是“活跃的”（与“过时的”相对立）、“现代的”、“前卫的”，或是“学院式”的。这一时间点也成了作家们文学资本的衡量标准之一，是作家赢得世界声誉的必备条件之一。他们想要获得文学上的合法地位就必须以此为准绳，形成美学上的“落后”与“先进”相关的概念，也正是这些概念才产生了文学世界的实践规范。但是，世界文学空间中充满了激烈的竞争，现代作品注定是要过时的，除非它进入“经典”的行列，那些被纳入“经典”的作品才能最终避免“动荡”或者“讨论”。从文学上讲，成为经典就是摆脱时间的约束，不受竞争的束缚，被认为是超越时间和不朽的，具有永久的价值。经典作品体现了文学合法性本身，也就是说被认可为文学的东西，就是人们对文学的界限进行划分的基点，就是可以作为特殊衡量尺度的东西。[①]

世界文学空间的时间法则可以做如下表述：为了获得成为“现代”的任何机会或决定什么是“现代”，某一文学空间必须拥有足够古老的历史。换句话说，拥有足够悠久的民族历史是文学被充分认可的条件之一。

现代性与时尚的关系是其内在不稳定性的标志，它也不可避免地成为相互竞争的内容：因为从定义上说“现代”始终是“新的”，因此它也面临挑战，在文学空间中保持真正“现代”的唯一方式是将当下视为过时并同其竞争——始终渴求比当下更新颖的文学，但也充满了不确定性，因此它才能被公认为当下最新的文学。文学空间的新来者能否在时间和空间上成功闯入既定的“现代”行列，并为自身赢得讨论最新的“现代性”的话语权，这在某种程度上取决于其对最近的文学形式和技巧革新的熟悉程度。

---

① Pascale Casanova, *The World Republic of Letters*, trans. M. B. DeBervois (Cambridge: Harvard University Press, 2007), pp.87-101.

所有来自文学资本相对贫弱的民族的作家总是在有意或无意中参照着某个时间点，这个时间点被理所当然地视为当下文学的存在。卡萨诺瓦也认为，文学世界中“大都会”与“郊区”之间这种不可避免的、具有暴力性质的断裂只有处于边缘区域的作家更清楚其本质和文学权力平衡的形式。这些作家努力以一切可见的方式而奋斗，其目的就是找到“通向现在之门”，之后获得进入中心区域的许可。[①]

蓝诗玲（Julia Lovell）在《文化资本政治：中国对诺贝尔文学奖的追求》（*The Politics of Cultural Capital: China's Quest for a Nobel Prize in Literature*）中也曾指出，20世纪中国文学的两个根本性目标是：确立中国文学的身份，并将其置于全球化体系之中。她将中国知识分子对诺贝尔奖的执着置于文化民族主义焦虑的更广阔语境中。这种焦虑曾被夏志清描述为知识分子的“中国情结”。因此，这种“情结”也是中国知识分子现代性经验中挥之不去的自卑感所产生的后果。在整个20世纪，“全球文化”中的边缘地位使中国知识分子在追求（二手的）现代性的过程中注定加入了一场永无止境的追赶游戏。在民族构建和从边缘寻求中心的过程中，文学发挥了极其重要的作用。[②]

对现代性的追求实质来源于弱势民族世界文学空间体系中的资本竞争。在卡萨诺瓦看来，历史最悠久的空间也往往拥有最丰厚的符号资本，换言之，那些首先参与竞争的民族文学空间拥有最丰富的资源，其民族经典逐渐会被视为世界经典。欧洲文学地图的形成过程不仅仅是文学信仰或文学观念逐渐延伸的结果（与之对应的是“传播”“文学遗产”，甚至是文学作品或

---

① Pascale Casanova, *The World Republic of Letters,* trans. M. B. DeBervois (Cambridge: Harvard University Press, 2007), pp.87-101.

② Julia Lovell, *The Politics of Cultural Capital: China's Quest for a Nobel Prize in literature* (Honolulu: University of Hawai'i Press, 2006).

形式的“影响”等这些比较熟悉的字眼），也是世界文学空间结构的不平等以及民族文学空间中资源分配不均的必然结果。在衡量彼此的过程中，这些空间逐渐形成等级与相互依赖的关系，随着时间的推移，它们就生成了一种复杂而持久的结构。

她进一步论述说，文学的世界共和国是一个相对统一的空间，由两极构成。一极是大民族文学空间，即最古老的民族文学空间，它们的资源最丰富；另一极是新出现的文学空间，它们拥有的资源相对贫乏。她还指出，自治度是世界文学空间的核心要素之一。在世界文学体系中，独立程度最高的文学空间能优先阐明自己的文学法则，服从其内部等级中适用的特殊标准与原则。[①]

从此角度来看，我们不难发现诺贝尔文学奖主要与文学共和国的认可度和地位相关，认可度及地位又决定着民族文学在世界文学空间中的资本占有比例。在世界文学的认可机制中，诺贝尔文学奖则是这一机制的典型范式，这一奖励机制的等级性很明显：欧洲作家占据中心地位，相应地，来自世界其他区域的作家却被贬低，很难进入中心区域。世界文学空间有其独特的权力结构，具有一定的独立性，与某个民族的政治经济发展并不同步，政治经济上的强国未必就在世界文学空间中拥有丰厚的资本。以 20 世纪美国文学为例，20 世纪上半期美国成为世界头号强国，但其在世界文学空间中所拥有的资本远远不如法国。巴黎不仅是文学世界的首都，也是文化商品世界市场的入口。巴黎所形成的文学价值观能延伸到世界各地并成为其他民族文学空间认可的范式。福克纳获得世界声誉的过程就证明了这一点，他的作品《士兵的酬劳》（*Soldier's Pay*, 1926）、《蚊群》（*Mosquitoes*,

---

① Pascale Casanova, *The World Republic of Letters*, trans. M. B. DeBervois (Cambridge: Harvard University Press, 2007), pp.82-83.

1927）、《喧哗与骚动》（*The Sound and the Fury*, 1929）出版之初只是引起个别批评家的注意，此时的他依然默默无闻，《喧哗与骚动》只售出了1789本。其获得成功的第一部小说是《弥留之际》（*As I Lay Dying*, 1930）。之后《圣殿》（*Sanctuary*, 1931）在两个月内售出了6500册，其成功的原因不在于人们认为该作品是杰作，相反是因为它不健康的内容而赢得了声誉。在之后的十五年中，福克纳在美国依旧鲜为人知。直到1946年——获得诺贝尔文学奖的前三年，其作品在法国得到认可之后——马尔科姆·考利（Malcolm Cowley）出版的《福克纳袖珍文集》（*The Portable Faulkner*）才使他得到了美国文学界的认可。而在法国，他很早就得到了认可，并被视为20世纪伟大的文学革新者之一。早在1931年，Maurice-Ddgar Coindreau 出版了的 *Novelle Revue Francaise*（最早研究福克纳六部小说的文学批评集）中就收录了其《喧哗与骚动》。1932年，克兰德华（Coindreau）将《弥留之际》翻译成了法文。加利玛出版社（Gallimard）在1938年出版了《喧哗与骚动》。萨特在撰写的书评中将福克纳视为20世纪最伟大的小说家。福克纳的世界声誉就是巴黎树立的文学价值观战胜美国文学价值观并使后者认可前者的结果之一。福克纳的事例或许能给我们一些启发：国家综合实力与其在世界文学空间中的地位并不一致。中国文学界对诺贝尔文学奖情有独钟的部分原因是：中国是四大文明古国中唯一的幸存者，中国文学历史悠久，也曾对世界产生过深远的影响，做出过巨大的贡献。但晚清以后中国文学一直处于“落后”的状态，追求西方的现代性是我们文学发展的常态。经过几十年的努力，中国文学对西方文学的依赖逐渐减弱，开始反思中国文学的独特性。“国学”的复兴就是在这一背景下提出的，我们急切想让世界看到中国文学发展的成就。就目前的综合影响力而言，中国略低于英、美、法、德等西方发达国家，与之相比，文化影响力的差距却很大，这一点前文已有论述。综合影响力与文学影响力的巨大反差也是中国文学界“诺奖情结”的推手之一。因此，中国作家热衷于诺贝尔文学奖的一个重要原因是：中国文学界渴望中国文学在世界文学空间中所拥有的文学资本与中国经济资本在全球的地位相匹配。中国香港学者宋耕认为，当代中国追求诺贝尔奖还有另一原因。对发展中国家而言，诺贝尔文学奖要比诺贝尔科学奖和经济学奖更容易获得。如同奥运会和足球世界杯一样，诺贝尔奖是国际认可的象征符号之一，中国人认为中国是一个大国，在世界事务中发挥着重要的作用，中国理应有资格获得诺贝尔奖。

宋耕还认为，在中国媒体中，"情结"一词往往指涉中国人的"光荣梦想"，通常与历史的屈辱和悲剧紧密相联，并意指对民族荣誉的不懈追求。换言之，文学成了民族身份认同与界定的重要手段。①

在前文提到的《什么是世界诗歌》一文中，宇文所安也表达了类似的看法："我必须相信前文的那个预言，只有诺贝尔文学奖才能治愈中国文学的焦虑症。——并且你可以相信，一旦中国作家获得诺贝尔文学奖，其意义绝不同于，也远高于'中国制造'走向世界。作为一种标志，中国（文学）价值观开始具有了真切、公认的世界性。"②

---

① Song Geng, "Book Review on The politics of cultural capital: China's quest for a Nobel Prize in literature," *China Journal*, 7 (2007): 232.

② Stephen Owen, "The Anxiety of Global Influence: What Is World Poetry?" *The New Repubkic*, 11 (1990):30.

结语
对中国作家走向世界问题的反思

作家追逐世界声誉的过程也是其文学资本不断积累的过程。文学资本的积累也意味着竞争，这种竞争源于世界文学空间体系的不平等性。处于中心区域的最古老的民族文学空间拥有文学共和国的立法权，它所确立的法则往往被视为世界性标准，拥有对边缘区域作家文本的裁判权。因此，处于中心区域的民族文学空间的作家在追逐世界声誉时就具有天然的优势。对处于边缘或半边缘区域的作家而言，追逐世界声誉的过程中充满了艰辛，从某种程度来说，他们世界声誉的获得过程其实也是获得主流文学空间认可的过程，这一过程与翻译、评论、奖励机制密切相关。进入主流文学空间并获得认可的过程也是一种真正的文学蜕变，是一种状态的飞跃，使那些在世界文学市场不出名或“不存在”的作家获得存在感。世界文学空间有自己独立的法则，不受政治与民族性的支配，但又与后者密切相关。对弱势民族的作家而言，文学的自治程度往往会影响其作品的文学性（文本呈现出更多的他律性）。但在有些情况下，当这些文本与主流文学空间读者对作家所处的民族和国家的想象相符合时，他也会受到关注，其作品就成了了解该民族和国家社会现实的窗口，此时这些文本以非文学化的方式被利用。对有些作家而言，文学资本的积累就像滚雪球，当作家的声誉达到一定程度时其作品被翻译和出版的机会就更多，频率就更高，对其作品的研究与批评也随之增多，作家也因此有更多的机会获得奖励机制的肯定。有些作家的作品被纳入经典之后——乔伊斯便是如此——就可以获得永久的价值。此时，因名人效应，作家的各种文学和社会活动也会进而为他增加文学资本。

由于远离世界文学空间权力结构的中心，运用文学性较为薄弱（从它在世界文学空间的影响力来说如此）的现代汉语创作，身处半边缘化的中国文学空间，很多中国现当代作家的作品都没有机会被翻译成主流文学空间使用的语言。在中国文学界以外，他们“不存在”、不可见，也不被认可。若“不被翻译”，他们就永远无法步入世界文学空间，也就无法获得真正的自主。所以，翻译对中国作家而言至关重要。

北岛作品进入世界文学空间的前提是其作品被翻译成英语、法语、德语等在世界文学空间中处于中心区域的民族语言。对一位来自半边缘文学地带的诗人而言，翻译是北岛进入中心区域的门票和准入资格，也是他获得世界声誉的前提。对其作品的翻译意味着一种文学升华和质的飞跃。正是对北岛作品的翻译使他的作品在世界文学市场具有了文学性，被世界文学空间的权威机构视为真正的文学文本。

从这个意义上说，是杜博妮首先“发现”了北岛：她最先翻译北岛的诗歌并把他介绍给西方的读者。她翻译的《太阳城札记》《八月的梦游者》和《旧雪》使北岛为英语世界所知。而亨顿翻译的《距离的形式》和《零度以上的风景》，以及温伯格翻译的《开锁》等诗集则进一步强化了北岛著名诗人的地位。北岛诗歌作品的英译和研究又是他进入世界文学空间中心区域获得奖励机制认可的必要条件之一。对于一位来自半边缘文学空间的作家来说，中心区域的奖励机制象征着某种认可，而得到这种认可的前提是该作家必须有机会进入这一空间并被了解。不管中心区域各种奖励机制如何强调文学性的选择标准，不可否认的是，只有那些有机会进入其视野的边缘区域作家才有可能引起他们的注意。奖励机制是北岛在世界文学空间中获得文学资本的重要表征之一，也是其世界声誉的外在体现形式。在众多的文学奖励机制中，诺贝尔文学奖影响力最大。该奖一直都是优秀文学最不受争议的裁判。已不再（或者几乎没有）有人为这一机构所引起的尊重而感到惊讶，更没人怀疑每年颁发给作家这一世界祝圣的有效性。尽管北岛被提名为诺贝尔文学奖候选人的事实无法确认，但这也足以让他在世界文学空间获得声誉，因而更容易积累文学资本，进一步刺激其作品的出版和重译。卡萨诺瓦指出，奖励和翻译是评价作家和确认文学作品世界性的重要途径。欧洲的世界性在世界文学中占有重要的地位，有助于确立一种标准，即评价和分配符号资本的依据。西方与非西方民族文学间的竞争是不对等的，它意味着“小”文学——那些欧洲之外的文学或用少数民族语言写成的文学作品——很难引起人们的注意。由于这些作品进入文学网络和被翻译的机会更少，它们在“文字的世界共和国”中往往被边缘化。[①]

北岛作品的英语翻译使普通英语读者有机会接触北岛的作品，他们对北岛作品的批评与研究使“圈内人”——文学研究者——对北岛作品有了更深入的了解。因为文学批评与研究是在鉴赏的基础上、在某种理论的指引下对作家作品（既包括作品的风格、主题、形式、技巧、叙事等文学内部要素的研究，也包括作品的传播与接受等外部因素的研究）进行的理性而科学的分析与判断，其作用在于通过对作家作品的分析研究与评论，帮助读者更深入、更科学地鉴赏文学作品，实现文学作品的社会价值，进而影响作家的

---

① Pascale Casanova, *The World Republic of Letters*, trans. M. B. DeBervois (Cambridge: Harvard University Press, 2007).

创作。肯定性的评价对作者有支持、鼓励和指导作用，无疑会影响作家的创作倾向。否定性的批评不但会挫败作者的创作热情，也会影响读者对作品的态度。从更宏观的角度来说，文学批评与研究会影响作家作品的传播与被接受情况，甚至改变时代文学风尚（如对乔伊斯的研究使他被视为英语小说发展进程中具有里程碑式意义的人物，其作品《尤利西斯》被视为新的小说范式）。对个体作家作品的批评与研究往往暗含了某种价值判断。杜博妮在《太阳城札记》的序言中指出，北岛是中国最杰出的诗人之一，其诗作是中华人民共和国成立以来最优秀的。[①] 在《八月的梦游者》的介绍中，她又指出，北岛是中国最有天赋，也最具争议的作家之一。这种具有导向性的判断往往能促进北岛作品的进一步传播，这也是“名人效应”的必然结果。布迪厄指出，无论作家是不是批评家，文学资本积累的唯一合法途径就是制造出一种名声——一个名字，而且这个名字必须被认可。这种得到认可的资本又会追求认可的事物和人物（通过出版、展览得以实现）的权利，即是说它会追求赋予价值的权利，并从这种操作中获取收益的权利。[②]

在当代，作家的名誉、声望和资历往往与其作品的传播效果成正比。在大众传媒时代，作家不可避免地受到“明星效应”的影响，曝光率高、知名度大、资历深的作家是媒体竞相报道的对象，也是受众崇拜的文化明星。由于其影响和资历，他们常常有一批固定的读者，甚至在新作问世之前就受到媒体的关注与操作，其作品一经“出世”即会被迅速传播，产生广泛效应。据统计，“国外的出版业在对作品进行推介时，将读者对作家作品的认识程度作为最重要的参考资料，其中作品内容占 12%，作家知名度占 36%，作品

① Bei Dao, *Notes from the City of the Sun*: *Poems by Bei Dao*, trans. Bonnie McDougall (Ithaca: The Cornell East Asia Papers,1983), p.1.

② 布迪厄：《艺术的法则：文学场的生成和结构》，刘晖译，中央编译出版社，2001，第 182 页。

形式占10%”。[1]

“明星效应”也使得作家的个人活动成为一种外在的传播资源。北岛之所以能以作家身份（自由职业者）在英语国家成功谋生，既与其文学成就——“中国最杰出的当代诗人之一”有关，还与其身份标签密不可分，也与其获得的各种奖励有关，尤其是“诺贝尔文学奖候选人”这一虽无法得到确认但又具有相当影响力的称号。北岛、多多等诗人进入世界文学空间中心区域并获得认可的这一事实激发了国内学界对他们的研究兴趣。北岛曾一度在国内的文学史书写中消失，或只是偶尔被提及，然而近年来他在中国当代诗歌中的地位又恢复了，这与世界文学空间中心区域对他的评价有关，这种评价又影响了国内文学界对他的重新评价。

综上所述，在世界文学空间的资本竞争中，处在边缘或半边缘空间的作家（甚至包括整个民族），其文学资本的积累总是通过文学作品的翻译、研究以及中心区域的奖励机制来体现的。这三个方面的因素相互影响，相互促进，它们复杂多变的动态关系共同构成作家世界声誉的机制。

当然，我们还要注意到，对中国作家而言，北岛世界声誉的形成机制具有不可复制性。一方面，北岛的创作形成于“文革”的特殊历史语境，这一历史语境能突显北岛创作的独特性。北岛对“文革”的反思与批判以及对个体的关注等主题在当时同主流文学形成了明显的反差。他使用意象的方式和他的创作技巧也迥异于当时流行的文学传统。北岛所经历的各类事件是当代中国作家无法复制的，这也使北岛的作品成了西方读者了解中国社会的途径和窗口之一。尽管已过去四十多年，但“文革”依然是西方学术界关注的兴奋点之一。北岛诗歌的独特性既是英语世界关注和研究北岛的原

---

① 舒晋瑜、雷蕾：《出版社的狂喜与作家的幸福》，http://edu.sina.com.cn/i/18804.shtml，访问日期：2014年12月10日。

因之一，也是北岛作品被翻译的原因之一，这些因素和西方对中国的想象的合力对北岛的世界声誉有极大的推动作用。另一方面，北岛赢得世界声誉的另外一个原因也与他的国外生活经历密切相关。不管是出于对现实生存还是文学追求的考虑，北岛善于利用一切可支配的资源游走于西方各国。参加或组织诗歌节，与著名文人和学者交往，在高校任教，以作家的身份呼吁人权等活动，一方面成了他在英语国家维持生活的必要手段，另一方面又有利于增加其知名度，形成更强的“名人效应”。

我们应该从北岛世界声誉的形成机制中反思中国作家到底该如何走向世界的问题。一方面就是话语权的问题。在当下的世界文学空间中，欧美发达国家的文学牢牢掌握了话语权，处于有利地位，非西方国家则处于世界文学空间的半边缘或边缘区域，为了取得更大的文学空间，他们只能按照西方国家的文学话语方式和权力规则参与世界文学空间的构建。由于民族文化、审美情趣、审美心理、时空视差等诸多因素，在世界文学空间处于强势地位的西方文学话语体系也会对非西方的民族文学产生排斥，并贬低其价值。因此，用非西方语言创作的作家在追逐世界声誉时处于不利地位。由于翻译的缘故，很多非西方语言的文学作品甚至没有进入世界文学空间的机会，永远无人问津。虽然按照某一公认准则参与世界文学空间的构建的确有助于非西方国家民族文学在更大的范围内得以传播，但是不可否认的是，用英语、德语、法语等世界文学空间主流语言翻译的非西方文学作品要比其他语言翻译的文学作品的传播更广泛，更容易获得认可。

另一方面，正如著名比较学者埃里希·奥尔巴赫（Erich Auerbach）在其论文《世界文学的语文学》（1952）中说的那样，随着人类生活日趋标准化，世界文学也趋于单一。表面上看，世界文学似乎实现了，但离歌德倡导的世界文学的精神却更遥远了。[①] 究其根源，主流文学空间确立的文学标准被视作世界性原则。为了适应这一原则，非主流文学空间的文学不得不舍弃其本土性。

回顾“五四”以来的中国文学史，我们不难发现世界文学体系中的不平等性。“五四”以来，我们诚惶诚恐地学习西方发达的科技知识，也学习他们的“先进”哲学、思想和文学，译介了大量的西方文学作品，“西方”成了“先进”的代名词；与此同时，对传统文化展开了猛烈的批判，彻底切断了我们与“腐朽的”“旧文化”的关系。自此，西方的话语方式充斥整个社会生活领域，文学亦不例外，西方强势话语体系确立的标准被中国文学界视为世界原则。从积极的效果来看，中国文学追求现代性的过程就是中国文学追求文学的世界性获得西方文学话语体系认同的过程，中国文学逐渐走向世界，努力缩小与世界的差距，就像王宁曾指出的那样：

> “五四”运动开启了中国的现代性进程，破坏了传统的民族主义机制。对于许多人来说，在这样一种“殖民化”的过程中，中国的语言也大大地被“欧化”或“西化”了。但在我看来，这无疑是不同于西方的另一种形式的现代性——中国的现代性的一个直接后果，其中一个突出的现象就是大量的外国文学作品和理论思潮被翻译到了中国，极大地刺激了中国作家的创造性想象。中国现代文学与世界文学的距离变得越来越近了。[②]

当西方文学话语体系被奉为圭臬之时，非西方文学话语体系往往被边缘化或半边缘化，诺贝尔文学奖就成了这一文学权力关系的分配符号，这或

① Erich Auerbach, “Philology of Weltliteratur,” in *Weltliteratur: Festgabe für Fritz Strichzum 70 Geburtstag*, by Walter Muschg and Emil Staiger (Bern: Francke, 1952), p.125.

② 王宁：《“世界文学”：从乌托邦想象到审美现实》，《探索与争鸣》2010 年第 7 期。

许是中国近现代文学长期得不到诺贝尔文学奖评奖机制认可的原因。米歇尔·邓宁（Michael Denning）在阐释魔幻现实主义时指出了世界性原则对本土特性的吞噬：

> 如同“世界音乐”一样，“世界小说”是一个无法令人信服的范畴。若它真正指向业已变化的小说风貌，它就是一种市场手段，它使特色鲜明的区域传统语言传统丧失而沦为单一的、具有全球性的“世界节奏”，与之相伴的便是魔幻现实主义审美的全球化。和被它所取代的现代主义与社会主义、现实主义一样，只是一个空洞、精心打造的所指而已。[①]

曹顺庆先生对此有很清醒的认识，在其文章和专著中一直反复强调此问题。他认为，中国文学出现了严重的“失语”现象。造成中国文学“失语症”的主要原因是我们将西方文论与文学视为放之四海而皆准的真理，机械地使用西方文论，而没有考虑到中国文化的差异和中国特有的文化环境，一味以西方为准绳[②]，故此，以西方文学理论研究中国文学时，中国文学就成了西方诗学的脚注，成了验证其世界性的例证。

中国作家走向世界所需要注意的第二个问题是本土文学的创新与超越。当今世界的文化交流与冲突无法避免，民族文学只有立足“本土性”，尊重自身的传统与文化，从自己的“文化模子”出发，吸收借鉴其他人类文化的优秀成果时才能有价值，才能实现文学的创新。早在20世纪80年代中期李杭育先生在《“文化”的尴尬》一文中不无担忧地指出，我们成套地搬用西方的文学形式和技巧，但有消化得好的，也有囫囵吞枣的。在他看来，今天的文学，就其形态来看已经没有多少中国气味了。

---

① Michael Denning, “The Novelists’ International,” in The Novel: History, by Franco Moretti, *Geography and Culture v.1* (Princeton：Princeton University Press, 2005), p.703.

② 曹顺庆：《比较文学教程》，中国人民大学出版社，2011，第163页。

……不管我这个民族意识是不是好，我只晓得文学是向往个性、崇尚个性的。从来的文学都把个性看得极重，性命交关。中国的文学总该有点中国的民族意识在里边，这个说法大约是不过分的。倘使我们的文学里没有一点自己的气味，自己的面孔，那我们又何必做人作文呢？我们跑到世界上去，人家问起来，我们算什么人呢？我们的作品算是个什么东西呢？①

或许蓝诗玲的看法更能说明中国作家追求世界声誉时面临的现实："如果知识分子依然是世界各国的舆论制造者，只要全球事务中国家依然是主要考虑的对象，那么民族身份和文学的联系就会保持对全球意识的有力控制——哪怕是中立的瑞典。"②

回顾鸦片战争以来的中国文学史，我们不难发现中国文学在很长时间里都在试图进入西方话语体系并试图获得其认可，中国现当代文学的现代性生成过程其实就是以西方文学话语体系为标准，结合中国文学本土性构建新文学体系的过程。在此过程中，西文强势文学体系中的文学批评与研究范式乃至文化价值观都被植入中国文学体系之中，艰难地实现着他国范式的中国化进程。

与此同时，我们必须认真思考中国在世界文学空间的影响问题。国内学术界有关中国现当代作家"走出去"的研究硕果累累，可以用"众声喧哗"一词来形容。这些成果都从不同角度梳理了中国文学海外传播的成果。国内高校或研究机构对中国文学的海外传播也十分重视，例如，北京外国语大学早在1996年就成立了"海外汉学研究中心"，北京师范大学在2010年成

---

① 李杭育：《"文化"的尴尬》，《文学评论》1986年第6期。

② Julia Lovell, "Gao Xingjian, the Nobel Prize, and Chinese Intellectual: Notes on the Aftermath of the Nobel Prize 2000," *Modern Chinese Literature and Culture*, 2 (2002): 44.

立了“中国文学海外传播研究中心”，中国人民大学也成立了“汉学研究中心”。与此形成强烈反差的是，中国作家以及中国文学在海外的影响力与中国的大国地位很不相称，可以用“言轻和寡”来形容。这就产生了这样一些问题：中国现当代文学海外传播的“繁荣”局面是国内学者一厢情愿的美好构想，是被夸大了的事实，还是中国文学在海外的真实境遇？诚如王德威指出的那样：

> 尽管90年代以来西方中国现代文学界众声喧哗，挟洋以自重者多，独有见地者少。从后殖民到后现代，从新马克思主义到新帝国批判，从性别心理国族主体到言说“他者”，海外学者多半追随西方当红论述，并迅速转嫁到中国领域。上焉者一秉“拿来主义”策略，希望产生以其人之道还治其人之身的颠覆效应，下焉者则是人云亦云，而且游走海内海外，一鱼两吃。究其极，理论干预成了理论买办，文化批判无非也就是文化拼盘。[①]

此外，海外汉学家中也有不少是华裔学者，他们也是其所在国中国文学研究的中坚力量。这些学者的特殊身份使他们在研究中国文学方面具有特殊的优势，但他们的研究成果良莠不齐。有些学者选择研究中国文学只是一种生存策略而已，其研究有自说自话之嫌，这些问题都值得我们深思。美国是中国文学研究的重镇，直接以中国文学为研究对象的学术机构主要有哈佛大学费正清东亚研究中心、加利福尼亚大学伯克利分校中国研究中心、中国学术交流委员会、美国旧金山中华文化中心、美国纽约中国学社、哥伦比亚大学美中艺术交流中心、美国丹佛大学美中合作中心、加利福尼亚大学洛杉矶分校中国研究中心、美国西北地区中国研究会以及密歇根大学汉学中心等，其数目不超过十五个。这个数目同国内高校拥有的英语语言文

---

① 王德威：《海外中国现代文学研究的历史、现状与未来》，《当代作家评论》2006年第4期。

学系的庞大数目比起来可谓小巫见大巫。根据《新世纪国外中国文学译介与研究文情报告（北美卷：2004—2006）》统计，2004—2006 年美国研究中国现当代文学博士论文的数目（包括中国留学生撰写的博士论文）分别为 2004 年 8 篇、2005 年 10 篇、2006 年 6 篇。这三年研究中国现当代文学的重要著作数目分别为 2004 年 6 部、2005 年 6 部、2006 年 6 部。[①]

同时，读者也是影响中国文学海外传播效果的重要因素之一，欧美读者匮乏的中国知识和对中国的偏见也会阻碍中国文学更好地走向世界。何明星指出：

> 欧美英语世界从文学评论的学者到普通读者，习惯用意识形态的视角解读中国当代文学作品的倾向，也严重阻碍着中国当代文学在欧美英语世界的发展路径。文学评论、学术研究，期刊社、出版社，甚至书店推广等诸多方面共同形成了一个无形的接受屏幕，对进入英语世界的中国当代文学进行选择和评判。随着大量商业出版机构的介入，在市场力量的驱使下往往会再次放大这种带有一定偏见的意识形态倾向。[②]

从 1949 年以来中国现当代诗歌在英语世界的翻译来看，刊印成册的诗集数量已超过二百种。这一数量并不算小，但放在七十余年的时间跨度中，平均每年不过三册左右而已，其影响力是否能达到我们所期望的效果还需要进一步反思。前文提到的陶忘机教授对中国文学翻译在美国文学市场影响的评价值得我们重视，需要冷静反思。从《中国版权年鉴》统计的数据来看，我国图书进出口比例约为 10 ∶ 1，而且图书出口总量中，亚洲和港澳台所占的比重很大。根据《中国版权年鉴》统计，中国向欧美发达国家图书出

---

① 刘洪涛、黄承元：《新世纪国外中国文学译介与研究文情报告（北美卷：2004—2006）》，中国社会科学出版社，2014。

② 何明星：《翻译？传播！中国当代文学拓展欧美市场的调查》，《中华读书报》2014 年 3 月 5 日。

口的数量仅仅为中国向上述国家图书进口总量的百分之一。

从理论上来说，要扩大中国文学的影响力，使更多的中国作家走向世界就必须让中国文学成为世界文学。刘洪涛认为，在以往的研究中，我们只看到翻译是中国文学进入世界文学市场的唯一途径，而忽略了其他方式。他指出，除了翻译，中国文学还可以通过其他几种方式成为世界文学。第一是“区域世界文学”。构建一个相互平等、彼此混合、边缘模糊的文学接触“星云”，形成一个相对独立的文学共同体，努力摆脱欧洲中心主义的束缚。第二是“华语世界文学”。它是中国大陆现当代文学的延伸和发展。这一概念能够整合和超越国内学界所说的“海外华文文学”或“世界华语文学”两种概念在认识上的差异性，在承认其驳杂性、异质性、在地性的同时重视其与中国大陆文学的血脉联系。第三是“华裔世界文学”。这一概念是指来自中国或有中国血统的作家，用其所在国家语言进行的创作。谭恩美、汤婷婷、赵建秀、裘小龙、哈金等作家的创作属于这一范畴。他们的文学创作既是本国文学的组成部分又是世界化了的中国文学的重要组成部分。第四是中国文化影响下的世界文学。它是指在异文化空间中，中国文学和文化的碎片式存在。也就是说，中国贡献的世界文学并不以独立、完整的文本形态出现，而是寄生在受中国文学与文化影响的域外作品之中。这些作品也就成为中国文化的载体。庞德的《神州集》《刘彻》以及《诗章》都属于这一类作品。在这一类世界文学中，中国文化融入异文化最深，影响最持久，也最重要，它是中国文学海外传播追求的最终结果，理应受到重视。①

从实践的角度来说，中国当代作家和当代文学若要成功“走出去”就必须思考如下问题：

第一，翻译在中国作家和中国文学走向世界的过程中扮演着重要的角

---

① 刘洪涛、谢江南：《中国文学走向世界的焦虑与因应之道》，《对外传播》2015 年第 6 期。

色。对处在世界文学空间边缘区域的中国作家而言，翻译至关重要。若一位处于文学资本匮乏地区的作家，其作品“不被翻译”，那么他就永远无法步入世界文学市场，也不会为人所知。

清末以来，中国文学界对外国文学作品的翻译总量远远大于中国文学作品被翻译的数量。在反抗古典文学传统的过程中，翻译文学曾对中国当代文学的形成发挥过重要作用，外国文学作品为中国现当代文学空间的构建提供了某种借鉴，也成为对文学传统进行变革的重要武器。此种“引进”被视为兼并和占有国外遗产以期增加自己遗产的一种方式。在民族文学空间形成以后，面对世界文学空间的激烈竞争，中国文学必须生产出更多具有世界文学市场价值的作品。就现状而言，我们能依靠的只有翻译。

中华人民共和国成立后，政府作为“赞助人”主动译介中国文学作品的做法收效甚微。从理论上讲，此种做法违背了世界文学空间的独立运行法则：中心空间往往以自己确立的法则为准绳去衡量来自文学资本匮乏区域的文本，并不认可弱势民族文学空间自身的审美标准。换句话说，在世界文学空间中处于边缘或半边缘区域的文本往往通过“被发现”“被翻译”的途径进入世界文学市场。谢天振就特别强调过“译入”与“译出”的差异问题。他认为，中国文化“走出去”时“不光要考虑怎么译的问题，译得正不正确，译得好不好，还要考虑译出去以后有没有人看的问题，能不能被人接受的问题，能不能产生影响的问题……”①。就目前的实际情况而言，如何让目的语译者愿意翻译中国现当代文学作品才是比较务实的做法。例如，通过专门的基金项目、学术会议交流等方式吸引优秀的外国译者。北岛作品的成功翻译给我们的另一点启示是：作者与目的语译者的密切合作更有利于提高译文的准确性。从北岛散文和其作品的译者序来看，北岛与杜博妮、艾略特·温

---

① 谢天振：《中国文学、文化走出去：理论与实践》，《东吴学术》2013年第2期。

伯格、克莱顿·埃什曼以及法文译者尚兰德等人的交往频繁，在翻译时还经常一起讨论遇到的问题。这种作者与译者的合作模式值得借鉴。

此外，世界文学空间的不平等性是我们面临的无法改变的事实，所以要对译本抱宽容之心，不能过于苛责。或许在很多时候国外译者对文本的理解没有国内译者那么准确透彻，但他们更熟悉目的语的文化、宗教、审美等因素，所以他们的译本也就能更好地满足目的语国家读者的需求，更何况严肃的译者必然会考虑译文的准确性。中国现当代文学要立足于世界文学空间的过程是复杂而漫长的，需要一代又一代人的努力，也需要国家政治、经济、军事、文化等综合实力的提升作为坚强的后盾，是一个系统工程，无法一蹴而就。

第二，必须遵守世界文学空间的独立运行法则，努力提升中国文学空间的自治程度。卡萨诺瓦认为，作家文学资本的积累与作家所处民族文学的自治程度密切相关。只有作家摆脱了对政治和民族的依附，他才有可能以文学自身的审美法则为依据进行创作，追求自己的文学信仰，也才有可能真正实现文学上的创新。每个民族空间在世界结构中的地位取决于它与世界性—民族性对立的两极中某一极距离的远近，即文学资本的多少、它的相对独立性、它的古老程度。从宏观角度看，只有在文学逐渐摆脱了对政治和民族机构的依附，独特文学资本的积累，如一系列技巧、文学形式、审美方式、叙事或者形式主义解决方案才可能产生。整个世界文学空间自由的获得，是通过每个民族文学领域的自主化过程来完成的：他们的抗争和赌注脱离外界支配，为的是只服从文学唯一独特的法则。①

第三，进一步提升中国的国家软实力建设。利用多种途径积极弘扬中国

---

① Pascale Casanova, *The World Republic of Letters*, trans. M. B. DeBervois (Cambridge: Harvard University Press, 2007), pp.37-39.

文化，提高中国文学的吸引力，努力缩小中国对西方的了解和西方对中国的了解之间的“时间差”问题。清末以来，中国文学一直致力于向西方学习，努力追赶西方文学的现代性。同中国读者对西方文学的了解程度相比，西方读者对中国文学的了解程度还处于较低水平。这种相互了解程度的“时间差”对中国文学走向世界产生了诸多不利影响。

就语言层面而言，一种语言的凝聚力和影响力可以通过国际文学市场中使用该语言的外国读者人数来衡量。如果读者通晓多种语言，他们就不需要翻译即可选择和阅读文学作品。如果文学作品超越民族范围就只能以译文的形式被文学中心机构阅读，那么文学经纪人就无法对原文进行批判，最终我们面对的就是一种真正的“一直被翻译的语言”。[①] 在世界文学空间的竞争中，汉语是中国作家赢得文学资本斗争的关键武器，对汉语的推广刻不容缓。

另外，出版市场也是制约中国作家“走出去”的瓶颈之一。何明星认为，翻译人才短缺是影响中国文学海外传播效果的因素之一，但不是唯一因素。他指出，中国文学海外传播面临的另一挑战是我们缺少有利于促进中国当代文学全面走进英语世界的出版传播平台。“因此，如何加大利用资本手段兼并或收购欧美英语世界的大众图书出版机构，支持或赞助欧美一些专业文学评论期刊、专业文学研究杂志，团结欧美英语世界的舆论领袖，积极打造中国文学的英语传播平台，才是迫在眉睫的关键之举。”[②]

当然，在中国文学如何才能“走出去”这一问题上也不能操之过急，可以继续通过孔子学院、对外汉语教学等途径加强中国文化同世界其他各国

---

① Pascale Casanova, *The World Republic of Letters*, trans. M. B. DeBervois (Cambridge: Harvard University Press, 2007), p.299.

② 何明星：《翻译？传播！中国当代文学拓展欧美市场的调查》，《中华读书报》2014 年 3 月 5 日。

文化的交流，以平等、开放和包容的态度对待异质文化，不能强行灌输，在文化交流中潜移默化地增加国外读者的中国文学审美体验，提高他们“前结构”中的中国文学知识储备。[①]通过中国政府的努力，孔子学院走进越来越多的国家。截至 2015 年，我们已在 137 个国家设立了 502 所孔子学院和 1013 个孔子课堂，全球注册学员总数达到 140 万人，网络孔子学院学员达到 50 万人。[②]但从汉语推广的实际效果来看，我们还有很长的路要走。很多孔子学院开设的中国文化课程的内容还十分简单，大多数仅限于常识性的内容，远远达不到研究中国文学的需要。然而，语言的推广和文化的传播是一个漫长的过程，不能操之过急，就当下汉语的影响力而言，目前的做法也是权宜之计。

第四，既要积极争取诺贝尔文学奖，也要客观冷静地看待这一奖励机制的两面性。卡萨诺瓦将获得认可的过程称为祝圣。既然诺贝尔文学奖是世界文学空间奖励机制中影响力最大的祝圣活动，那么从某种程度上说，被瑞典学院授予该奖项也意味着边缘区域文本的蜕变和飞跃，我们对这一奖项的追求也无可厚非。在卡萨诺瓦看来，像诺贝尔文学奖这样的国际大奖，由于其国际影响力而受到各国特别是文学“小国”的重视，把获得诺贝尔文学奖看成是国家文化软实力的体现，所以往往与政治相关。文学世界共和国中，“小国”追逐重要奖项往往是为了提高该国的文化甚至是政治地位。

但这一奖励机制也有其两面性，处在世界文学中心区域的民族文学空间总是试图建立世界性的文学标准，并以此标准衡量所有文本。在很多时候评价和转变一个文本的权力几乎不可避免地会按照评审人的规范而进行，

---

① 王国礼：《建国后中国文学的英语外译作品及其传播效果研究》，《东南传播》2014 年第 6 期。

② 国家汉办：《新年献词》，http://www.hanban.edu.cn/article/2016-02/06/content_631215.htm，访问日期：2016 年 6 月 20 日。

这就会导致一种拒绝差异的全球化过程，因此在世界文学共和国中就会经常出现“大鱼吃小鱼”的现象。[①]

毫无疑问，中心区域的祝圣能拔高边缘区域作家的作品，诺贝尔奖励机制的认可也使该文本变得国际化、全球化，但同时也会阻碍一部好作品的出现。世界文学空间中的文学“首都”会将所有的文本都进行去历史化的操作，使它们能符合自己的文学艺术概念。这些去历史化的文学认可原则阉割了作家所有的民族特性，换句话说，祝圣中心的认可既是重要的独立形式，也是一种否认被祝圣者历史存在的中心主义兼并形式。[②]

总而言之，作家追求世界声誉的过程也是获得中心区域文学空间认可的过程。这一机制非常复杂，涉及文本的翻译、评论、出版发行、奖励机制，当然还与作家所处民族—国家的政治、军事、文化、经济等所形成的综合国力密切相关。对处于世界文学空间边缘的作家来说，获得中心区域文学空间的祝圣意味着“文学化”的过程，即赋予边缘区域的文本文学价值的过程。因获得中心区域的祝圣而发生蜕变和质的飞跃的文本，具有了世界性，使作家积累了一定的文学资本，并在世界文学市场由“不可见”的状态转变为“可见”的状态。这一过程也是拒绝差异的过程，中心区域以自己确立的世界性文学规范对来自边缘区域的文本进行归并，这种过程就必然会产生一系列误读。世界性的标准表面上反抗等级，提倡所有文学一律平等，但实质上却让所有参与者都屈服于这一标准，在赋予某一文本世界性价值的同时也对它进行了去历史化、去民族化的解读，遮蔽了其本土特征。

---

① Pascale Casanova, *The World Republic of Letters*, trans. M. B. DeBervois (Cambridge: Harvard University Press, 2007), p.154.

② Pascale Casanova, *The World Republic of Letters*, trans. M. B. DeBervois (Cambridge: Harvard University Press, 2007), p.156.

参考文献

一、中文文献

（一）著作

[1]北岛.北岛诗集[M].北京:人民文学出版社，1999.

[2]北岛. 失败之书[M].汕头:汕头大学出版社，2004.

[3]北岛，李陀. 七十年代[M].北京:生活·读书·新知三联书店，2009.

[4]北岛. 结局或开始[M].武汉:长江文艺出版社，2011.

[5]北岛. 波动[M].香港:牛津大学出版社，2012.

[6]北岛. 古老的敌意[M].香港:牛津大学出版社，2012.

[7]艾布拉姆. 镜与灯——浪漫主义及其批评传统[M].郦稚牛，张照进，童庆生，译. 北京:北京大学出版社，1989.

[8]艾青. 艾青全集:(第三卷)[M].石家庄:花山文艺出版社，1991.

[9]本杰明·李·沃尔夫. 论语言、思维和现实——沃尔夫文集[M].高一虹，译. 北京:商务印书馆，2012.

[10]布迪厄. 艺术的法则:文学场的生成和结构[M].刘晖，译. 北京:中央编译出版社，2001.

[11]布律内尔，卢梭. 何谓比较文学[M].王道南，黄慧珍，译. 上海:上海

社会科学院出版社，1991.

[12]蔡登山. 鲁迅爱过的人［M］. 台北：威秀咨询科技股份有限公司，2007.

[13]曹顺庆. 比较文学教程［M］. 北京：中国人民大学出版社，2011.

[14]陈思和. 中国当代文学史［M］. 上海：复旦大学出版社，1999.

[15]大卫·达姆罗什，刘洪涛，尹星. 世界文学理论读本［M］. 刘洪涛，程艳，译. 北京：北京大学出版社，2013.

[16]大冢幸男. 比较文学原理［M］. 陈秋峰，杨国华，译. 西安：陕西人民出版社，1985.

[17]邓小平. 邓小平文选：二［M］. 北京：人民出版社，1983.

[18]梵·第根. 比较文学论［M］. 戴望舒，译. 长春：吉林出版集团有限责任公司，2010.

[19]高宣扬. 存在主义［M］. 台北：远流出版事业股份有限公司，1993.

[20]胡適. 胡適文集：二［M］. 北京：北京大学出版社，1998.

[21]胡適. 胡適日记全编：五［M］. 曹伯言，整理. 合肥：安徽教育出版社，2001.

[22]黄周星. 唐诗快十六卷选诗前后诸咏一卷［M］. 康熙三十二年刻本，九行二十字，白口四周双边.

[23]冯至. 冯至诗文选集［M］. 北京：人民文学出版社，1955.

[24]基亚. 比较文学［M］. 颜保，译. 北京：北京大学出版社，1983.

[25]老舍. 老舍文集：第十五卷［M］. 北京：人民文学出版社，1990.

[26]胡適. 中国新文学大系：建设理论集［M］. 上海：上海良友图书印刷公司，1935.

[27]霍恩比. 牛津高阶英汉双解词典［M］. 李北达，编译. 北京：商务印书馆，2000.

[28]劳伦斯·韦努蒂. 译者的隐形——翻译史论［M］. 张景华，白立平，蒋骁华，译. 北京：外语教学与研究出版社，2009.

[29]理查德·伯恩斯坦，罗斯·芒罗. 即将到来的美中冲突［M］. 隋丽君，张胜平，任美芬，译. 北京：新华出版社，1997.

[30]李润霞. 被放逐的诗神［M］. 武汉：武汉出版社，2006.

[31]李怡. 中国新诗讲稿[M].北京:中国人民大学出版社，2014.

[32]鲁迅. 鲁迅全集:第11卷[M].北京:人民文学出版社，1981.

[33]马良春，张大明. 中国现代思潮史[M].北京:十月文艺出版社，1995.

[34]毛泽东. 在延安文艺座谈会上的讲话[M].北京:人民文学出版社，1975.

[35]毛泽东. 毛泽东选集[M].北京:人民出版社，1991.

[36]孟华. 比较文学形象学[M].北京:北京大学出版社，2001.

[37]欧阳江河. 站在虚构这边，北岛诗的三种读法[M].北京:生活·读书·新知三联书店，2001.

[38]彭定康. 东方与西方:彭定康治港经验[M].蔡维先，杜默，译. 台北:时报文化，1998.

[39]钱谷融. 当代文艺问题十讲[M].上海:复旦大学出版社，2004.

[40]千永昌，等. 比较文学研究译文集[M].上海:上海译文出版社，1985.

[41]萨特. 存在与虚无[M].陈宣良，等译. 北京:生活·读书·新知三联书店，2007.

[42]宋永毅. 老舍与中国文化观念[M].上海:学林出版社，1988.

[43]谭学纯，朱玲. 广义修辞学[M].合肥:安徽教育出版社，2001.

[44]丸山高司. 伽达默尔:视野融合[M].刘文柱，赵婷，孙彬，等译. 石家庄:河北教育出版社，2002.

[45]王国维. 人间词话[M].上海:上海古籍出版社，2000.

[46]王平，王宇田，宋子忠等. 诺贝尔奖史话[M].武汉:湖北人民出版社，1997.

[47]魏朝勇. 民国时期文学的政治想象[M].北京:华夏出版社，2005.

[48]沃林格. 没有约束的现代性[M].张新樟，刘景联，译. 上海:华东师范大学出版社，2007.

[49]乌尔利希·韦斯坦因. 比较文学与文学理论[M].刘向愚，译. 沈阳:辽宁人民出版社，1987.

[50]奚密. 从边缘出发——现代汉诗的另类传统[M].广州:广东人民出版社，2000.

[51]奚密. 现代汉诗:一九一七年以来的理论与实践[M]. 奚密,宋炳辉,译. 上海:上海三联书店,2008.
[52]夏济安. 诗论[M]. 台北:文学杂志社,1959.
[53]徐国源. 遥远的北岛:北岛诗、人及其散文评论[M]. 台北:黎明文化实业股份有限公司,2002.
[54]杨岚伊. 语境的还原:北岛诗歌研究[M]. 台北:威秀资讯科技股份有限公司,2010.
[55]杨匡汉,刘福春. 中国现代诗论:上编[M]. 广州:花城出版社,1985.
[56]宇文所安. 盛唐诗[M]. 贾晋华,译. 北京:生活·读书·新知三联书店,2004.
[57]伊恩·P. 瓦特. 小说的兴起[M]. 高原,董红钧,译. 北京:生活·读书·新知三联书店,1992.
[58]余之. 诺贝尔文学奖史话[M]. 北京:知识出版社,1985.
[59]乐黛云,勒比松. 独角兽与龙——在寻找中西文化普遍性的误读[M]. 北京:北京大学出版社,1995.
[60]张健. 新中国文学史:上卷[M]. 北京:北京师范大学出版社,2008.
[61]张冰. 陌生化诗学:俄国形式主义研究[M]. 北京:北京师范大学出版社,2000.
[62]赵小琪. 西方话语与中国新诗现代化[M]. 北京:中国社会科学出版社,2012.
[63]张桃洲. 语言与存在:探寻新诗之根[M]. 北京:社会科学文献出版社,2013.
[64]郑克鲁. 外国文学史:上[M]. 北京:高等教育出版社,2010.
[65]中国社会科学院文学研究所. 现代英美资产阶级文艺理论文选[M]. 北京:作家出版社,1962.
[66]周宁. 2000 年西方看中国[M]. 北京:团结出版社,1999.
[67]朱光潜. 朱光潜美学文集:第二卷[M]. 上海:上海文艺出版社,1982.
[68]朱立元. 接受美学[M]. 上海:上海人民出版社,1989.
[69]朱立元. 新时期以来文学理论和批评发展的调查报告[M]. 沈阳:春风

文艺出版社，2006.
[70]朱晓进. 非文学的世纪 :20 世纪中国文学与政治文化关系史论[M]. 南京 : 南京师范大学出版社，2004.
[71]朱自清. 朱自清全集 [M] . 南京 :江苏教育出版社，1988.

(二)学位论文

[72]陈伊. 归来的陌生人 [D] . 上海 :复旦大学，2011.
[73]李燕. 从抵抗策略看北岛诗歌的意象翻译 [D] . 上海 : 上海外国语大学，2013.
[74]梁艳.《今天》(1978—1980 年)研究 [D] . 上海 :华东师范大学，2010.
[75]刘德定. 当代中国文化软实力研究 [D] . 开封 :河南大学，2012 年.
[76]张陈深. 2009 年《纽约时报》上中国形象的框架分析 [D] . 上海 : 复旦大学新闻学院，2009.
[77]张永胜. 北岛出国后诗歌研究 [D] . 上海 :上海交通大学，2007.

(三)期刊论文

[78]艾青. 艾青谈清除精神污染 [J] . 诗刊，1983 (12) .
[79]本刊评论员. 为文艺正名——驳文艺是阶级斗争的工具 [J] . 上海文学，1979 (4) .
[80]北岛. 是野兽还是家畜 [J] . 新闻周刊，2011 (47) .
[81]北岛. 我们今天的太阳 [J] . 上海文学，1981 (5) .
[82]陈福季. 评王洁明先生的“专访”——《中国作家何时能拿诺贝尔文学奖? 专访诺贝尔文学奖评委马悦然》读后 [J] . 华夏文坛，2007 (1) .
[83]陈慧, 李霞. 漂泊 : 寻回生命的方向——论北岛九十年代诗歌 [J] . 作家与作品，2010 (4) .
[84]达吾, 马莉. 抚摸与疼痛——关于现代诗歌在当代中国大学生中普及状况的调查 [J] . 敦煌，2002 (1) .
[85]傅光明. 中国作家的诺贝尔文学奖情结 [J] . 长江学术，2008 (1) .
[86]葛恒军. 1966 年部队文艺工作座谈会及其会议纪要述略 [J] . 中共党史

研究，1996（3）.
[87]桂乾元，周美华. 诗歌翻译是翻译的“黄灯特区”——论诗歌翻译［J］. 语言与翻译，2012（3）.
[88]洪子诚. 北岛早期的诗［J］. 海南师范学院学报（社会科学版），2005（1）.
[89]黄伟林，穆莉. 百年中国文学与诺贝尔文学奖［J］. 沈阳师范大学学报，2013（1）.
[90]黄香菊. 北岛前期创作思想略论［J］. 安阳师范学院学报，2007（6）.
[91]金介甫. 中国文学（1949—1999）的英译本出版情况述评（续）［J］. 查建明，译. 当代作家评论，2006（4）.
[92]李大尧，冯愚乐. 在文科大学生心目中的当代文学［J］. 当代文艺思潮，1982（1）.
[93]李杭育. “文化”的尴尬［J］. 文学评论，1986（6）.
[94]林文艺. 英文版《中国文学》作品翻译选材要求及影响因素［J］. 龙岩学院学报，2011（8）.
[95]刘芳坤，王乃芳. 犹豫中的领悟［J］. 现代语文，2008（9）.
[96]刘锋杰. 文学想象中的“政治”及其超越性［J］. 西北大学学报，2009（增2）.
[97]刘靖之. 翻译与诺贝尔文学奖［J］. 中国翻译，2002（6）.
[98]刘开云. 本土作家为何难以获得诺贝尔文学奖［J］. 山东社会科学，2009（11）.
[99]刘洪涛，谢江南. 中国文学走向世界的焦虑与因应之道［J］. 对外传播，2015（6）.
[100]马慧娟. 英语世界现当代中国文学翻译现状与分析［J］. 中国翻译，2013（1）.
[101]马婷. 他者镜像中的中国主体——西方的中国形象研究述评［J］. 学术研究，2007（10）.
[102]南帆. 空洞的概念——“纯文学”之辩［J］. 上海文学，2001（6）.
[103]舒云. 老舍为什么没有领到诺贝尔文学奖［J］. 炎黄春秋，1994（9）.
[104]唐晓渡. 传统就像血缘的召唤：北岛访谈录［J］. 诗潮，2004（3）.

[105]王宁. 诺贝尔文学奖与中国：质疑与反思[J]. 外国文学，1997（5）.
[106]王宁. “世界文学”：从乌托邦想象到审美现实[J]. 探索与争鸣，2010（7）.
[107]王宁. 世界主义、世界文学以及中国文学的世界性[J]. 中国比较文学，2014（1）.
[108]万之. 诺贝尔文学奖与中国[J]. 扬子江评论，2013（1）.
[109]王亚斌. 自嘲与反讽——论北岛海外身份的一种风格[J]. 齐齐哈尔大学学报（哲学社会科学版），2006（3）.
[110]文洁若. 老舍与诺贝尔文学奖[J]. 明报月刊，2000（10）.
[111]奚密. 差异的焦虑——对宇文所安的一个回响[J]. 中外文化与文论，1997（4）.
[112]徐文元. 中国当代诗歌状态及其价值取向[J]. 书屋，2000（11）.
[113]杨四平. 北岛海外诗歌的传播与接受[J]. 井冈山大学学报（社会科学版），2012（1）.
[114]章明. 令人气闷的“朦胧”[J]. 诗刊，1980（8）.
[115]赵学勇，张英芳. 论延安文艺的现代性追求及其特征[J]. 陕西师范大学学报（哲学社会科学版），2014（4）.
[116]翟頔. 中文是我唯一的行李——北岛访谈[J]. 书城，2003（2）.
[117]周长才. 北岛与诺贝尔文学奖[J]. 外国文学，1999（3）.
[118]周景耀. 超越偏见：“想象”的文学与政治关系论[J]. 清华大学学报（哲学社会科学版），2010（6）.
[119]朱晓进. 文学与政治：从非整合到整合[J]. 社会科学辑刊，1995（5）.

（四）报纸文章

[120]赵妍，赖宇航. 1949年后的中国文学在海外：无法摆脱的翻译难题与政治意味[N]. 时代周报，2012-10-18.
[121]陈梦溪. 外国翻译家：中国当代文学在西方的处境如同沙漠[N]. 北京晚报，2014-10-30.
[122]何明星. 翻译？传播！中国当代文学拓展欧美市场的调查[N]. 中华读书报，2014-03-05.

[123]胡適. 谈新诗[N]. 星期评论(纪念专号), 1919-10-10.

[124]华商. 老舍昨天诞辰 110 周年, 舒乙披露——老舍未获诺贝尔文学奖内幕[N]. 宁波日报, 2009-02-04.

[125]李玉民. 坚守如一的成果[N]. 北京青年报, 2014-10-14.

[126]马悦然. 中国的"诺贝尔文学奖"候选人[N]. 联合报(副刊), 2000-10-13.

[127]屠晨昕. 你们作协没提名, 我们怎么评[N]. 钱江晚报, 2012-10-24.

[128]王锋. 埃斯普马克: 1988 年曾准备把诺奖颁给沈从文[N]. 华商报, 2014-09-11.

[129]王洁明. 中国作家何时能拿诺贝尔文学奖?——专访诺贝尔文学奖评委马悦然[N]. 参考消息(特刊), 2004-12-09.

[130]翁昌寿. 老舍曾获诺贝尔奖一事扑朔迷离[N]. 中华读书报, 2000-08-09.

[131]谢尔·埃斯普马克. 中国一直拥有世界上最好的作家[N]. 燕赵都市报, 2012-10-24.

[132]周舒. 中国文学的英伦想象[N]. 第一财经日报, 2011-02-28.

[133]谢天振. 语言差和时间差——中国文化"走出去"需重视的两个问题[N]. 文汇读书周报, 2011-09-02.

二、外文文献

(一)著作

[134]AUERBACH E. Philology of Weltliteratur [M] // Weltliteratur: Festgabe für Fritz Strichzum 70 Geburtstag. Bern: Francke, 1952.

[135]BEI D. Notes from the City of the Sun: Poems by Bei Dao [M]. trans. Bonnie McDougall. Ithaca: The Cornell East Asia Papers, 1983.

[136]BEI D. The August Sleepwalker: Bei Dao [M]. trans. Bonnie McDougall. New York: New Directions Publishing Corporation, 1990.

[137] BEI D. Old Snow: Poems by Bei Dao [M] . trans. Bonnie McDougall, Chen Maiping. New York: New Direction Publishing Corporation, 1991.

[138] BEI D. Forms of Distance: Poems by Bei Dao [M] . trans. David Hinton. New York: New Direction Publishing Coporation, 1994.

[139] BEI D. Unlock: Poems by Bei Dao [M] . trans. Eliot Weinberger, Iona Man–Cheong. IONA. New York: New Direction Publishing Corporation, 2000.

[140] BEI D. At the Sky's Edge [M] . trans. David Hinton. New York: New Direction Publishing Corporation, 2001.

[141] BEI D. The Rose of Time: New and Selected Poems [M] . trans. Bonnie McDougall, Eliot Weinberger. New York: New Directions Publishing Corporation, 2010.

[142] BEI D. Endure: Poems by Bei Dao [M] . trans. Clayton Eshleman, Lucas Klein. Boston: Black Widow Press, 2011.

[143] BENJAMIN W. Marcus Bullock & Michael W. Jennings. Walter Benjamin: Selected Works: Vol. 1, 1913–1926 [M] . Boston: The Belknap Press of Harvard University Press, 2002.

[144] BIGUENET J, SCHULTER R. The Craft of Translation [M] . Chicago: University of Chicago Press, 1989.

[145] BIGUENET J, SCHULTE R. Theories of Translation: An Anthology of Essays from Dryden to Derrida [C] . Chicago and London: The University of Chicago Press, 1992.

[146] BLOOM H. The Anxiety of Influence: A Theory of Poetry [M] . New York: Oxford University, 1973.

[147] CASANOVA P. The World Republic of Letters [M] . trans. M. B. DeBervois. Cambridge: Harvard University Press, 2005.

[148] CATFORD J C. A Linguistic Theory of Translation: An Essay in Applied

Linguistics [M] . Oxford: Oxford University Press, 1965.

[149] DE MAN P. Allegories of Reading [M] . New Haven: The Yale University Press, 1979.

[150] DENNING M. The Novelists' International [M] //. Franco Moretti. The Novel: History, Geography, and Culture: v.1. Princeton: Princeton University Press, 2005.

[151] FINKEL D. A Splintered Mirror—Chinese Poetry from the Democracy Movement [M] . San Francisco: North Point Press, 1991.

[152] GREENE F. Awakened China: The Country Americans Don't Know [M] . Garden City: Doubleday & Company, Inc, 1961.

[153] HUANG Y. Transpacific Displacement—Ethnography, Translation, and Intertextual Travel in Twentieth-Century American Literature [M] . Oakland: University of California Press, 2002.

[154] LI D. The Chinese Poetry of Bei Dao, 1978–2000: Resistance and Exile[M]. New York: The Edwin Mellen Press, 2006.

[155] LOVELL J. The politics of cultural capital: China's quest for a Nobel Prize in literature [M] . Honolulu: University of Hawai'i Press, 2006.

[156] MOSHER S W. China Misperceived: American Illusions and Chinese Reality [M] . New Republic Book, 1990.

[157] NIDA E A, TABER C R. The Theory and Practice of Translation [M] . Leiden: E. J. Brill, 1969.

[158] VENUTI L. Thc Translation Studies Reader [M] . London & New York: Rutledge, 2000.

（二）学位论文

[159] INNIS MCDOUGALL J. At the cross Roads of Culture: The Intersection of Interlanguage, Residual Modernism, and Nomadic Hybridity in Bei Dao and

Ezra Pound's Modernist Poetics [D] . University of Florida, 2003.

（三）期刊论文

[160] CHEN X M. "Misunderstanding" Western Modernism: The Menglong Movement in Post–Mao China [J] . Representations (Special Issue: Monumental Histories), 1991 (35).

[161] DUKE M. World Literature in Review: Asia and Pacific [J] . World Literature Today, 1998 (1).

[162] HASS R. Poet's Choice [J] . The Washington Post Book World, 1997 (2).

[163] HUANG Y B. "Green, how I love you green" Lorca, Bei Dao's Waves, and Sleepwalking in History [J] . World Literature Today, 2008 (11–12).

[164] LAVRAČ M. China's New Poetry or Into the Mist [J] . Asian and African Studies, 2010 (3).

[165] LI D. Paradoxy and Meaning in Bei Dao's Poetry [J] . Positions, 2007 (Spring).

[166] MCDOUGALL B. Problems and Possibilities in Translating Contem–porary Chinese Literature [J] . The Australian Journal of Chinese Affairs, 1991 (25).

[167] OWEN S. The Anxiety of Global Influence: What Is World Poetry? [J] . The New Republic, 1990 (Nov).

[168] POLITZER S R L. A Brief Classification of the Limits of Translatability [J] . The Modern Language Journal, 1956 (6).

[169] POLLARD D E. Review: Bei Dao. Notes from the City of the Sun: Poems by Bei Dao by Bonnie S. McDougall [J] . The China Quarterly, 1984 (11).

[170] POZZANA C. Distances of Poetry: An Introduction to Bei Dao [J] . Positions, 2007 (1).

[171] RJANSSEN R. What History Cannot Write: Bei Dao and Recent Chinese Poetry [J] . Critical Asian Studies, 2002 (2).

[172] SONG G. Book Review on The politics of cultural capital: China’s quest for a Nobel Prize in literature [J] . China Journal, 2007 (7).

[173] YEH M. The “Cult of Poetry” in Contemporary China [J] . The Journal of Asian Studies, 1996(1).

[174] YEH M. Modern Chinese Poetry: Translation and Translatability [J] . Front, 2011 (4).

后记

2012 年我在北京师范大学文学院攻读博士学位时，我的导师刘洪涛教授正忙于《世界文学理论读本》一书的出版事宜，我有幸参与了部分内容的翻译工作，在帮助刘老师校稿时拜读了这本著作初稿的部分内容。书中收录了众多著名学者对世界文学若干问题的最新思考，他们的观点令我大受启发。从那时起，我开始思考中国文学“走出去”的相关问题，其核心就是习近平总书记所强调的“讲好中国故事，传播好中国声音”，这也是我们当代知识分子应该肩负的使命。

我认为，可以从三个层面去理解“讲好中国故事，传播好中国声音”这一命题。首先，传播内容会影响传播效果，它涉及诸多阅读伦理的问题，如意识形态和政治立场造成的成见、文化差异造成的误读、套话的影响等。凯瑟琳·威尔逊曾指出，文本会“走”出自己所处的文化去“旅行”，但对这类作品进行诠释的阅读伦理却不会跟着出“旅行”。所以，我们选择的作品应当是既能体现中华文化的精髓又能被海外读者所接受的文学作品，要平衡作品的民族个性和海外读者的接受程度之间的矛盾。其次，传播方式同样也会影响传播效果，这就涉及文学作品的翻译（如译什么、谁来译、如何译）

和传播媒介（如报纸、杂志、书籍、电视、网络）等要素。最后，传播场域（布迪厄所说的文学场）也同样决定了传播效果。传播场域中也存在一种权力结构，传播方和接收方地位的差异也影响了传播效果，英语世界读者对中国文学的了解程度远远不及中国读者对英美文学的了解程度，这从一定程度上阻碍了中国文学在英美的传播。奖励机制也是影响中国文学获得世界文学市场认可的机制之一，它代表着中心区域民族文学所确立的文学法则，故而来自中心区域的作家要比来自边缘或半边缘区域的作家（如中国作家）更容易赢得世界声誉。上述思考是拙著也是跨文化文学传播试图厘清的理论问题。

江西教育出版社非常具有前沿意识与担当意识，组织策划了“中国当代文学海外传播研究丛书”，这套丛书从学理上阐释中国文学“走出去”时面临的问题，向读者呈现了国内学界关于这一问题的研究成果和对策。拙著忝列其中，我深感荣幸，但也惴惴不安，深恐自己才疏学浅，辜负了刘老师和出版社的厚望。

本书也是教育部人文社科研究项目“世界文学空间视野下中国当代作家国际声誉的形成机制研究”（项目编号：17YJA751026）和甘肃省高等学校科研项目“中国当代作家世界声誉的形成机制研究”（项目编号：2017A-008）的成果。

拙著在撰写过程中得到刘洪涛教授的指导，西北师范大学外国语学院院长曹进教授也对本人给予全力支持。家人和朋友的关心与鼓励也是我坚持完成拙著的动力，在此表示衷心感谢！

由于本人水平有限，书中肯定还有不少错误，恳请读者指正。

王国礼

2020 年 5 月于金城兰州